|长|篇|报|告|文|学|

风华汉诺

—— 中德情谊浇灌下的老区"葡萄"传奇

叶 炜 / 著

济南出版社

图书在版编目（CIP）数据

风华汉诺：中德情谊浇灌下的老区"葡萄"传奇 / 叶炜著. ——济南：济南出版社，2024.6（2024.10 重印）
ISBN 978-7-5488-6282-6

Ⅰ.①风… Ⅱ.①叶… Ⅲ.①报告文学—中国—当代Ⅳ.①I25

中国国家版本馆 CIP 数据核字(2024)第 065947 号

风华汉诺
——中德情谊浇灌下的老区"葡萄"传奇
FENGHUA HANNUO

叶　炜　著

责任编辑　丁洪玉
装帧设计　张　倩
封面题字　郭启源

出版发行　济南出版社
地　　址　山东省济南市二环南路1号（250002）
总　编　室　0531-86131715
印　　刷　济南鲁艺彩印有限公司
版　　次　2024年6月第1版
印　　次　2024年10月第2次印刷
开　　本　170mm×240mm　1/16
印　　张　16.5
插　　页　16
字　　数　200千
书　　号　ISBN 978-7-5488-6282-6
定　　价　79.00元

如有印装质量问题　请与出版社出版部联系调换
电话：0531-86131736

版权所有　盗版必究

题　记

兰陵美酒郁金香，

玉碗盛来琥珀光。

但使主人能醉客，

不知何处是他乡。

——李白《客中行》

山亭风貌

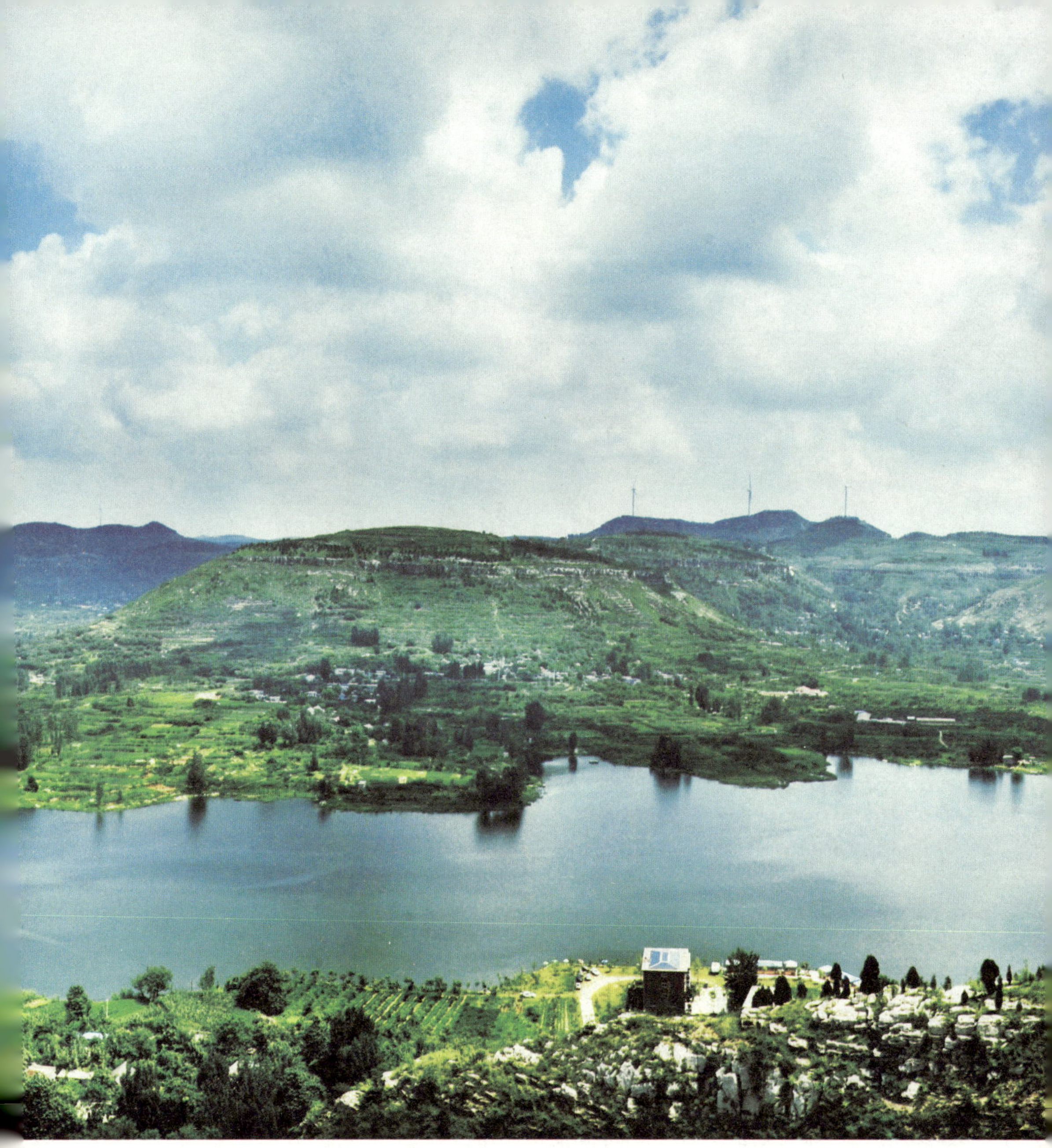

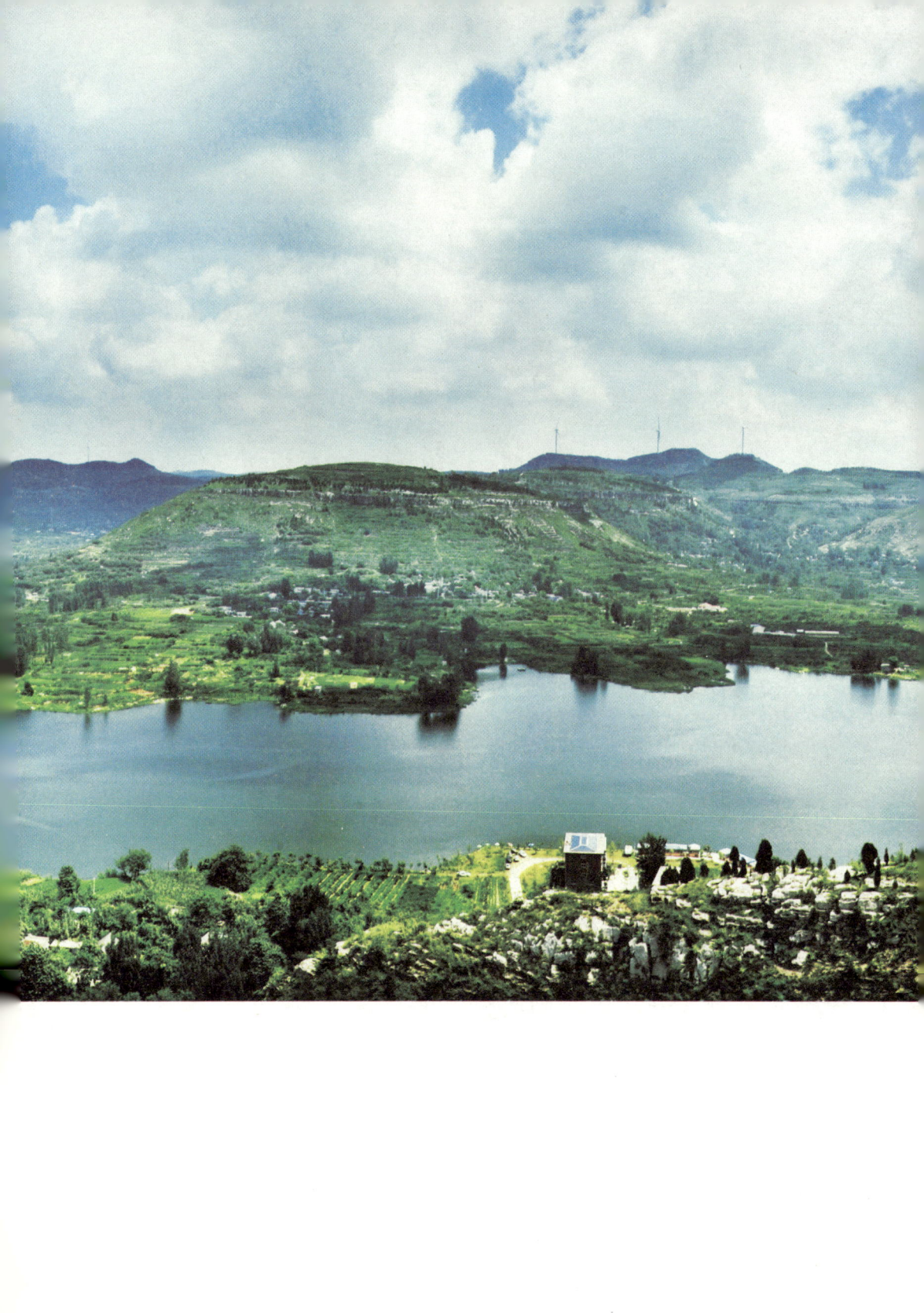

诺博、汉斯指导山亭农民为葡萄接穗蘸蜡

诺博与汉斯和山亭中方人员合影

在诺博指导下，记录葡萄育苗数据

在育苗基地扦插葡萄苗木

汉斯指导山亭果农修剪葡萄

诺博在指导规划建设德式葡萄酒庄园

诺博、汉斯在山亭田间地头细致交流

汉斯资助山亭贫困学生

诺博资助山亭贫困学生

马克指导山亭农民修剪葡萄

马克察看葡萄生长情况

汉诺庄园内的诺博铜像

汉诺庄园

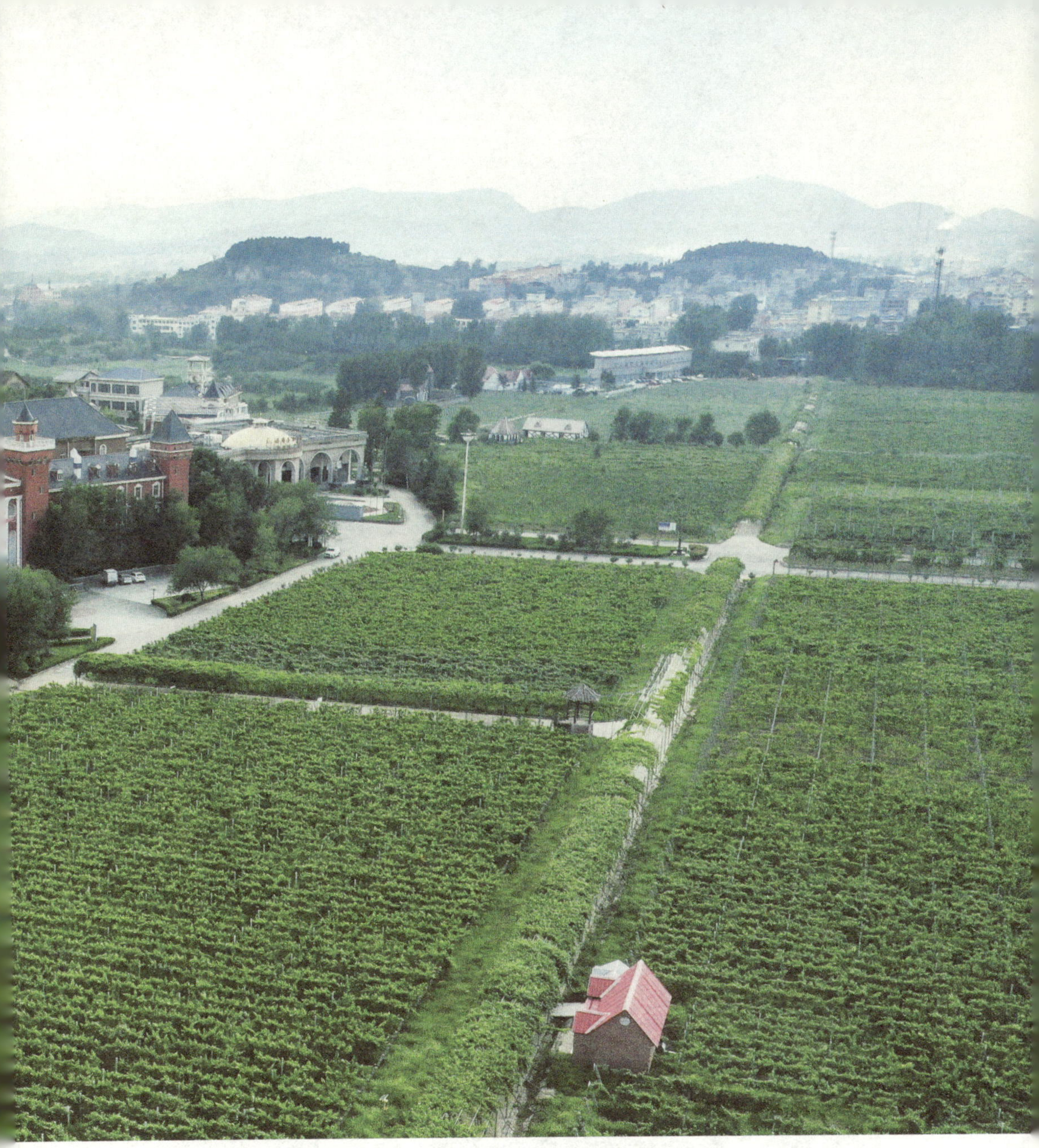

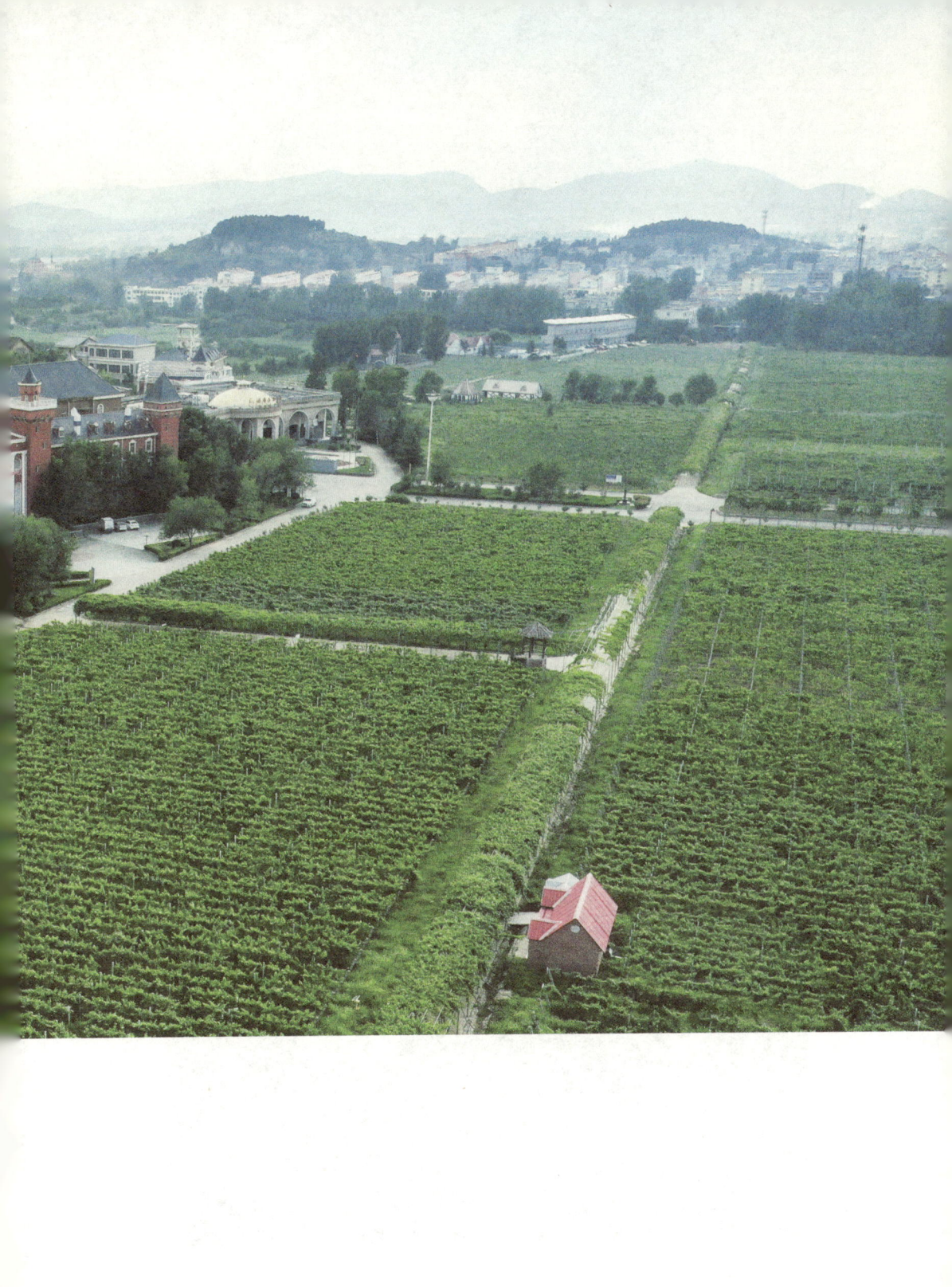

马克一家

目 录

引子	1
序曲	4
第一章　一株来到革命老区的德国葡萄	**9**
大地回暖之时他来到了山亭	10
"苗木能让我听到山亭的心声"	21
来自德国的葡萄有了中国命运	33
第二章　人间最美的风景是那葡萄成熟时	**43**
德国专家的山亭"关门大弟子"	44
两位"洋爷爷"助学"山里娃"	55
小苗圃带来了开眼看世界	63
"德国娃"吃上了"中国饭"	70
小葡萄联通山亭与欧洲	82
第三章　中德友谊在汉诺庄园闪闪发光	**99**
讲好山亭的德国故事	100
建设山亭的"新天鹅堡"	114

1

克服孤独与自我怀疑的心路　　126
　　打造一条德式葡萄酒生产线　　144
　　交出了一份壮美的答卷　　161

第四章　神圣使命传承，两代人的山亭接力赛　　173
　　外孙马克传承了诺博在中国的事业　　174
　　"传承"让汉诺故事走向世界　　189
　　中德后继者的共同"职责"　　194
　　"山亭的诺博"群像　　209

第五章　继续讲好总书记讲过的中德故事　　223
　　盛名之后迎来的第一次转变　　224
　　走上发展和资本运作的快车道　　233
　　开启新的发展篇章　　239

尾声　未完待续的汉诺风华　　251

引子

"山和山不相遇，人和人要相逢"

金秋时节，在山东枣庄万亩石榴园里，一颗颗大红石榴缀满枝头。在上千年的石榴种植史上，生长于连绵山脉上的枣庄石榴，可谓地地道道的"土特产"。2023年9月24日下午，习近平总书记来到了冠世榴园石榴种质资源库，察看石榴树种，了解石榴种植历史、种质资源收集保存和产业发展情况，并来到石榴种植园中向老乡们询问石榴种植、收获和收入情况。总书记动情地说，人们生活水平在提高，优质特产市场需求在增长，石榴产业有发展潜力。总书记祝乡亲们生活像石榴果一样红红火火。

"像石榴果一样红红火火"，寄托的是总书记对枣庄人民的美好祝福，更是殷切期待。在400万枣庄人的眼中，"红红火火"还是总书记和枣庄之间温暖的缘分。

许多人可能有所不知，这并不是总书记和山东枣庄的第一次缘分。

2014年3月28日，正在德国进行国事访问的国家主席习近平在德国科尔伯基金会发表演讲。他在演讲中提到了中德友谊的两个生动案例：一个是抗战时期著名人士拉贝在南京大屠杀期间救助中国人的故事；另一个是和平年代德国葡萄专家诺博及其助手汉斯在2000年至2009年间17次来到中国山东枣庄，向当地农民传授葡萄栽培、嫁接改优技术，将传承几百年的家族商标无偿授予当地酒厂使用，并资助当地家庭经济困难学生上学的故事。

习近平总书记是这样说的：

德国人说，山和山不相遇，人和人要相逢。中国人民同德国人民有着悠久交往历史和深厚友谊。此时此刻，我不由得想起了一位中国人民爱戴的德国友人，他就是拉贝。70多年前，日本军国主义侵入中国南京市，制造了屠杀30多万中国军民的惨绝人寰的血案。在那个危急关头，拉贝联络了其他十几位在华外国人士，设立了"南京安全区"，为20多万中国人提供了栖身之所。拉贝在日记中详细记录了大屠杀内情，成为研究这段历史的重要证据。1996年，中德共同建立的拉贝纪念馆在南京开放。去年底，由南京市建造的拉贝墓园修复工程落成。中国人民纪念拉贝，是因为他对生命有大爱、对和平有追求。

还有一位德国友人叫诺博，是德国葡萄专家，2000年至2009年间他同助手汉斯17次来到中国山东枣庄，向当地农民传授葡萄栽培、嫁接改优技术，将传承几百年的家族商标无偿授予当地酒厂使用。诺博和汉斯资助了8名当地家庭经济困难学生上学。2007年，汉斯突患癌症，弥留之际仍不忘自己资助的两名学生尚未念完高中，嘱托诺博把2000元助学款带给他们。2008年8月1日，当诺博把钱交到孩子手中时，在场的所有人都感动得潸然泪下。

这只是中德两国人民友好的两个感人片段。长期以来，众多的德国朋友为中德关系发展、为中国改革开放事业作出了重要贡献。

——习近平在德国科尔伯基金会的演讲（节选）

  关于拉贝的故事，相信许多人并不陌生。拉贝先生冒着生命危险从侵略者的屠刀之下救下众多生命的事迹，通过《拉贝日记》等在中国和世界广泛传播。而关于德国葡萄专家诺博及其助手汉斯在中国枣庄山亭发生的故事，相信许多人并没有很多的了解。正因为此，我们不禁感到好奇：总书记为何要讲这样一个故事？这又是一个什么样的故事？总书记在讲话中说"山和山不相遇，人和人要相逢"，诺博及其助手汉斯又是如何与枣庄山亭"相逢"的？故事发生地山东枣庄山亭，到底又是一个什么样的地方？

序曲

在铁道游击队的故乡，山亭玉立

沧浪水清，濯我顶上缨；抱犊崮高，唤我赤子心。荡荡上下，山峦雄奇，碧水浩汤。论古说今，伏羲降世书华夏，红军东进扭乾坤。据明万历《滕县志》载："山亭，在高山前，菸菟城后，飞云台上，传说为菸菟丞相所筑。山亭之名以此，亭废台尚存。"

山亭区坐落于山东省枣庄市东北部，北靠邹城、平邑，东邻兰陵、费县、平邑，西邻滕州，南部与市中区和薛城区接壤。早在7300年前，这里就有人类繁衍生息，秦、汉之际始设为县。秦制"十里一亭，以山名亭，山水亭台"，划分合乡县山亭，山亭之名沿袭流传下来。

这是一座宁静的生态山城，在齐鲁文化的滋养下，显得端庄又安逸。作为鲁南的战略中点，沂蒙山的首段，进入山东通往京津和华北的门户，津浦线和陇海线的枢纽，山亭的故事是复杂而丰富的。它就像一个在历史书上泼墨挥毫的文人墨客，虽不见得留下多少妙笔生花的文章，但文明的链条却是从无间断地贯穿始终，留下了一条历史车轮碾过的不曾间断的痕迹。

山亭之小美，美在自然风物。上有山崮高，下有湖河长。素有"天下第一崮"之美称的抱犊崮，似是天上人夺了太阿顶，鬼斧神工削出个齐地平，可谓仙人抚我顶，难怪有了楼山、仙台山的誉名。壁立千仞，去海三百里，是新薛河借来微山湖水，化作柳条边障贯通了山亭城。远听起来是渔歌唱晚，唱的是"西边的太阳快要落山了，微山湖上静悄悄"；抵近瞧的是山亭的樱桃满园，道是"樱花红陌上，柳叶绿池边"。

山亭之大美，追古而抚今，追溯千古兴亡，足可见山亭人文历史的悠长底蕴，地理位置的战略意义。远古时期，这里便是龙山文化、大汶口文化的存在地，是东夷文明与华夏文明的交融汇合地，共同孕育了中原文明。及至春秋，这里是小邾国、郳国、蕺国三国的故都，位于齐、鲁、宋、楚之间，成为诸侯往来、商贾交互的中点。隋唐，归琅琊郡属，因山川形异，薛河源地，翼云吐雾，青屏壮阔，王勃、李白等诗人都曾在这里停留游览过。《山亭兴序》有云："仁者乐山，智者乐水，即云深山大泽，龙蛇为得性之场；广汉巨川，珠贝是有殊之地。"

及至近代中国，抗日战争的烽火燃起之时，山东人民、枣庄人民战天斗地的精神与面对苦难的坚强品格，也在山亭这块英雄的土地上得到了显现。作为抗战时期的日占区，敌后武装斗争在这里遍地开花。为了配合苏鲁支队的军事斗争，为主力部队提供弹药等物资支援，保障政工干部的敌后往来，铁道游击队在枣庄活跃起来，反"扫荡"、扒火车、送情报,这支敌后的传奇队伍流传着太多脍炙人口的故事。作为苏鲁豫皖抗日根据地的中心,"东进"决策的战略锚点,115师挺进山东的第一站,山亭于1939年11月建立了鲁南地区第一个抗日民主政府。而英雄的115师根据地,正是建立在巍峨险峻的抱犊崮下,成为狠狠扎在敌人要害上的一枚钢钉。115师作为延安毛主席"东进"大战略的开路先锋,也为后续解放战争的胜利埋下了一颗宝贵的火种。从这里,八路军"北上""南下""西征",革命的种子绽放于东北、华南等各地。

陈毅元帅曾讲:"淮海战役的胜利,是人民群众用小车推出来的。"善良淳朴、勇敢坚毅的山亭人民为全国抗战的胜利做出了自己的贡献。而在和平年代,革命老区山亭也同样如此,这份坚忍与奉献的精神代代相传,成为这片土地上的精神瑰宝,直至今日。

就在这铁道游击队的故乡,革命老区山亭在新时期默默展现着自己的芳华,而德国葡萄专家诺博及其助手汉斯的故事是其中最为华美的篇章。他们的感人故事在山亭口口相传,被亲切地称为"汉诺故事";而他们感人的国际主义精神,更是被山亭人看作和"白求恩精神"一样的"汉诺精神";尤其是在习近平总书记讲述过这个故事之后,国内外权威媒体迅速做了不少报道,汉诺故事得以在全世界传播。如果说"白求恩精神"是战争年代的国际主义之花,那么"汉诺精神"则是和平时期的国际主义之实。"汉诺精神"里面既有诺博与汉斯名字的高度概括,也有世界各民族心灵相通和一诺千金的宝贵品质,更有新时代中国与世界构筑人类命运共同体之庄严承诺。诺博与汉斯两位专家与山亭之间的中德情缘,如同一粒葡萄籽,在这片土地上慢慢生根、发芽、伸蔓,架起一条跨越国界与时光的友谊桥梁。

第一章

一株来到革命老区的德国葡萄

大地回暖之时他来到了山亭

探寻习近平总书记所讲的德国葡萄专家诺博及其助手汉斯的故事，要从20世纪拉起的改革开放大幕讲起。

正是因为改革开放幕起，一株德国葡萄才能够远渡重洋来到革命老区枣庄山亭。

1978年5月11日，《光明日报》以特约评论员名义发表《实践是检验真理的唯一标准》，新华社向全国转发。正如那首脍炙人口的歌曲所唱，1979年的春天有一位老人在中国的南海边画了一个圈，开启了改革开放的新发展征程。

改革首先从农村开始，逐步向城市推进。与此同时，中央提出要对革命老区进行扶贫，既是农村又是革命老区，且人均年收入不足三百元的山亭迎来了一场巨大变革。因缘际会，时任农业部部长兼全国农业扶贫工作领导小组办公室主任，负责这场扶贫工作的林乎加，正是曾经在山亭抱犊崮挥洒过热血的抗战亲历者，作为曾经的115师民运部长，他对这片土地是最熟悉不过的。

如何帮助这片土地脱贫？这是一个富有挑战性的命题。古话说"授人以鱼不如授人以渔"，革命老区的脱贫工作还需因地制宜，结合自身条件，引智置业，走出一条可持续发展的致富道路。但问题恰恰也正在于此。为何环绕抱犊崮的大片土地能够成为敌后战场的重要战略锚点？为何八路军115师的根据地可以在抱犊崮扎下根子？不是因为这里物产丰饶、宜居宜业，恰恰相反，借的就是这险恶地势，凭的就是这复杂地貌。正是因为当年让敌人奈何不得，这片英雄的红色土地才会充满战斗价值。然而不可否认，就发展经济而言，这片土地的自身条件是简陋而薄弱的。

也难怪林乎加部长时隔数年再度踏上这片自己曾经战斗过的土地，亲自实地考察调研后陷入了思考。几十年光阴匆匆流逝，时代的洪流一浪又一浪地翻滚，唯有这片群山环抱的土地依旧没有变化太多模样，山还是那样的山，路还是那样的路。荒山上林木成片却开发不得，崎岖的地势挤压着种植粮食的空间。在先前的计划经济体制下，作为本地特产的花椒与水果，因为无法流通、无法产生经济效益而不能够产生更大的价值。这样一来，这片土地上的老百姓日子过得有些艰难就毫不奇怪了。

1983年11月，经山东省人民政府批准，并报国务院备案，按照原县城旧址区域，将原滕县8处和齐村区6处共14处公社合并组成山亭区，为枣庄市市辖县级区，原齐村区政府机关迁至山亭镇（现山城街道）。这一调整被民间戏称为"穷哥们大联合"，却预示着崭新的山亭区开始登上历史舞台，社会和经济变革迈出了第一步。

这14个公社合并涉及的原滕县东部山区的8个公社，原齐村区北部山区的6个公社，作为战争时期革命根据地的核心部分，虽然经济基础较为薄弱，但也存在一定的工业基础，可以为改革开放与老区扶贫提供产业支撑。随着1983—1987年的政府搬迁，一套自上而下、因地制宜的产业规划的制定，为山亭区变革的第二步画出了蓝图，革命老区的精神传统在新的时代背景下继续传递。

迎着改革开放的大浪，新生的山亭如同一艘在茫茫大海上航行的小船，在浮沉上下的艰难航行中找寻到了自己的方向：针对本地的农业龙头产业，结合本地区优质资源，将种植业、养殖业的初级农产品，在本地进行深加工，转换为工业产品，增加经济效益。这是一条平常却又独具山亭特色的扶贫产业链。

山亭的独特地形，适宜放养家禽，"走地鸡""走地鸭""放养羊"的品质都是数一数二的。家喻户晓的枣庄辣子鸡，食材多是选用山亭放养一年以上的年鸡，以保障美食的品质。还有赫赫有名的枣庄羊肉汤，之所以味道鲜美，令人回味无穷，就是因为食材源于本地特有的小山羊，它们常年处于放养的状态，吃的都是山上的百味野草。有人戏称，山亭的羊，吃到肚子里的都是中草药，拉出的粪便差不多就是"地黄丸"。

鉴于山亭农业和养殖业的特点，走深加工产业的路子成为致富的首选项。建一个肉联厂，把养殖业发扬光大，把鸡鸭鹅猪羊牛送进去，把高品质的肉食、皮革拿出来。把花生做成花生酱，用红枣酿出红枣酒。当然还有一点绕不开的，就是山亭的葡萄。

一株小小的葡萄是否能够发展成大产业？

我们的故事就是一株葡萄的故事，但又绝不仅仅只是一株葡萄的故事。这里面有山亭人民的自强,更凝聚着中德人民的深厚友谊与和平时期伟大的国际主义精神。

山亭区地处北纬34度至35度,泰沂山脉西南边缘,昼夜温差大,土壤酸碱适宜。独特的地理气候环境适宜优质葡萄生长,天然优越的山地温度湿度条件,赋予葡萄生长的优渥环境,可以说山亭是葡萄黄金种植带,这也在客观上造就了山亭人漫长的葡萄种植历史。葡萄,《汉书》中作蒲桃。相传山亭的葡萄种植历史可以追溯到西汉时期,张骞出使西域带来了葡萄种子之后,生于东海郡承县(今枣庄市峄城区榴园镇)的匡衡,把葡萄种子带回老家,开始了有规模的种植活动。路过的鸟雀偶有偷吃,把种子播撒在山地上,也就有了山亭的野葡萄。随着时间的推移,野葡萄漫山遍野,进入了山亭百姓家中,成为寻常而又不寻常之物。这里葡萄品种丰富,既有食用葡萄,亦有酿酒葡萄。

正是在这种背景下,作为老区脱贫工作中的重要一环,山亭建设了葡萄酒厂,既让食用葡萄走出去,也让酿酒葡萄发挥出了最大的价值。

总而言之,山亭区在改革开放初期的表现是可圈可点的。可惜,改革开放的浪潮一浪高过一浪,工业底子薄、经济基础差的山亭,像一片在大浪之中苦苦支撑的舢板,随着1993年掀起的新一轮市场经济热潮与市场经济的进一步扩大,终究被淹没在了潮头之上。刚刚出海的山亭工业,包括葡萄酒厂在内,在改制之中被打回了最初的原点。没有什么解释,也不需要做什么解释,山亭人能做的只是铆足劲、再思考，然后从头来过。

问题需要解决，经验需要总结，山亭区境内的原枣庄葡萄美酒厂为什么会轰然倒塌，则是一个必须思考与解决的问题。供应的渠道并没有问题，周边农户普遍种植葡萄，供给酒厂使用。经营不善是时代大背景下的被动结果，同样也暴露出了从管理到经营上的落后。但失败的核心原因还是在自身，市场经济体制是丛林法则，是一把撕开一切"遮羞布"的双刃剑。品种老化，技术落后，才是效益不佳的祸根所在。

引智势在必行。

山亭葡萄的发展迫切需要一个打破瓶颈与僵局的人出现。这个问题引发了山亭区委区政府主要领导的思考。为了破解难题，1999年12月，原山亭区人事局引进外国智力办公室（下称"引智办"）向上级外专部门提出了引进先进葡萄种植技术专家的需求，经上级外专部门协调沟通，拟从德国SES引进葡萄种植和葡萄酿酒方面的专家来山亭进行技术指导。说到这个SES，普通读者可能并不了解。SES全称Senior Experten Service（退休专家组织），是由德国退休专业人员和管理人员组成的一个公益性事业机构，主要为有需求的国家和地区无偿提供技术服务，援助科研项目。

在中德两国相关组织的沟通下，两位德国专家应邀来到枣庄山亭。他们就是诺博·高利斯（下称"诺博"）和汉斯·博伊（下称"汉斯"），来自德国索南伯格（Sonnenberg）酒庄。山亭葡萄的新发展就从这两位德国专家的到来开始。

一株葡萄从此有了新的生命。

2000年3月12日，初春，大地回暖，天气尚寒。

群山怀抱中的山亭区，像是巨人掌中的明珠，冬无严寒，夏无酷暑，但早春的倒春寒里多少还有些冷冽。山亭区人事局引智办的丁志峰和刘伟站在早春的冷风中，微微打了一个寒战，他们默默地把身上的外套拉紧了些许。

作为引智办的负责人，丁志峰亲身经历了引智德国专家的全过程，也可以说是做好这项工作的关键人员。丁志峰对引智办的工作无疑是十分投入的，也是十分"享受"的。这是和人打交道的工作，在所有的工作中，做"人"的工作其实是最难的，何况丁志峰还是在和外国人打交道，更是辛苦，需要做的工作具体而琐碎，容不得半点差池。直到今天，丁志峰所从事的仍旧是引智工作，不过他现在已经从山亭到了祖国首都，舞台更大了。而这个大舞台，是丁志峰一步步从山亭走出来的，其起点便是把两位德国专家引智到了山亭。有了9次跟德国专家诺博和汉斯打交道的经历和突出的工作成绩，丁志峰先后被借调到山东省和国家人才部门，从而为他在北京的发展创造了条件。如今的丁志峰，身兼北京环球英才交流促进会党支部书记、执行会长兼秘书长、北京市中关村社团第一联合党委委员、环球英才网董事长等职务，获得了"国家引进国外智力贡献奖"等荣誉。

作为丁志峰的助手和接任者，早在调任到引智办前一年，刘伟便对区政府引进外国专家的工作有所耳闻。为了应对专家的到来，他协助丁志峰早早地就做好了接待外国专家的准备。他们了解到，诺博的家乡在德国阿尔地区，作为优秀的葡萄种植与酿酒专家，他并不是第一次来到中国的土地上，前几年他在山东日照等地也做过考察和苗木栽种的试点工作，但受制于当地的自然环境条件，并不是很成功。

丁志峰和刘伟作为诺博来到山亭后主要的接待服务与后勤保障负责人员，他们的脑海里无时无刻不回响着区人事局赵庆美局长的嘱托，构想着见面后的相关事宜。第一次见德国专家，他们心里多少是有些紧张的，毕竟中间所间隔的是国与国的距离，不同的文化环境中孕育出的文明大抵是有着天壤之别的。往小里说，之前在国内其他地方并不顺利的援助之旅是否会给诺博留下心理上的遗憾与阴影？往大里讲，当丁志峰和刘伟站在诺博面前的时候，他们所代表的就不再是个体，而是整个山亭区的形象风貌。这可不是一件小事。想到这里，丁志峰和刘伟尽可能地理了理自己的衣着，让自己显得更加体面大方。

迎接专家的车辆从远处驶来，停在山亭区唯一的涉外宾馆——山亭宾馆门前，丁志峰和刘伟面带微笑地迎接上去。

打开车门，来自马克思故乡的诺博从车上走了下来。只见他身高出众，身形微胖，那一眼就能看出的啤酒肚反衬出一些魁梧来。他那稀少而灰白的头发，斑白的两鬓，一副学究式的圆框眼镜，突显出几分德国人的儒雅。刘伟回忆起第一次见到诺博时的情形，不禁有些哑然失笑。说实话，当时他是感到有些"意外"的，德国专家并没有想象中的高高在上。"至少从第一面的印象而言，诺博是一个非常和善的人。结实的身体，让他整个人看上去就像身边的老农一样朴实憨厚。"这第一次见面的印象深深刻在刘伟的脑海里，直至多年以后再次提起，他还是忍不住发出感慨："第一次见面，一般而言很容易给人造成外国人不好接触的错觉，但事实上诺博不是如此，他是一个异常善良、心底无比宽广的人。"

初次见面并没有过多的寒暄，只是恰到好处地握手致敬，面部保持礼貌的微笑。通过诺博随行翻译宁颜闽的沟通，引智办工作人员与诺博顺利而自然地交流着，陪同诺博走进山亭宾馆的二号楼。

《论语》有云：有朋自远方来，不亦乐乎？浸润于齐鲁大地儒家文化圈的山亭深知此中道理。或许山亭的接待水平比不得诺博曾经去过的沿海城市日照，用刘伟的话来讲，山亭条件一般，吃喝不好，还没有二十四小时热水。尽管如此，也要尽心尽力。有一句老话讲得好：千军易得，一将难求。诺博的到来将为山亭葡萄产业带来新的希望，说登台拜将或许有些夸张，但好好款待总是应该的。

2000年的山亭，距离刚刚摘掉全国贫困县的帽子不过才五年的时间，不像枣庄城区，别说是西餐厅，就连一家像样的高级饭店也很难找到，招待与宴请是一个难题。在物质条件并不充裕的地方，如何留住一个外国专家，如何让一个外国人选择这个地方，并为之倾献力量？在丁志峰和刘伟的设想中，就是让这片土地给予他"家"的味道。"家"的味道从何处来？一是衣食住行的熟悉感觉，二是人间温情的亲切感受。情感可以慢慢培养，但条件一定要尽力做好保障。丁志峰和刘伟思来想去，打算先在吃饭上下功夫，没有条件就创造条件。

其实，他们并不知道，诺博对这些根本就不在乎。他来中国，来山亭，纯粹就是为了把德国葡萄种植技术带给当地的老百姓。他有一个很朴实的想法，就是想让革命老区和贫困山区的老百姓能够像在德国庄园的那些人一样，物质生活变得更加富裕起来，精神生活也变得更加富足起来。因为他从德国的媒体上了解到，当时中国农村有许多人去了城市打工，山区更是如此。他朴素地认为，只要让山区的农民有了致富的盼头，他们就能够多一个选择，扎根农村，建设自己的家园，而不是要么坚守贫困要么远走他乡。

这一点，在翻译宁颜闽那里得到了证实："有一年诺博带了一份报纸过来，跟我说是法兰克福有一家报纸登了，中国1.2亿农民进城，是德国的记者报道的，他认为这是一件大事。"

这件大事，是诺博来山亭的重要机缘。然而让革命老区同时也是贫困山区的农民留在当地，而不是出门打工去寻找发家致富的门路，这又谈何容易？

傍晚，山亭宾馆的饭桌前热闹非凡，为了欢迎诺博先生的到来，山亭区人事局尽己所能精心准备了一桌菜。规格并不算高，但重在细心和悉心，所谓投其所好，用心用情，既要兼得山亭美食的特色，也照顾了德国饮食的习惯。山区没有擅长做西餐的厨子，吃不到地道的西式菜品，那就切香肠、炒辣子鸡、喝羊肉汤；牛排吃不到，那就做洋葱炒牛肉。诺博也不挑剔，或许他正想尝一尝山亭本地的

第一章 一株来到革命老区的德国葡萄

味道,只见他频频动筷,用实际行动表达出了自己对山亭热情款待的认可。想想也是,一个外国专家不远万里来到山亭,首先想品尝的不就是本地菜肴吗?尽管说不上多么高档,但山亭也算是"美食之乡",弄几个地地道道的本地土菜还是可以轻松做到的。

彼时的山亭,饮酒是待客之道,哪怕是啤酒。依循惯例,主持接待的赵庆美局长端起杯子,向诺博先生致敬。他心里有些忐忑,看向宁颜闽说:"宁老师,还得麻烦您做一下翻译。"

斟满的酒杯在他的手中发出轻微的晃动,赵庆美满面的笑意中又带着些严肃与认真的意味。他边向诺博点头示意边说:"诺博先生,我代表山亭区人民政府欢迎您的到来!非常感谢您不远万里,前来支援我们山亭的葡萄产业,我敬您一杯!"

一饮而尽,赵庆美再次把酒杯斟满,看着诺博说:"这第二杯酒,我想代表山亭的老百姓敬您。我们山亭人是淳朴的,也是善良的,我们老区人民曾经为了中国革命的胜利流血牺牲,我们战天斗地的革命精神与革命传统不会丢,我们虚心学习的品质也不会丢!"

再次将杯中酒水一饮而尽后,又斟满,赵庆美继续说:"诺博先生,我们山亭人很直率,很勤奋。据我了解,德国人做事也是以认真勤劳而出名。我们都喜欢大碗喝酒大块吃肉,我也相信现在的困难是暂时的,未来的山亭会越来越好。感谢您的到来,第三杯酒,祝愿中德友谊长长久久!"

诺博在宁颜闽的翻译中聆听着赵庆美局长的发言,他的眼神不时地闪烁着。他站起身来,将杯中的啤酒喝完,举杯示意,在众人的掌声中，发出爽朗且厚实的笑声。

"德国人喝不惯中国的白酒，山亭的葡萄还得经过实地考察才能知道能不能培养，感谢山亭的款待，中德友谊长长久久。"

宁颜闽翻译了诺博的回答，一如既往地严谨认真。

第一章 一株来到革命老区的德国葡萄

"苗木能让我听到山亭的心声"

作为德国专家和本地人沟通的桥梁，翻译宁颜闽的工作无疑是至关重要的。她中等身材，面容姣好，落落大方，身上洋溢着中国传统女性之美。她并不是本地人，是山亭区专门从省会济南聘请来的德语翻译。因为葡萄种植、苗木栽培方面相关的专业术语较多，一般负责日常沟通的德语翻译无法胜任，所以山亭区才请来了宁老师这位专业的优秀人才。相较于其他人，她的国外经历更加丰富，翻译经验也更为老到。早在1986年，她就去往德国、奥地利等国家从事相关翻译工作，是一位名副其实的"德国通"，对德国的风土人情和民族文化十分了解。作为一位难得的翻译人才，当山亭区联系宁老师时，她并没有摆出一副高人一等、奇货可居的架子，简单谈了一下后，便接下了这项特别的翻译任务。要知道相对于她之前的翻译工作来说，从报酬上看，这只能算是一种"奉献"。为了能让德国专家在山亭工作顺心，她尽心尽力地做好翻译工作，因此也成了诺博一家的好友。与此同时，她也被德国专家的国际主义精神所感染，在心甘情愿地默默尽着自己本分的前提下，也跟随诺博资助山亭贫困学生，献出了她对山区人民的人间大爱。

欢迎宴席结束，宁颜闽陪同诺博回到了山亭宾馆的住处，按照山亭的要求，她要全程陪同这位德国专家在中国工作与生活。因为经济条件的制约，那时山亭接待条件有限，不像现在，已经有了媲美五星级酒店的"豪华"大宾馆。那时山亭宾馆的环境很一般，周边是荒凉的土地，没有繁华城区，只有一片连着一片的农庄环绕着这座已经是鹤立鸡群的三层楼的"高大"建筑。山亭毕竟是由14个山区穷乡镇组建而成的"穷哥们大联合"，是"全国贫困县"的帽子一直戴到1995年的革命老区，那时实在不具备高规格接待外国专家的条件。

先前对接的时候，山亭区人事局提出，建议诺博先生下榻枣庄，作为当时的市政府驻地，枣庄的基础条件肯定比山亭优越很多。不过这个建议遭到了诺博的拒绝，枣庄距离山亭有一个多小时的车程，太费时间。诺博是一个朴素且实干的德国人，初到山亭就开始了他的工作。为尽地主之谊，区人事局本是建议他在周边先游览两天，熟悉一下山亭。这个建议也被拒绝了，在他的要求下，第二天早晨六点便要进行实地考察。

晚上，诺博在房间里整理好随身携带的行李与各种资料，拉开缎面绣着红牡丹的很有些山亭"土味"的棉被，也不洗漱，安然入眠。山亭宾馆日常饮用水是没有问题的，但晚上七点停热水，不能随时供应。这个问题归根结底还是因为山亭经济条件落后。

山亭旱涝分明，降雨主要集中在夏季，坐拥数十条河流，日常用水多依赖于大气降水与地下水资源。山亭地下水资源丰富，山亭宾馆的供水，主要依赖一口600多米的深井，所以水资源并不紧缺，但热水的供给确实存在很大的问题。宁颜闽为此特地嘱咐宾馆的服务员，专门打来两暖壶热水放在诺博的房间里，算是解决他一天的用水问题。

2000年3月13日清晨6点，东方鱼肚白还未完全露出，呼出一口气还能依稀见到团团白雾。年近七旬的诺博早已整装待发，这是一种让年轻人都感到惭愧的自律与时间观念。

若是插科打诨地讲，诺博也可能是被早春的山亭冻醒的。三月份气温不高，田地里苗木的叶片上，经过一宿尚可凝出一层白霜。山亭宾馆里没有暖气，如此一来，更是寒冷冻人。好在已经是春天了，没有人刻意去留意暖气的问题，道是"寒随一夜去，春还五更来"。

诺博扭了扭脖子，再把四肢尽力地拉伸一番，按照他的性情和做事风格，此来不可能只是扮演一个纸上谈兵的空头"理论家"角色，在他看来，理论知识与经验越丰富，越应该脚踏实地地走到田间地头去劳作。这也正对应了中国那句古话："纵使思量千百度，不如动手下地锄。"要知道在德国的酒庄里，事无大小，诺博都会自己去完成。哪怕是再微不足道的生产用具，诺博都自己动手制作。

宁颜闽回忆在诺博的庄园和酒窖所见到的一切，语气中无不充满钦佩和赞许之情："那里几乎所有的小物件都是诺博亲手制作的，大到庄园里的生产用具，小到酒窖里小小的酒柜，无不是出自诺博的精心打磨。"诺博把这种事无巨细亲力亲为的作风带到了山亭。他第一次来到这里的目标很明确，主要为了初步了解山亭区葡萄种植的现状与问题所在。

取水采样,采集土壤。诺博穿着靴子深一脚浅一脚地在田间地头的每一寸土地上丈量着,虽然匆匆忙忙,但忙而不乱。没有专家架子倒像德国老农的诺博胸有成竹,一切都在有条不紊地进行着。只见朴素如山亭老农民一样的诺博,稀疏的白发上沾着透明的汗珠,裤腿上粘着山亭特有的黄泥土。这个德国老头的样子,以及他所做的一切,似乎都在证明着他早已经从情感上与这片土地融为了一体。

这不仅仅是中德专家与土地之间朴素的"自来熟",更是强烈的国际主义责任感使然。

山亭当地的技术人员当然也没有闲着,他们抓住这难得的时机,尽心尽力地学习。曾经在原枣庄葡萄美酒厂工作,后来回归果业局的本土专家于庭柏带着技术员高东峰全程陪同在诺博左右。在宁老师的专业翻译下,中德两国的果树专家就山亭葡萄的种植技术进行了一番从实践考察到理论经验的交流,他们漫步在果园里,从一枝一叶出发,窥得种植全貌;从一捧水、一抔土开始,再一次认真探索山亭的水文地质。

山亭的地理条件对于葡萄种植而言,是独特且优越的。地势起伏大,多丘陵,排水便利,空气质量高,这是葡萄种植的优势。诺博对环境的勘察与研究是准确而又苛刻的,他专门从德国带来了观测设备,从第一天上午开始就一直放置在果园里,直到离开前的几个小时。诺博说每天早中晚的温度和湿度都需要留下明确的记录,以方便后续的研究和判断。

第一章 一株来到革命老区的德国葡萄

农业生产无疑是很辛苦的，无论是学富五车的专家，还是面朝黄土背朝天的农民，种好一株苗，就好像培养一个娇贵的孩子。植物可不会因为某个人有个响当当的名头就摧眉折腰，它们对生长环境的要求，如同诺博的研究态度一样严苛。

苗木的试点栽培也不能少。时值三月，春分过后，最宜播种。这个时节，正是新生事物生发之时，传统农作物的播种时令，也多选在这个时候。

诺博第一次到来，带来了七十多种葡萄枝条，几位专家亲力亲为，选用一小块土地作为试验田，通过扦插的方式，把苗木一株一株地栽种在试验田里。

说到这里，有一个不得不提的人——原山亭镇西鲁村村民高振楼。高振楼作为本地果树种植的民间"高人"，自己承包了一片苗圃。此时他或许还不知道，在不久的将来，他将会协助诺博写就山亭葡萄种植故事中浓墨重彩的一笔。事实上，第一次扦插苗木的试验田就是属于高振楼的。高振楼作为本地种植大户，于庭柏在接到苗木的第一时间就联系到了他。

要知道试验扦插这些苗木是很不容易的，既然是试验，就会面临失败的可能。面对这样的风险，许多农民都很犹豫，谁都不愿意用自己的土地做试验。农民都有一个朴素的观念，那就是播种就要有收获，没有收益的播种，他们是不会冒险的。何况，对山亭的农民来说，一家子人还要指望着这一季的收成来维持基本的生活。

这一切都被一直跟随在诺博身边的宁颜闽看在眼里。

别说那些侍弄土地为生的农民，就是在大城市生活的宁颜闽也知道这里面的风险："首先，是时间问题。第一年还要育苗，第二年不见收获，那最起码第三年才能见到这个果实。其次，诺博带来的这些品种是用来酿酒的，那个时候大家对于这个吃不准。为什么要酿酒啊？我们山亭本地的葡萄不都是吃的吗？"

面对长达三年的见效时间，以及未知的风险，总得有人站出来，做第一个吃螃蟹的人。

这个人就是高振楼。

毕竟是山亭当地的种植大户和果树专家，在于庭柏的牵线搭桥下，高振楼倒也爽快：既然总要有人出头，那就要有点舍我其谁的大无畏精神。

这是诺博在山亭的第一次尝试，试种植的苗木，数量少品种多，其侧重点在于对苗木品种的筛选，对山亭本土环境的适应性测试，对温湿度的掌握以及对植株抵抗病虫害威胁能力的检测。

匆匆忙忙，诺博和几位山亭果树专家在这片土地上夙兴夜寐地工作奔忙。按照SES组织与外事办的要求，外国专家每次来华进行项目援助的时间基本上都在十四天之内。诺博抓住这短暂的时间，几乎毫无保留地辛劳付出着。缎面绣着大红牡丹的棉被似乎也盖得越发舒适，在他眼里，山亭早晨的日出和傍晚的日落也越发迷人。陶渊明有一句诗写得好："晨兴理荒秽，带月荷锄归。"这是诺博和山亭人这段时间以来的真实写照，从早上六点上工，到傍晚七八点回宾馆，诺博每天的日程都排得满满当当。

当然，山亭在后勤招待方面的工作也更加尽心尽力。为了保障诺博的生活质量，刘伟在饮食招待上十分用心，自己的饮食可以"做减法"，但诺博的饮食必须"做加法"。水果牛奶管够，菜品上也尽可能将口味向德式餐饮靠拢。诺博对中国饮食的兼容性是极强的，并没有像想象中那样摆出外国专家的架子来，而是如同来到山亭的德国老农，入乡随俗，没有任何特殊要求，更多的是去尝试山亭的朴素美食。

翻译宁颜闽经常往来于中德之间，早就熟悉德国人的生活习惯。在翻译生涯中，她遇到过很多生活"讲究"的德国人。在这些人的日常生活中，每天洗澡是必须的。但在彼时的山亭，房间里二十四小时热水尚无法供应。洗澡无法满足，洗漱总是可以的吧。宁颜闽时时提醒宾馆的服务员，务必准备好每天必需的热水，以方便诺博饮用洗漱。好在诺博在这些方面从未斤斤计较过，他的全部心思都扑在山亭的果园里，在土地与苗木之中，他似乎可以听到山亭大地的脉搏。

就这样，诺博打破了山亭人对他"高高在上，遥不可及"的国际专家的想象，"摇身一变"成为一个在田间地头行走的农民老翁。中午饿了，他就和于庭柏几个人在田间吃饭。因为时常下地劳作，他又有跪着工作的习惯，身上难免沾着泥土，看上去有点灰头土脸的模样。他像极了中国乡土文学中经典的老农民。虽然语言不通，肤色不同，但通过一株株苗木的栽培，山亭人与诺博的距离似乎被拉得很近很近。

在山亭区，传统的葡萄种植方法叫扇形种植法，葡萄产量虽高，但是距离地面太近，光照少，果实质量差，还容易导致病虫害的发生。诺博带来了欧洲先进的高杆种植法，把果实从距离地面40厘米抬高到80厘米，透气性好了，葡萄含糖量也高了。不过这种方法会导致葡萄产量有所降低，山亭有些农民还不能完全理解。

为了把葡萄种植新理念推广到农民中去，诺博几乎每天都扎在葡萄地里。同样农民出身的诺博心里清楚，要想让农民技术学得扎实，就必须手把手做示范。

于庭柏观察得很仔细：诺博从来不坐着喝茶，拿瓶矿泉水在地头一放，干活的时候咕嘟咕嘟喝两口就完了。有时下午活太多，干得晚了，就是推迟吃饭时间也得完成当天的工作。因为肚子大，个头也不矮，他就只能跪在地上扦插葡萄。

从2000年开始，诺博每次来到山亭，无论刮风下雨都始终坚持到现场，指导农民学习葡萄栽培嫁接改优技术，就这样解决了葡萄修剪不当、施肥不均等诸多技术难题。

技术改良了，葡萄丰收了，经济效益提上去了，农民的收入才能翻倍提高。

整天跟随诺博下田劳作，精致如宁颜闽一般的女子，也在多日寸步不离的忙碌中显得"土里土气"。要知道，她本是来自省会大城市的"大家闺秀"，作为翻译专家随行的她，有着齐鲁女性特有的温柔大方。如今的她，也跟随诺博劳作在田间地头。若要旁人看去，又有谁能看得出，田间地头的这群人，竟是国际葡萄种植业的行家里手和术业有专攻的能人？

　　田间劳作中，专家和山亭百姓多有亲近。看到诺博如此平易近人，可能心中最焦灼的就是刘伟。诺博过于简朴的生活作风，让他对接待工作感到些许"头痛"。或许，一切都是因为诺博太平易近人了。看看此刻的他，可不就是咱们山亭的普通小老百姓嘛。

　　这里还要讲一个小插曲，也算是一件趣事。北方人到了南方，因为南北差异，饮食起居难免会水土不服，更何况是诺博这位年过七旬的德国老人。这种生理上的无所适应并非简单的心理作用就能够克服的。第一次来到山亭后的某个午后，正在田间地头与当地农民交谈的诺博出现了水土不服的症状，只觉得肠胃一阵胀痛，时不时地还伴有腹泻。农民的心思是朴素的，看到远道而来的专家诺博身体不适，他们便把他请到了邻近的村子里休息，有一位老农民拿出了自己的土方子——一次性吃下七个煮鸡蛋，而且要就着大蒜吃才有效果。

　　听到这个方子，向来处变不惊的诺博也皱起了眉头。就饮食文化而言，德国人对大蒜的钟爱，放在全世界都是数一数二的，对大蒜的研究、发明的大蒜类美食更是蔚为大观，数不胜数。但从社交礼仪来讲，这个对气味分外敏感的民族对公共场合中出现大蒜味的容忍程度也是很低的。这让做客山亭农家的诺博多少有些迟疑。但思来想去，诺博还是决定接受老农民的建议，试试这个充满山亭民间特色的偏方。

　　不一会儿工夫，一盘鸡蛋被端上桌，紧接着上来的是一头大蒜。

都是农家产品，功效先按住不表，食材都是正宗的天然绿色有机产品。因为腹泻，诺博的神色看上去有些憔悴，他撑起身子，左手拿着蒜瓣，右手拿着刚剥好的鸡蛋，正要一口接一口地塞进嘴里，却见高振楼找来一个蒜臼子，嘴里说着："捣碎了再吃，捣碎了再吃！"说着，他把蒜瓣放进蒜臼子里，捣碎之后，再把鸡蛋放进去，又捣了几下，让大蒜和鸡蛋充分融合之后，一股奇特的辛辣香味弥散开来。或许是此前没有吃过的缘故，一开始，蒜瓣的辛辣滋味在诺博的嘴巴里肆虐着，只见他眉头紧蹙，额头渗出细密的汗珠，浓烈的蒜味直冲头顶，让他一时间有些恍惚。辛辣刺激味蕾，中和着土鸡蛋入口时的香味。紧接着一种混合着大蒜与鸡蛋的独特鲜香口感，让诺博的眉头蹙了又蹙，这是一种从未有过的奇特体验。

当然，土办法效果不会那么快。为了保险起见，当天下午人事局联系了枣庄的医院，开了些药，问题才得到彻底解决。

在山亭区第一次调研工作的日子就这样匆忙地结束了。作为SES专家团队的一员，诺博的工作是繁重的。这位已经年迈的德国专家身上有一种人道主义的信念。没有国界的分别，没有肤色的差异，没有种族的歧视，没有信仰的攻讦，他每一分钟都奔走在世界不同的地方。山亭的工作不过是他一年工作行程中平平无奇的一部分，他不属于山亭，他是属于世界的。然而这并不代表他对这片土地的关注微乎其微，恰恰相反，从第一次的接触中，山亭人朴实且谦逊的性格，让他心中的天平多少会对这片土地有些许倾斜，对这片土地和生活在这里的人们，他的心中已经刻下了难以磨灭的深刻印象。

临行之前，赵庆美局长带着人事局的各位同志、果树专家于庭柏以及翻译宁颜闽等人为诺博践行。这是近半个月以来，难得的一顿较为"丰盛"的宴席。最后端上来的主食是一盘饺子。"上车饺子下车面"，这在鲁南地区是一种民间习俗，也是一种文化传承。它的意思是，在送亲人出远门时，要给对方吃饺子；在迎接亲人回家时，要给对方吃面条。

饺子是中国传统的食物之一，在鲁南山亭尤其受到人们的喜爱。饺子形状类似于古代的元宝，寓意着财富和好运。在春节等重要节日里，人们会包饺子、吃饺子，表示团圆和庆祝。因此，在送亲人出远门时，给对方吃饺子，就是希望对方旅途顺利，归来平安，也是对对方的敬重和祝福。

另外，饺子还有一个特殊的寓意，那就是"回"。饺子皮就像"回"字的外包围，饺子馅就像"回"字里面的"口"。这个寓意可能源于古代交通不便，出门在外要走很长的路，甚至有生命危险，因此送亲人出行吃饺子，既是表达亲友之间的相互牵挂，也是希望能早日再次相见。

经过这么长一段时间的相处，山亭人早就把诺博看作了亲人，盼望着他返归途中平安，更盼望着他早日再来。

赵庆美满面笑意，对诺博说："诺博先生，感谢您这段时间对山亭的援助与支持，第一次来到山亭，我们招待不周之处还请您见谅。"

诺博大笑。

宁颜闽翻译他的回答："我很喜欢山亭。"

赵庆美右手摊掌，指尖指向饺子说："中国有句老话'上车饺子下车面'，请您临走之前一起吃顿饺子，是我们山亭人祝愿您平平安安，希望和您在不久后的将来再度相见。"

诺博听完宁颜闽的翻译后点了点头，用生硬的中文连着吐出了三个"好"字，然后开始了自己的发言：

"感谢你们的热情款待，德国有句谚语'万事开头难'（Aller Anfang ist schwer），在我们的努力下，葡萄的试点苗木已经被播种在了地里，希望我的中国朋友们可以好好照顾。这是我第一次来到山东山亭，这也是让我感到十分难忘的一段日子。人生贵在正直诚实（德国谚语，Ehrlich währt am längsten），苗木不会说话，但是它能让我听到你们的心声。"

诺博的发言在宁颜闽的翻译下引起了阵阵掌声。其实也并不是等到宁颜闽翻译完才鼓掌的，诺博的话音刚落，掌声就响起来了。语言是人与人之间交流的必要媒介，但有时候交流是跨越语言的，一个眼神，一个表情，便已经足够表明一种态度，展示一种情绪。

践行宴会上，众人都很开心，诺博一口气吃了很多饺子。这种独具特色的传统中国美食，让他"一见钟情"。在今后八年的岁月里，吃饺子也成为他为数不多主动提出的要求。

在机场，丁志峰和刘伟看着诺博登上了归国的航班。飞机升起，在天空中画出一道完美的弧线。

此时的他们内心无比感慨。

来自德国的葡萄有了中国命运

在山亭,外国专家的到来并不只有诺博先生这一个个例。

随着引进外国智力计划的实施,越来越多的外国专家来到齐鲁大地,来自日本、德国、法国等多个国家的专家学者们,都在这片土地上大展身手。这绝不能简单地用一句"外来的和尚好念经"来解释,相较于欧美发达国家,我们部分欠发达地区在技术领域的欠缺应该被正视。引智,引进的是技术与观念的革新,不是买椟还珠式的自我安慰,这是一把点燃本土产业转型升级的火,归根结底所要追求的还是自身水平的发展。在山亭区引智办的丁志峰眼中,引智甚至比引资还要重要,因为引资可能是一时之举,但引智则能惠及长久。因此,他主张在招商引资的同时,一定要更加重视引智工作。要做好引智工作,就必须加强和外国专家组织尤其是德国 SES 组织的联系。

SES 组织是参与山亭葡萄产业盛大变革的国际组织之一。诺博能够来到山亭的根本原因离不开"枣庄专家资源共享"计划。受益于这个共享计划,许多专家都曾经来到这里,这才有了许许多多山亭招才引智的故事。而事实上，山亭与外国专家有着很长的友好交往历史以及坚实的工作基础。20世纪80年代末到90年代初，山亭区就高度重视外向型企业发展，建设了山旺食品厂、莺歌花生酱厂、枣庄庄裕皮革厂等一大批外向型企业，引进了印度、日本等一大批外国专家来山亭开展技术指导。2000年以来，山亭区招才引智工作更是走在枣庄市、山东省前列，山亭引智品牌叫响全国。

然而在山亭人的心里，诺博的故事似乎总是有些不同。或许是冥冥之中有所注定，山亭葡萄产业的第二次革命，就要从诺博的到来开始，汲取第一次枣庄葡萄美酒厂的失败教训，山亭人面对挫折屡败屡战的精神此时得以发扬。山亭的葡萄如何才能从头再来？这场源自产业内部自上而下的革命已经开始，天翻地覆就从现在开始。

2000年8月26日，处暑刚过，时已初秋。会天小雨，天色阴沉，距离诺博先生第二次到来还有一天的时间。

山亭本地的果树专家于庭柏带着高东峰，踩着湿滑的泥土地，沿着葡萄苗圃仔细观测。这是一块露天的苗圃，细密的小雨点打湿了枝条，同样也打湿了两个人的肩头。于庭柏是不喜欢穿戴雨披的，他很享受那种飒飒秋雨中的清爽，这清爽让心情好似都变得舒畅了些许。

葡萄的生长周期大同小异，三月扦插下的枝条生长，新芽初生，根系从大地深处努力地汲取养分，粗壮的枝条沿着架杆肆意攀爬，盘虬卧龙地覆盖在从架杆两端拉起的铁丝上。等到六月就是花期，六月的葡萄藤是娇贵的，阳光不够不开花，枝条太过茂盛，夺走了

第一章 一株来到革命老区的德国葡萄

太多养分，也不开花。只有各种条件得到中和，细碎密集的小葡萄花才会在枝条上开得旺盛。花期一月，月末凋零，繁花落尽，一颗颗尚未长成的绿色果实，随着时间的推移慢慢成熟。

而诺博第二次到来的时机，正是这葡萄将要成熟时。

七十多种葡萄苗木的试种，并不是每一种都能成功。这是一种尝试，在土地条件相同的前提下进行的一场优胜劣汰的筛选。在五个月的周期中，七十多种苗木因为病虫害、水热条件等死了不少，但仍有数十个品种脱颖而出，初步列入山亭葡萄品种引进的名单之中。看着苗木的喜人长势，于庭柏脸上笑意荡漾，对于自己，对于明天将要见到的诺博，对于山亭葡萄种植的未来，眼下都算是有了初步的成果。高东峰跟在他的身后，一如既往地憨厚朴素。在苗圃的每一分每一秒，他手里都抱着一本厚重如字典般的记录册子，按照诺博的嘱托，每天早中晚对土壤、温度、湿度等各种条件的观测，都一一记录在案。五个月以来，高东峰的实践经验和水平也在稳步提升。

空山新雨后，天气晚来秋。正是秋凉时，诺博先生航班落地，正式开始了第二次山亭之旅。诺博带来一个助手，同样来自德国，在索南伯格酒庄工作的汉斯。汉斯身形显得比诺博还要高大魁梧，或许是年轻时当过兵的缘故，如今虽年过半百，但看上去仍然很强壮的样子。谁能相信他此时还患有疾病？他在德国的本职工作就是为诺博自家的酒庄服务，两人是雇主和工人的关系，而更准确一点说，他们更像是志同道合的老哥俩。就葡萄种植技术而言，汉斯并非科

35

班出身，他也不是山亭引智计划中的一员。但在德国酒庄的多年实践经验让他的技术水平变得很高超，他是一个实用型人才，这次是自费来到了山亭。

马不停蹄，人事局的招待安排已经轻车熟路，诺博和汉斯的工作即刻展开。焦急的不只是诺博，于庭柏和抱着厚重笔记的高东峰早就按捺不住了，若是抛去山东待客礼仪的约束，两人怕是早就把两位德国专家拽到了苗圃里。培育苗木就像培养孩子，作为孩子的父母，分享孩子的成长就是最大的喜悦。

来到苗圃，诺博脸上现出了于庭柏昨天的表情，一脸的笑容洋溢。此时这位德国老人，笑得就像一个孩童一样，天真烂漫。相较于以往的工作经验来说，诺博对山亭苗木试点的结果感到十分惊喜。都说万事开头难，一旦顺利开始，那迈出的第一步有多坚实，接下来的路就会有多顺利。

诺博这次来到山亭不只是为了验收成果和收获喜悦，他此来还有两个重要的目的：一是要改变山亭葡萄的传统种植观念，二是要为山亭葡萄的未来发展定下方向。大海航行靠舵手，山亭的葡萄发展有了正确方向才能百舸争流，成为山亭的产业领航者。

作为拥有悠久葡萄种植传统以及葡萄酒酿制历史的山亭，传统的葡萄种植观念无疑是根深蒂固的。低能耗、低污染的粗放型农业，还在沿袭传统的耕作方法。这对自给自足的小农经济结构来说是可取的，但从以经济作物带动脱贫致富的角度来说却是闭塞的。就拿最简单的浇水来说，传统的种植方法是通过大水漫灌来实现作物水分的补充，但优质的葡萄对水肥的平衡要求很高，大水漫灌可谓过犹不及，反倒会影响葡萄的生长发育。施肥也是如此，每个地区的土壤特性大不相同，不去研究土壤的养分含量，通过合理施肥实现土地肥力的补充，而是大量且没有针对性地盲目施肥，也是不够因地制宜的做法。

归根结底，山亭葡萄种植观念欠发达，还是受历史时代因素的影响。工业底子薄，经济基础差，市场融入程度低，传统小农经济体系相对稳固，大大制约了本土葡萄种植技术发展。同时，作为革命老区扶贫对象中的一员，年轻的山亭区成立时间短，刚刚实现从无到有的转变，大多数人还停滞在以量取胜的思维模式中，认为同一亩地里，产出的葡萄比别人家的多，自己的收入就会比别人高。而日渐开放多元化的市场经济体制下，以量取胜已经向以质取胜转变。少而精的优质产品相较于一般产品，往往在单价上有着数倍的优势，形成了"遍地野花无人睬，一枝独秀上枝头"的独特现象。

为何说诺博和汉斯的到来会使山亭的葡萄种植业"天翻地覆"？原因正在于此。因为从诺博第一次踏上山亭的土地开始，他和山亭人的目标就是完成十几年产业发展的大步飞跃，实现一个大胆的撑竿跳，从无到有，从有到优。

和第一次来山亭一样，在宁颜闽的翻译下，风尘仆仆的两位德国专家和两位山亭本地的果树专家对接十分顺利。对农工业生产来说，语言障碍根本不是问题，苗木长得好不好，内行人看门道，仔细瞧瞧就知道了。

汉斯的箱子里带来了一沓厚厚的研究报告，五个月前，诺博带走了山亭的土样等一系列样本，送到德国的专业实验室中进行化验，得到了准确的结果与科学的建议。山亭的土壤中富含镁元素，锌元素含量正常，氮元素较多，唯独缺钾。对症下药，才能药到病除。如今有了依据，那就要从技术与观念上做出改变。植物生长不仅仅单纯地依赖水肥，这是一个对土壤、水源、温度、湿度等多方面的综合考量。诺博带来的种植理念，要完整地复制德国庄园式种植经营的成功经验，就必然"苛求"环境与品质。诺博对葡萄种植坑的深浅，葡萄根须的长短，种植株距的远近等，都有严格的标准，比如挖葡萄种植坑的深度要求是60厘米，葡萄果实的高度要求距离地面80厘米，这些都不能差分毫。为此，诺博自己经常会拿着尺子一坑一坑、一株一株地去丈量，只要有不对的地方，他就会立即要求修改。

汉斯也是如此。他挽起衣袖，一株一株地查看着苗木的生长情况，在准备好的表格上写写画画，填充数据。他高大的体格在苗圃中显得有些突兀，此时的他在诺博身边充当起了高东峰的角色。

是继续重塑葡萄酿酒厂的荣光，还是借用优质环境种植食用葡萄？此时山亭葡萄的种植方向还没有定论。好在，第一批苗木的出色表现让中德几位专家心里有了数，也多了一些打算。相较于一般的品种而言，欧洲酿酒葡萄对本地的适应性更强，长势更好。从理论上来说，在山亭种植欧洲酿酒葡萄具有可行性。

不过问题也并不是没有。诺博与汉斯在苗圃中走走停停，发现了许多需要调整的问题：单株种植间距不准确，忽远忽近，养分不能平均分配到每一株苗木，这是其一；同理，行距株距的把控不精准，也需要改进。葡萄生长的垂直高度不能不受约束，野蛮生长会夺走很多原本供给果实的养分，这点也要改过来。如果以后要种植高品质的酿酒葡萄，把握好这一点非常重要。再往远说，如果实现机械化作业，苗木垂直高度的统一也极为重要。

当然，这些都是后话。诺博和汉斯列出的这些问题，更多的都是源于之前的观察。做事如下棋，要走一步看三步。精心打理过的试验田给所有人都带来了莫大的信心，也让两位德国专家更加青睐和相信山亭这片土地：问题的提出就是为之后的大规模种植做好准备。

这段时间，匆忙而全身心地投入是诺博和汉斯以及本地种植专家于庭柏等人的工作重心。得到数据，实地应用，采样新数据，继续培育。他们的工作是三点一线式的，日月更替，一天又一天。

第二次来到山亭，诺博感觉又与这片土地亲切了许多，那种初来乍到的陌生感与疏离感越来越少。汉斯更不用说，本就豪迈粗犷的他，很快就熟悉了这片土地。和诺博不同，汉斯学会的第一个汉语词汇不是"你好"，而是"干杯"。汉斯爱喝酒，来者不拒，这也为平时的饮食交流增添了不少乐趣。

这是一顿寻常的晚餐，山亭区葡萄引智项目的几位主要负责人，两位德国专家以及翻译宁颜闽围坐在一起。寻常的寒暄过后，他们开始讨论起了着眼未来的计划。

赵庆美目光看向宁颜闽，微微点头，然后看向诺博说："诺博先生，虽然我们相处的时间并不长，但我相信山亭的热情会让您认可我们的朋友关系。"

"是的，我的中国朋友。"诺博点头回答。

"也不怕各位笑话，对于葡萄种植来说，我是一个外行人。但我很想从各位这里得到一个回答，这也是我们现在坐在这里吃饭的意义。"赵庆美环视四周，静静等待宁颜闽将内容翻译给两位德国专家，也等待着众人的目光向他聚拢。

嘈杂的饭桌上安静下来，众人的目光找到了唯一的焦点。赵庆美继续说："各位专家，山亭的葡萄种植业，未来应该走哪个方向？到底是种植生食葡萄好还是种植酿酒葡萄好？这不仅是我们关心的问题，也是区委区政府领导关心的问题。"

对于这个问题，其实在座的每一个人，心中早就有了明确的答案，只不过此时需要一场正式的表态来决定罢了。这可不是形式主义，很多时候，一件事情的开始，往往都需要一场充满仪式感的表决，找清目标的同时也是对信念的塑造。

在历史的分岔路口前，能选的路往往有很多，而摆在眼前最正确的往往只有一条。这句话可以解释很多事情，包括山亭对于种植酿酒葡萄的选择。我们说想要找到一场战争爆发的原因，就要把目光投向上一场战争的结束。山亭人对种植酿酒葡萄是有经验的，这么好的区位条件，这么好的种植基础，原枣庄葡萄美酒厂的失败还历历在目，为什么不能重新尝试一回？至少，对于曾经在老酒厂工作过的专家于庭柏来说，他是绝对支持的。再者说，诺博与汉斯本就是从德国索南伯格酒庄而来，先进的技术与成功的经验就在眼前，若不顺水推舟把这唾手可得的果子摘来，以后的发展可就不会再有当下这般踩着前人脚印前进的机会。

在座的众人都陷入了沉思，目光若有若无地投向诺博所在的位置。作为最关键的人，此时诺博的表态无疑至关重要。

"我建议在山亭种植酿酒葡萄。"诺博似乎早已成竹在胸，看上去也没有做过多的思考，只是偏过头去看了一眼汉斯，眼神简单地交流过后，便轻松做出了决定。

"好！"

赵庆美激动的叫好声很大，甚至掩盖住了宁颜闽还没有结束的翻译声。掌声雷动，诺博和汉斯也在鼓掌，于庭柏的脸因为过于激动而涨得通红。这句肯定的建议把氛围推向了高潮，其实这个答案是注定的，只是需要有人说出来而已，说出来了，方向也就确定了。

此时饭桌上还有一个卖力鼓掌的人，他的表现显得很突出，他叫韩平，来自人事局。

"干杯！"汉斯举起自己的酒杯，用他学到的第一句中文向大家表示祝贺。杯盘相碰发出阵阵叮当的清脆撞击声，一个酿酒葡萄的种植计划正式在山亭人的心中酝酿。

一株来自德国的葡萄有了自己的中国命运。

第二章

人间最美的风景
是那葡萄成熟时

德国专家的山亭"关门大弟子"

2002年7月，盛夏。

晴空如洗，万里无云，大有王维诗中"赤日满天地，火云成山岳"的景致。抱犊崮上一片青葱，群山纵横之间，似是一片翠色。群山环绕中的山亭，低矮的丘陵地貌阻挡了炎夏的热浪，昼夜温差小，夏无酷暑。

山亭区政府办公楼二楼东侧的会议室里热闹非凡，赵庆美和于庭柏以及人事局的干部们，都聚拢在这里，他们将就山亭葡萄接下来的发展进行热烈的讨论。诺博和汉斯两位德国专家刚刚结束第六次技术指导，离开山亭。距离那场决定发展酿酒葡萄的晚餐，不知不觉间已经过去了两年的光景。自从明确了发展方向之后，山亭的酿酒葡萄苗木培养工作正式走上了快车道，相关的各项工作都在紧锣密鼓、有条不紊地向前推进。

2001年3月及8月，诺博和汉斯应邀担任山亭区农业发展顾问，对酿酒葡萄扩大种植规模的选址进行了一番严密的考察，足迹踏遍了山亭的每一寸土地。他们从山城街道到水泉、城头、北庄、凫城、西集等各个乡镇，全面考察各地的气候、土壤、水文等葡萄种植的

第二章　人间最美的风景是那葡萄成熟时

自然和人文环境，从而寻找最佳的种植点。当然，这个种植点的考察也是为未来规模化种植做的准备，苗木试点依旧保留在高振楼的苗圃基地里。通过一系列综合的考察比对，他们一致认为山城街道自然条件好，土壤品质佳，因地制宜，适合引进欧洲酿酒葡萄品种。这个观点和山亭本地几位果树专家的观点不谋而合。从某种角度来讲，山亭区种植欧洲酿酒葡萄的决定算得上是对之前理想的继承，枣庄葡萄美酒厂的故事由此重获新生。

两年前，还是诺博初来乍到的时候，为了寻找一片苗木试验田，于庭柏一通电话请来了本地的种植大户高振楼，借用他承包的土地进行试点。当下的问题也是一样的，按照预定计划，诺博先生会在九月份的时候再次来到山亭，并且把新的苗木品种带过来。依旧是试点性的培育，但是这次的规模比较大，需要拿出更多的土地，对高振楼自己的种植产业可能会造成一定的影响。酿酒葡萄的培育当然是好事，但如果需要为此牺牲个人利益的话，那就必须进行讨论，拿出一套可行的补偿与扶持办法才合情合理，才能行稳致远。

通过两年的往来，诺博与汉斯两位专家与山亭人民建立起了极深的友谊。他们带来的新的种植理念，也自上而下地引发了一场小范围的产业革命。至少在培育酿酒葡萄的领域中，山亭已经做到了从追求高亩产到追求高品质的转变。

对于如何做高振楼的工作，人事局的人觉得有些棘手。即便与他私交往来甚密的于庭柏，也同样感觉如此。寻找问题所在，还是因为山亭经济基础薄弱。如若财政预算充足，大可重新开辟一片土地用于试点，抑或给予高振楼一笔不菲的补偿，从而接管当下的苗圃，也省去了重新育苗的烦恼。然而遗憾的是，这两种方法都不可行。为何不行？这还得回到高振楼本人身上。

高振楼何许人也？山城街道西鲁村村民，本地有名有姓、排得上号的种植大户是也。这个"大"字或有可商榷之处，观而言之，从表象上来讲，他貌似和"大"字沾不了多少干系。身长不足六尺，且身形瘦削，一反他人对山东大汉的认识。相貌憨厚敦实，不见有什么神异之处，若是走进茫茫人海里，也是其貌不扬普普通通的一员，这是其一。其二是他的苗圃规模，高振楼所拥有的土地规模其实并不大，拢共也就几十亩地而已，根本满足不了扩大种植规模的需求。

夸张一点说，历史的车轮滚滚，总需要一个驭手领航一个时代，这驭手多有奇异，好似谪仙人。而高振楼缘何被选中，成为山亭葡萄种植历史新节点的驭手？

原因自然是有迹可循。

首先，别看高振楼个子不高，但从果树种植来说，他算得上是冰雪聪明。似是天晶地魄凝了骨，又似草木精灵画了皮。说起话来朴实笨拙，做起事来却又踏实肯干。老话讲得好，"授人以鱼不如授人以渔"，诺博和汉斯作为德国专家，为山亭带来了崭新的技术与理念，但这里终究不是他们的归属地，要想让这片土地真正好起来，还需要有人全面地汲取和吸收他们带来的先进技术，最终形成一套结合本地特质的新方法。而高振楼这样的本地果树种植大户，此时正是充当起了这样一个角色。

苗木不会说话，那么高振楼就是它们的代言人。在跟随诺博培育苗木的两年时间里，他凭借自己精灵一样的学习能力受益良多，这种优秀的天赋也让诺博赞不绝口。用于庭柏的话来讲，高振楼就是诺博在山亭的"关门大弟子"。培养一个好的苗木专家或许不难，但是寻找一个有天赋的人，则是千载难逢。

第二点原因来自对未来发展的考量。两年时间里，作为本土专家的于庭柏同样在德国专家的帮助下，学习并掌握了德国庄园模式的葡萄种植理念与技术。作为科班出身的专业技术人员，他的专业水准是不容置疑的。但是，地方产业的推广，需要的不仅仅是一个从天而降的专家，更需要一个又一个沾着泥土气，真正从种植户里走出来的民间高手。农民的心思是朴素且务实的，他们信的是耳听为虚眼见为实。若只是凭着于庭柏以及培养出的几位科班出身的专家来做，那就是空中起楼阁，人们多少有些将信将疑。而换作高振楼带头来做，那就是布衣踏青云，之前他苗圃里的成果大家都有目共睹，如此一来也就更易推广。

如此看来，人事局所头疼的问题也正在于此。与其说是请高振楼继续帮助培育苗木，不如说更像是借东风，借他为山亭的酿酒葡萄种植起势，不过需要商洽出一个能够让山亭区财政支持的合理的筹码。

不知道是不是天气的缘故，参与讨论的众人，只觉得会议室里比平日添了几分热气，不由得口干舌燥起来。赵庆美拍了拍桌子说："大家静一静，静一静。"

他眼神看向于庭柏，说："于专家，你和高振楼比较熟悉，这件事还得您亲自出马，费点心思。"

于庭柏点了点头，说："赵局长，您得给我说明白，我们能够给他提供什么条件，咱们也不能让人家做出力不讨好的事情啊。"

"你也知道咱们区里的财政状况，"赵庆美长吁一口气，身子微微向后靠了靠，"经济上的支持可能会很少，各类补助能申请的我们当然都会帮忙申请，一切相关的荣誉奖项全部归他所有，能够争取的扶持和荣誉我们也会积极申报。"

"那块土地？"于庭柏快速眨了眨眼睛，问道。

赵庆美猛地坐了起来，似是要从椅子上跳起来，嘴里一连吐出三个对字："对，对，对！"他急急地说道："他那块地，那块育苗基地，只要他愿意继续做这件事，我就去打申请，把那一百亩地都批给他，不但批给他，而且是无偿使用，在政策允许范围内无偿使用。"

赵庆美言辞激动，一连串的话语像是弹珠滚地一般，噼里啪啦阵阵作响。

"好。"于庭柏也不含糊，立马拨通了高振楼的电话。随着嘟嘟的几声忙音，电话那头的高振楼终于接起了电话。

此时，高振楼正在育苗基地的地头上站着。随着诺博和汉斯两位专家的离开，他又一次全身心投入到了这片不大的葡萄园里。其实也没有什么好忙的，他只是喜欢站在这片土地上，深呼吸时，似乎能感受到那些爬满架子的葡萄藤与自己气息相通。正是苗木茵茵时，葡萄花方才开败了月余的光阴，细密且紧致的葡萄果实一颗一颗簇拥成一团，在日光的照耀下像是一簇又一簇的珍珠一样。

他是打心底里热爱这片葡萄，这种与之前大不相同的种植理念，让他陷入了一种对葡萄种植的狂热。半辈子面朝黄土背朝天的农作生活，让他对这种艺术般的育苗方法感到无比新奇和振奋。从扦插嫩芽到嫁接苗木，从选用砧木到控制水肥，每一株苗木的每一个细节都在他的脑海里翻来覆去地回放着。

回想起第一次见到诺博时的情形，他不禁有些哑然失笑。当初看到诺博的第一眼，实话说他是很有些好奇的，毕竟还从没在现实中真真切切地见过外国人。眼前的这个德国老头挺着啤酒肚，身体看上去结结实实，皮肤白得像家里的小麦面粉。再看他的五官，都好似比咱们的大了一圈一样，眼睛大，鼻子长，嘴巴也大。那胳膊上的毛发，咋就那么突出？一团一团毛茸茸的，像是来自原始社会。总之，眼前这个比自己高出许多的外国老头，立体的轮廓下勾画出一种异于黄种人的气象。等他张口说话，咿哩哇啦的德语中夹杂着繁多的塞擦音，这在高振楼听来总是带着些暴躁的感觉。幸好还有宁颜闽老师在一旁做翻译，高振楼才显得熟络许多，不至于失了礼数。

高振楼平时有些沉默寡言，说起话来也是瓮声瓮气的，只有在学习种植技术的时候才会多说几句。而刚刚开始接触时，诺博说的话他又不能第一时间听明白，沟通交流自然出现了一些问题，全凭宁颜闽从中周旋。

诺博每次到山亭来，都是宁颜闽担任翻译。正是因为宁颜闽的专业素养，才有了德国专家与山亭人的顺畅交流。在此后跟随诺博长达八年的翻译工作中，宁颜闽有了意外收获，她对葡萄种植技术有了非常详细的了解，也算是半个葡萄种植专家了。

山与山不相见，更何况是远隔万里的两个国家。诺博看出了高振楼的尴尬情绪，所以不时地讲几个德国笑话，企图借此缓解这种陌生又僵硬的氛围。与刻板印象中的死板生硬有所不同，德国人是极具幽默感的，他们的笑话短暂却有力，可以称得上讽刺艺术的行家里手。诺博也是如此。不过每个国家的笑话也都是有自己的具体语境的，生活中我们常常有这样的经验。当一个笑话处于不同的社会情境时，其效果是大不一样的。更何况，诺博讲完笑话，还需要借助更多的中国语言去解释，就很难再有原汁原味的"笑话"味道了。明明是在讲笑话，听起来却更多了几分尴尬。

这也是让初见诺博的高振楼感到困惑的原因之一。

但葡萄苗木是一道很好的沟通桥梁，是唯一能够直接打开两人心扉的渠道。高振楼和诺博很相似的一点，就是对苗木全身心投入的热情。这种热情付诸实践以后所带来的，是诺博由衷的赞美与刮目相看。诺博赞叹高振楼丰富的实践经验与勤勤恳恳的态度，高振楼接受了诺博的种植理念后也是如获至宝。一株苗木让两人的关系迅速升温，他们亦师亦友，亦徒亦友。关系愈发密切起来，尴尬少了，话也就多了。借着宁颜闽的帮助，两个人的话题范围从专一的葡萄种植，转向了家长里短的交流。恍惚之中，高振楼似乎在诺博身上找到了另一个自己，一个从欧洲来的同样陶醉于苗木的自己。如果不能用语言的方式实现沟通，成为朋友的方式也就变得单一且可贵，那是灵魂之间的共鸣，是跨越语言鸿沟之后心与心的交流。

这是山亭果农与德国专家之间的相互信任。

高振楼依旧记得诺博第二次到苗圃来时那满面的喜色。初次试点的成功，也让他和初次相见的汉斯成了好友。自打那以后，高振楼便总喜欢站在这片苗圃地里，聆听这种无声胜有声的绝妙。每每如此，他的情绪都是复杂而微妙的：一方面是对诺博、汉斯两位德国专家无私付出的尊重，另一方面则是对自己所获成果的享受。

电话铃声阵阵响起。

高振楼看了看来电显示，是于庭柏的电话。他微微皱眉，稍有迟疑。诺博先生七月份刚刚来过，也曾对他提及九月份携带大量苗木，来山亭继续试点的事。自己这座庙毕竟太小，怕是再难容下更大的佛，这让他有些苦恼。作为诺博在山亭的"关门大弟子"，若是这次将试点基地搬出去，他心里是一千万个不愿意。他也想说服人事局的领导，把这块基地留下来。

思绪纷飞只是一瞬间的工夫，铃响三声，高振楼接起了电话。

"喂，于专家你好啊。"高振楼说。

会议室里，电话接通。于庭柏身边围着一圈人，等着下文。打开免提后的声音有些粗粝嘈杂，但这并不影响每一个人心里的情绪。韩平所在的位置稍远一些，倒是没有表现出太多的情绪波动。

"振楼啊，哈哈哈……"于庭柏笑了两声，之后迅速进入正题，"给你打电话是想商量一下咱们那个德国酿酒葡萄试点基地扩大的事情。"

"是这个事啊……哈哈……"高振楼有些不情愿，言语之间也多带着推诿迟疑，同样干笑着。

赵庆美听着电话里的回答，瞪大了眼睛。他拉了一把于庭柏的胳膊，压低声音，用气声说："之前说的都算数，地也可以给。"

"振楼啊，诺博先生跟你说了九月份要带更多苗木来山亭的事情吧。"于庭柏被赵庆美这一拉晃了下神，说话有点不连续，"我和人事局的领导们说了一下，现在想问一下你的打算。"

"诺博给我讲了。"高振楼说话又回到了那种瓮声瓮气的状态，他将目光从苗圃中间转出来，远远地看向门口那块写着"欧洲良种果树苗木中国繁育基地"的牌子，"你看这才发的牌子，拿走是不是有些可惜了？"

高振楼虽说没读过太多书，但在为人处世上也自有一套办法，他并没有正面回复，只是试探性地做出回应。

于庭柏一听这话心里直哆嗦，手心都攥出汗来了。

他继续说："对嘛，这牌子刚挂起来，收起来倒是可惜了，不过你也得体谅体谅咱们山亭的困难啊，该有的资助我们都在努力为你争取，该有的荣誉和项目也都在积极上报，你看咱们彼此包容一下？"

高振楼一听，心里暗自说一句坏了，这蜜枣刚塞在嘴里大棒就要来了。听于庭柏的意思，发下来的牌子或许还能保得住，可这苗圃怕是得搬走了。这让他一时间失去了思考，只是反复机械性地盘算着,围着苗圃的外围打转。他低着头,右手托着电话,踱来踱去寻不到一个妥帖的回复。

会议室里,赵庆美的眼珠子都要瞪得凸出来了,他的眉头紧锁成一团,像是一个拧不开的肉疙瘩。于庭柏问完上句,一时间没有了回话,这让他也有些头疼。毕竟之前第一次寻找试点苗圃时,高振楼可是一口就应承下了这事。

高振楼声音嗫嚅着,夹杂在滋滋啦啦的免提音里:"我觉得钱都不是啥问题,大不了我去借借,主要是不能让人家从德国远道而来的专家们失望了……那个,我这地方确实有点小……嗯……"

"地,政府给啊!只要你愿意继续做下去,就现在苗圃基地那里,扩充到一百亩地的范围都划拨给你。"于庭柏抢先一步把话说完,连带着把打申请的一百亩地,先斩后奏许诺给了高振楼。赵庆美倒也没阻止,只是飞快地眨了眨眼睛,算是默许了这件事。

"啊?"高振楼一时间竟有些诧异。

"嗯?"这种反应让于庭柏也有些脑袋发蒙。

"于专家,你是说把我这片苗圃扩大到一百亩?"高振楼似乎有些不相信地问道。未等于庭柏反应,强烈而有力的狂喜便似脱缰野马般涌上高振楼心头。原本都快被埋在土里的目光,随着心跳迸发出的强烈激动冲到了天上去。

于庭柏也趁热打铁,说道:"经济上对你的支持可能有所不足,但我们能够提供的东西是绝对不会吝啬的。"

"好啊。"高振楼的回复听上去有些敷衍起来。这可不是有所不满，只是因为内心这份未消化完的狂喜，他现在哪里还能听得进去其他东西。高振楼只知道这块苗圃不但搬不走，而且面积还要扩大，他因此可以继续和诺博、汉斯做苗木培育，这两年他所热爱的事业也将要继续发展。

抬头看天，今天的天色真美，云朵一片连作一片，衬托出朗日晴空。此时细碎的蝉鸣像是牵动微风的线，四周苗木摇曳。

风说了许多，以至于填满了属于葡萄的整个夏天。

两位"洋爷爷"助学"山里娃"

莫等葡萄透底红,急采撷。

一株葡萄的成熟,是几个月的时间沉淀,也是农人夙兴夜寐的耕作照料。一枝细芽扦插在土壤里,向下扎根,求存;而后肆意生长,攀缘而上,求生。等到雨打风吹去,枝繁叶茂时,淡黄细小的花蕊层层堆叠,似是野花绽放,不争颜色,恣意汪洋。花败落成泥,孕育成果实,直到成熟时。冬来满园尽枯枝,暖风吹过又是一片翠色。人人都知葡萄挂满藤,似珍珠玛瑙垂架上。谁知葡萄花开时,点点碎花才是真绝色。

如果说诺博和汉斯的到来,为山亭葡萄种植产业插下了一枝细芽,那么最动听的故事永远都在苗木生长的路途中。

时间回到2001年3月,诺博、汉斯两位德国专家第三次来到山亭。苗木的生长不会骗人,心与心的交流不会骗人。窥一斑而知全貌,对诺博和汉斯来说,虽然山亭这片土地或许还不像德国的庄园那么熟悉,不过他们相信这一切都会好起来。在多年的援助和交流过程中,山亭人的表现让他们印象深刻。敦实、憨厚、谦虚、勤劳,这片土地上的人们有一种不服输的品质。虽然条件并不优越,物质并不充裕,但是他们始终愿意把最好的东西呈现给每一位愿意帮助他们的人。真诚才是最能打动人的财富。

诺博和汉斯奔波在世界各地，他们总是心心念念地记挂着这片经济欠发达的山区。为了随时了解山亭的状况，他们和翻译宁颜闽邮件往来十分频繁。汉斯并没有 SES 组织的专家认证，从外专局的角度来说，并不符合引进外国专家的标准。为了协助诺博工作，他是不远万里自费来到山亭的。正是感动于这种无私的奉献精神，山亭区引智办向上级部门申请，最终破例邀请汉斯成为专家团的一员，享受与其他外国专家同等的待遇。

SES 作为公益组织，本着国际人道主义精神，对世界各地进行无偿援助。为了表达谢意，引智办调拨资金，以天为计数单位向各位专家发放生活补助，每天 200 元上下的"生活费"虽少，但重要的是要表明一种态度。而就是这笔数目不多的生活费，诺博和汉斯却做了一篇"大文章"。这篇"大文章"里赫然写着国际人道主义精神和跨越民族的人间大爱。

宁颜闽给诺博讲了一个故事：当地有山里的四个孩子，他们的父母都去世了，但他们学习不错，还在坚持读书，但很艰难。诺博当时听了宁颜闽的讲述，"眼泪啪啪滴在地上，难过得老泪纵横，难以止住自己的悲伤。他摆摆手说，不说了，我知道了，这几个孩子我收了，我来资助他们上学"。

慈夫玲那年正好 16 岁，在山亭本地一所中学就读高中。一家人其乐融融，平凡又快乐。家中有几亩薄田，父母收入稳定，生活虽平平淡淡，却也是最美好的。但爷爷的重病让这个小家庭陷入了困境，父母为了给爷爷治病，把这个小家拆得七零八落，用光了家中的所有积蓄，一直靠向亲朋好友借款维持着爷爷的生命。最终结果并不乐观，苦苦支撑许久之后，爷爷还是去世了。麻绳专挑细处断，作为一家顶梁柱的父亲又因为一场意外的触电事故，落下了残疾，身体基本不能动弹。从此，这个家庭失去了最主要的劳动力。慈夫玲一家人只能靠种地的微薄收入来维持生活。吃饱穿暖都成了难以解决的问题，慈夫玲上学的学费更是支付不起。

很难想象年少的慈夫玲如何承担这一切，面对家庭的困境，她或许不止一次想过放弃学业，早早地承担起家庭的责任与义务，为七零八碎的家庭奉献一丝力量。可若是退学回家，家人多年以来对她的付出与期望将付诸东流。读书未必是人生的唯一出路，但对农家孩子来说，它确实是最公平的出路。学问藏之身，身在则有余。慈夫玲心中万般纠结，但面对这个残酷的现实又不得不低头。

由于家庭变故，成绩常年维持在班级前三名的她不得不面临退学的选择。放弃学业对她来说无疑是非常残忍的，不甘的情绪无时无刻不在她的心头回荡，但此时的她表现出了一种让人心疼的懂事。为了不给老师和同学添麻烦，她希望自己悄无声息地消失在校园里。她平时装作若无其事的样子，像往常那样读书、学习，向老师提问，和同学交流。只有放学后的片刻时间里，她才会表现出感伤——这或许是她最后的校园生活了。

从那一刻开始，她就偷偷在书包里多装几本复习资料，让自己留在教室里的书本一点一点减少，让自己在这个校园里的痕迹一点一点消失。每天从校门走出来的时候，她总是刻意地向着校园里再仔细看上几眼，顶着红红的眼眶，背着那家庭负担一般沉甸甸的书包。这一切，少女的心里真的能接受吗？并不能。慈夫玲的眼眶是通红的，但此时她似乎也没有了别的选择。青春期的少男少女总是多愁善感的，这些本就复杂缠绕在一起的心思与情绪，让这个阶段的他们总是喜欢故作坚强，好像要向这个世界证明自己长大了一样。

根据任课老师和同学们的多方反映，校方具体了解了慈夫玲家中的困境。学校也在积极地寻求社会援助，帮助慈夫玲的家庭解决问题，至少要让孩子继续把书读下去。

那是三月份的时候，校方的帮助已经有了具体的方案。这时，他们接到了来自山亭区人事局的电话。电话里讲，山亭来了诺博、汉斯两位德国专家，为地方的果树种植产业贡献力量，两位专家有一个想法，他们要将政府发放的生活补助，作为助学金捐献给学校，为那些有困难的学生提供帮助，希望校方能够根据实际情况寻找帮扶对象。这个消息对准备援助慈夫玲的学校来说，既是凑巧也是刚好。于是，学校把她列入帮扶名单，以这次外国专家助学作为开端，展开对慈夫玲的帮助，成为自然而然的事情。

三月的一个清晨，刚刚结束早读的慈夫玲被老师叫了过去，和另一名学生一起被带到了校长室。因为不知道是什么缘故，她脑袋有点转不过弯来，一路上只能跟在老师身后小跑着，反复思考自己最近有没有犯什么错误，直到校长室大门推开的那一刻。

推开门,面前是两位外国爷爷,一个身材微胖而结实,一个体形高大而健硕。两位老人慈祥的脸上挂着笑容,看上去十分亲切。那是她的命运改变的时刻。多年以后接受记者采访时,慈夫玲依旧清晰地记得当年的场景,她还自己打趣说:"那时候年少不懂事,也没见过外国人,当时也没别的想法,只顾着好奇了。"

诺博将几百元钱塞在了她手里,汉斯站在一旁看着,脸上露出了浅浅的笑容。直到那一刻,慈夫玲才明白两位"洋爷爷"是来资助她的。手中的钱突然变得有些滚烫,她一时半会儿不知道该怎么应对。她先是想要感谢两位老人,紧接着却是手足无措,不知道这还散发着体温的钱该不该收,继而又多了一丝想哭的情绪。心情复杂成了一团,这让她近来一段时间一直紧绷着的情绪突然释放出来。她不敢相信自己有这样的幸运,能得到外国专家友人的帮助,还能继续完成读书的梦想。在这段故作坚强的坚持过后,她感受到了来自学校、社会以及"世界"的温暖。

诺博和汉斯捐出的第一笔助学金虽然不多,却表明了一种态度。本就是无偿援助山亭的两位外国友人,将自己仅有的报酬也回馈给了这片土地,这毫无疑问是一种人性的光辉与魅力。在他们无私的国际人道主义精神的感召之下,翻译宁颜闽也捐出了自己微薄的薪酬。学校那边也紧跟而上,借着诺博和汉斯的捐资助学,开始对慈夫玲等几名困难学生进行帮助。

一切都在向着好的方向发展。

也就是从那时候开始,高中三年时间里,慈夫玲五次和诺博、汉斯相见，累计获得资助4000多元，这在当时也算是一个不菲的数目了。正是因为两位德国专家的资助，她才得以更加努力学习，顺利考上了大学，后来成为一名光荣的人民教师。

宁颜闽说，从2001年3月第二次山亭之行开始至2008年8月，诺博和汉斯两位专家利用工作之余，先后资助了慈夫玲、闫红柳等20多名山亭困难学生，累计捐赠助学金32000余元。受捐助的人中，慈夫玲成了高中老师，反哺山亭教育。闫红柳走出了山城，担任潍坊理工学院校长助理，并且通过个人努力，以访问学者的身份前往马来西亚学习。更让人欣慰的是，诺博和汉斯所资助过的学生个顶个地成人成才，他们后来都以不同的方式继承了两位德国专家的无私精神，反哺山亭，造福社会。

劝汝立身须苦志，月中丹桂自扶疏。慈夫玲总是笑着自嘲平凡，没有走出山城去，可能也并不是多么优秀，但她从来没有忘记两个"洋爷爷"对山里娃的牵挂。她至今还珍藏着一块手表，那是第二次见到诺博、汉斯时，两位"洋爷爷"送给她的。那是一块拴着皮带的机械表，"洋爷爷"希望她能够珍惜时间，好好学习，做一个对社会有用的人。这块手表接过来的时候拿在手里沉甸甸的，但慈夫玲从来没有戴过，她不舍得。她把手表珍藏在柜子里，时不时想起就拿出来看一看。这份厚重的礼物她舍不得戴在手腕上，更愿意藏起来，历久弥新。

教会一个孩子成长的最有效方式就是言传身教，诺博和汉斯对慈夫玲的人生产生了巨大的影响。多年之后走上教师岗位的她，依旧传承着两个"洋爷爷"的无私助人精神。她用自己的亲身经历鼓励更多的孩子不要放弃理想,要勇于坚持,就像那句老话所说,"自助者天助之"。同时,她也不忘用自己的力量帮助更多的学生好好上学。如今的她生活相对安稳,工资待遇虽说并不多么优渥,可是遇到家庭困难的学生,依旧愿意拿出几百元钱来帮助他们渡过难关,就像当年诺博和汉斯两位"洋爷爷"帮助她一样。

2008年8月1日,诺博受汉斯临终前嘱托,携带2000元助学金再次来到山亭区。汉斯因癌症恶化,已经不幸离世。他在临终前,叮嘱诺博一定要把这笔捐助送到中国孩子手里。因受资助学生高雷、闫红柳两人此时均以优异成绩分别被山东大学、武汉大学录取,即将结束高中学习生活,诺博提议,将汉斯临终所托付的2000元助学金捐助给了枣庄市第四十中学的王静、陈赢两人。

"资助山区孩子考上中国高等学府,这是汉斯的心愿。今天虽然没有见到两个孩子,但得知他们考上了大学,汉斯的心愿也应该了结了。"诺博说话时磕磕绊绊,泪水在眼眶里转了一圈又一圈。

对于中学教科书里写的白求恩的故事,我们都很熟悉。这个来自加拿大的共产主义者,不远万里来到中国,以一个医生的身份与中国人民奋战在第一线。毛泽东主席在白求恩逝世后的1939年12月21日作《纪念白求恩》一文,称其是"一个高尚的人,一个纯粹的人,一个有道德的人,一个脱离了低级趣味的人,一个有益于人民的人"。在战争年代,白求恩精神值得我们永远缅怀。我们又该如何评价和平年代诺博和汉斯对于山亭的贡献?诺博和汉斯可不可以被称为"和平年代的白求恩"？诺博和汉斯两位专家的精神是独特的，他们身上饱含着一种独属于他们的魅力与国际人道主义的光辉，也许我们可以将其视作新时代白求恩式的人物。然而似乎并不能模糊地将两者混为一谈，白求恩就是白求恩，诺博和汉斯就是诺博和汉斯。正是因为诺博和汉斯的无私奉献，山亭的过去、现在乃至未来都贯穿起了一种独一无二的"汉诺"精神。这精神的具体内涵是什么？一千个人眼中有一千个哈姆雷特，但我们相信它蕴含的是一种与众不同的力量，这力量将支撑着山亭人不断向前。

小苗圃带来了开眼看世界

2002年9月，金秋时节。秋天是一个收获季节，也是充满希望的季节。

自从高振楼答应继续做好苗木培育基地工作以后，山亭区人事局带头，马不停蹄地开始了新的建设准备工作。赵庆美主动给有关部门打申请，让扩建到一百亩的苗木培育基地获得了各方面的认可，在这片不起眼的土地上，创造了有目共睹的成绩。要知道，在2002年的时候，这里可是全国唯一一个欧洲良种果树苗木中国繁育基地。

山亭这片土地虽然多山，却是果木种植的一块宝地，不仅仅有外来的葡萄品种，更有本地的樱桃良苗。

于庭柏近来有些忙碌，作为本地知名的果树专家，他的工作不仅包括提升酿酒葡萄种植技术，还要忙于本地樱桃产业的改造，尤其是水泉镇，九月份正是拉枝开角的新梢生长期，樱桃作为秋季播种的植物，这个时候对于早期落叶病的防治至关重要。樱桃在山亭的种植也是有历史渊源的，与外来的葡萄有所不同，水泉镇作为中华樱桃的原产地之一，其樱桃种植距今已有3000多年的历史。这里世代都有种植樱桃的习惯，时常见到房前屋后、山上坡下遍布着樱桃树。"樱桃葡萄两手抓，农民全都笑哈哈。"如何将樱桃产业振兴起来，作为山亭农民致富的新路径？于庭柏为这项事业付出了许多精力，面临的问题同样也很多。

国内种植的樱桃主要有两个品种，一种是产地源于中国的本土"小樱桃"，另一种则是1871年前后引进的欧洲甜樱桃，也可以称为"大樱桃"，模样很像大家耳熟能详的"车厘子"。山亭樱桃归类于前者。中华樱桃普遍个头较小，果肉偏软且皮薄肉多，因为对储藏、运输条件等方面要求苛刻，本地樱桃无法大规模销往各地。

樱桃古有"莺桃"之称，说的便是等到果实彻底成熟时，酸度褪去甜度涌起，莺燕鸟雀皆来抢食的景象。樱桃成熟，须尽快运往市场销售。然而，因为交通等各种条件限制，山亭的中华樱桃走出田间地头困难重重。作为时令水果，人人都想抢个新鲜率先品尝，在没有更好的办法时，只能不等樱桃完全成熟，尚且带着青涩酸味时就运往他乡。一旦等到彻底成熟，樱桃就变得十分脆弱，到地头去吃很可口，但耐不住运输时哪怕一丁点儿的颠簸。

人类带不走的就是小动物们的，鸟雀抢食樱桃在当地也算是司空见惯。这也就是山亭的老乡们常说的："种上一棵樱桃树，鸟雀飞来不吃谷。"

山亭樱桃还存在一个问题，就是自身的品种不够优良，口感、质量、防病虫害等各方面优势不够，周边的市场占有率不高。面对这些问题，于庭柏一直都在思考品种改良的路径。在这方面，于庭柏也获得了诺博的很多帮助。

第二章 人间最美的风景是那葡萄成熟时

按照先前的约定，诺博将从德国运送一批优质苗木在山亭进行新一轮的试点工作。对山亭的地理环境有了进一步的深入了解后，这次的试点工作依托于前两年筛选出的部分欧洲优质酿酒葡萄苗木品种，优中选优的同时扩大培育范围，从而为接下来的大规模种植做好准备。也就是于庭柏从水泉镇来回的工夫，诺博乘坐的飞机已经降落了。

现在山亭的葡萄育苗基地主要交给了高振楼和高东峰两位负责，一个是民间老农、行家里手，一个是科班出身、青年俊杰，在跟随诺博学习的这两年时间里，他们已经渐渐有了成为山亭葡萄产业带头人的架势。于庭柏和诺博的相处方式，则更趋近于传统象棋技法中王不见王的理念。同是一方知名的专家学者，不到至关重要之时，互不打扰，各自取长补短，完善自我，相互帮助，向着同一个目标共同前进。

汉斯正在巴尔干地区参与其他国际援助项目，所以第七次来到山亭的只有诺博一人。这也真是难为了诺博，一个德国老人在机场成了一道亮眼的风景线。除去游客们对外国人好奇的目光外，那件足有一人高的行李属实是夺人眼球。因为等不及国际运输的时间，诺博的行李里面几乎塞满了经过检疫之后的各类苗木和砧木，其中还有几株明显不太一样的，那是诺博答应过带给于庭柏的欧洲樱桃苗木。精简再精简，诺博尽可能将一切非必要的个人用品全部丢出了行李箱，以此来压缩空间多装几株苗木。尽管如此，行李还是超重了。因为超重，他还自费交纳了一笔不菲的托运费。异国他乡，这个德国老人背负着山亭未来的梦想，沉重的行李让他的每一步看上去都有些蹒跚，但他确实又是欣喜的，眼神中甚至带着一丝狂热。他要带着这些不说话的"德国孩子"，在中国的土壤里安一个家。

"嘿！诺博，您慢些，我们来拿！"赵庆美挥舞着手一路小跑，带着宁颜闽和刘伟在人群中找到诺博，看到那个大到惊人的行李箱时，急得用家乡话喊出声来。为了迎接诺博和他带来的苗木，赵庆美一大早便来到机场等待诺博，显得颇有仪式感。没承想诺博真就这般实在，把成捆成捆的苗木装在箱子里，一个人喘着粗气往外面拉。这下可把赵庆美他们忙活得够呛，早知道这样，应该穿运动鞋来的。几个人好不容易才合力把行李箱抬进了后备箱。

诺博的第七次山亭之行正式开始。

这将是山亭酿酒葡萄种植产业的一个重要节点，也正是从这时开始，欧洲酿酒葡萄的成规模种植在山亭拉开了帷幕。

高振楼听说诺博要到育苗基地来，异常兴奋。现在正是葡萄播种的时候，按照诺博的嘱咐，基地里的苗木都是间隔生长的，第一年这株开花结果，第二年它就积蓄肥力，所以这育苗基地一时间看上去略有些空荡荡、光秃秃的。空荡荡的原因还有一个，那就是基地的面积变大了，整整一百亩土地摆在那里。高振楼仿佛已经看到了基地那种生机勃勃、万物竞发的前景。高东峰还在紧张地整理着数据，他在厚厚的笔记本上不厌其烦地写下了各项信息。扩张出来的那些土地，已经被高振楼招呼来的村民整理得干干净净、井然有序，多少有了些种植基地的样子。基地板房门口那块"欧洲良种果而负责记录数据的高东峰此时也已经逐渐成为能够独当一面的果木育苗技术人才，也许他的专业水平并不是最高的，但他一定是那个工作态度最认真的。

随着诺博的到来，各项工作开始如火如荼地开展起来，在这个葡萄播种的最好季节里，在这片百亩基地中，形形色色匆忙的农人各司其职，成为山城秋色下的一道亮丽景观。

若说这道亮丽景观中最耀眼的那个，当属诺博与汉斯无疑。从基地建成开始计算，诺博和汉斯两位德国专家先后为山亭捐赠了万余株优质苗木，包括珊瑟尔、莎姆布罗森、超诺、美禾、萨格等91个德国葡萄苗木品种。这批优质的苗木也成为奠定山亭酿酒葡萄事业发展的厚重基石，成为优质苗木中的"先行者"。

风华汉诺

"德国娃"吃上了"中国饭"

2003年注定是不平凡的一年,对山亭区数十年葡萄产业发展的道路来说,这是一个重要的时间节点。通过2000年以来三年时间的培育与探索,山亭的酿酒葡萄产业即将迎来第一个成果井喷期。

2003年2月,阳气初升,正是葡萄休眠期的末尾,插条催根的工作已经被提上日程。这是诺博第八次来到山亭,继续开展葡萄种植技术指导工作。此时,新品种苗木的培育工作照常开展,大规模种植的推广工作也正式开展起来。一个月之后,在诺博的指导下,山亭区将试种筛选出来的46种葡萄,每一种选出30—50株优质苗木,在土壤肥沃、光照充足、水热条件好的地块进行扩种。欧洲酿酒葡萄苗木走出育苗基地,向大众推广,这还是三年以来的首次。这也是诺博来山亭指导工作停留时间最长的一次。毫无疑问,规模化推广所付出的精力和面临的挑战都是巨大的,但这也是必须走出去的一步。只有规模化生产成功,才可以说迎来了山亭葡萄的真正成熟。

一株苗木的种植培育是一个复杂的过程,在诺博严苛的要求下,山亭新一代酿酒葡萄技术已经初步具备了生产优质产品的能力,山亭果树专家初步掌握了繁杂的技术要领和工艺要求。

扦插枝条是育苗的第一步，也是关键一步。葡萄的枝条是比较容易发芽的，扦插作为一种快速繁育的方式，能够尽可能地加快苗木的扩大生产进程，同时也规避了一个问题：远道而来的德国苗木，从一颗种子到抽枝发芽的过程未必是顺利的，需要砧木的保护。一个品种的植株能够在土地上抽枝发芽，不代表真正适合这片土地的特质，经过一代又一代的适应与品种改良，最终实现外来品种的本土化，这是一个必然的过程。

葡萄苗木扦插以硬枝干插育苗为主要方式，将运送来的种条（具有根系和苗干的苗木）修剪成长度为10—15厘米的插条，每根插条上保留二至三芽。清水浸泡24小时以上，确保插条基底被水没过，同时确保水质优良，以此唤醒苗木活性。浸泡过的苗木冲洗干净移入试验田，需要整齐摆放，单株之间的行距、株距都需要严格测量与把控，同时土壤基质的温度、湿度也需要控制。温室里的花朵经不起风吹雨打，山亭苗木基地的试验田并没有选择室内大棚种植，而是露天培育。如此一来，苗木的生长环境更贴近于自然环境，而对育苗条件的把控也就更加困难。

接下来的工序就是催根。顾名思义，催根就是加速苗木根系的生长发育。为了使插穗尽早生根，人们多用药剂处理法，此时拜耳农药便派上了用场。改天换地是人类奋斗的意义，农药化肥的发明就是人类在认识和改造世界的过程中发挥主观能动性的优秀产物。在那个年代，对于农药的使用，普通民众总有两种割裂的观点：一种视农药为虎狼，坚信自然生长的力量，追求纯粹的天然作物；另一种则是毫无节制地投放农药，农药的使用优先级甚至高于作物本身，近乎以消耗地力的方式，换取作物的快速生长与成熟。其实，这两者都不可取。山亭的葡萄种植对各类药剂的使用是极其规范的，农药作为现代农业发展的产物，作用巨大，因地制宜适当采用，不但有助于作物的生长发育，有利于病虫害的防治，同样也能作用于土地，更好地改善地力，实现农业生产的良性循环。山亭的土地氮、镁元素含量丰富，钾元素较少，那么药剂的选择当然也就多以偏钾性的为主。

不久之后，枝条愈伤组织长出，将大水漫灌与小水喷洒的灌溉技术相结合，水分吃透土层，营养土与苗木的接触更加紧密。悉心照料之后，静候苗木出圃，这大概需要耗费月余的时间。出圃只能说是初步成活，要让这一株株不会说话的"德国娃"吃上"中国饭"，还有很长的路要走。

出圃的苗木需要迅速封蜡，以便于接下来嫁接工作的展开。封蜡是一门技术活，更是手艺活，诺博和高振楼亲自参与其中。一时间，田间地头到处都是端着大盆，跪坐着采摘苗木的农人。封蜡的好处很多，快速凝固的蜡液能够在接穗的表面形成一层薄薄的蜡膜，减少出圃苗木自身的水分蒸发，从而达到保护接穗的效果，这是其一。水分蒸发减少，也能保障苗木的存活率，在春季多风的自然环境下，蜡封接穗能够尽可能避免来自外界的大风、干旱所引发的失水干枯，这是其二。

这看上去是一道复杂的工序，但与常规流程相比，却又是最为省事的方法。苗木出圃是最脆弱的时候，多以封土堆或者复杂包装的方式，保持接穗的新鲜。山亭对这批苗木的重视是不用说的，毕竟稍有不慎就会引发苗木"客死他乡"的灾难性后果。而要避免这一点，封蜡是最简单有效的方法。退一万步来讲，封蜡的作用也可以用"存人失地，人地皆存"的思想来诠释，有效的封蜡可以延长苗木数月的存活时间，若是赶上极端天气或者受其他天灾的影响，也能有退一步的可行性。

其操作说不上多么复杂，但讲究火候。工业石蜡被大量投放在准备好的器皿中，添置适量清水与少许松香，随着100度的高温熔化成液体，将新鲜出圃的苗木按照预期需要的嫁接长度进行裁剪，均匀蘸上蜡液。先用裁剪好的接穗一头蘸取，而后迅速翻转，颠倒过来蘸另一头，每端的蘸蜡时间不超过一秒。等到石蜡凝固成型后，就可以封装入袋，挂好标签，等待后续嫁接工作。

在中国的弟子们看来，诺博和汉斯的理念其实也并不复杂。在诺博和汉斯眼里，葡萄就是跟人一样的鲜活生命体，一定要小心翼翼地对待。扦插是如此，封蜡也是如此。即便是在固定葡萄的时候，也要尽量使用带弹性的东西，因为要是扎得太紧了，葡萄也会痛的，葡萄也有感觉。另外，浇灌葡萄的时候要用温水、用晒过太阳的水，浇凉水的时候葡萄就会感冒。总之，要像照顾孩子一样呵护好一株葡萄，它才会回报给我们最好的产品。

这些都是心与心的交流，而不仅仅是技术层面的问题。诺博和汉斯差不多已经把种植葡萄上升为一种艺术了。

技术活加手艺活，是一件费心费力的事。为了使第一批扩种苗木顺利栽种，山亭几乎动员起了所有与其相关的人员，一时间行家里手云集于此。诺博一直在田间地头的第一线，一边指导一边亲手操作。于庭柏也放下手中其他的工作投入其中。高振楼、高东峰等人就更不用说了，作为基地的常驻人员，他们的参与度更高。而高振楼之前的努力也为这繁杂的人力工作带来了几分惊喜，为了支援苗木扩种，一支以本地农民为主体的农作队伍，快速地组建起来，说是一呼百应也毫不为过。都是种了一辈子地的人，只要给出一个有效的方法，他们就会迅速掌握并熟练运用起来，这为苗木种植工作顺利进行打下了坚实基础。

话说回来，这道封蜡的工序还是有不少讲究的。秉持诺博所提出的"保质不保量"的精品农业思路，大家一改先前以苗木存活为唯一判断标准的观念，转向了对优质苗木的看重。首先要对出圃的苗木进行筛选，枝条饱满、长势优良且粗度（直径）大于1厘米的优质苗木，才会拥有被封蜡的资格。封蜡前后的客观条件也是被严格把握的。封蜡时速度要快，温度要时刻掌握，以免温度偏低时石蜡层开裂脱落，或者温度过高灼伤植株。蘸蜡的接穗需要沥干表层水分，避免出现见水枝条不易黏着蜡液的问题。还有接穗的贮存问题，出圃当日封蜡是基本要求，封装好的苗木放置在低温高湿的室内保存，以保障效果。

这道工序的完成还得几天的时间，每个人都早出晚归地在苗木基地劳作，不断重复的工作让每一个人都累得够呛，但没有一个人为此叫苦喊累。相反，聚集在这里的人们，每一个人脸上都挂着笑容。这笑容里面的内涵很丰富，有的是对这片土地日渐强烈的认同感，有的是对未来成果的向往，有的是看到了好日子的盼头。无论如何，心思各异的农人都有一个共同点，他们的笑容里都有对这片土地的无比热爱。

这些工序都需要早做准备，提前完成。三月中下旬，就到了扩种苗木入土的时候。春节过完不久，春耕的号子还没有正式喊起来，为了协助葡萄苗木种植准备工作，山亭区人事局早早地就行动起来。三年之期已到，山亭葡萄产业再发展的宝全押在了这次扩种试点的成果上。在这样的关键时刻，哪里还有什么职级的分别，"不在其位，不谋其政"这种话，得暂时放到一边去，凡是局内能够抽调出来、与引智工作有关的青壮年劳动力，都被送上了种植生产工作的第一线。

就在苗木繁育基地的工作开展得如火如荼之时，人事局一班人以及雇佣的村民又开辟了"第二战场"——做好扩种土地的前期准备工作。越冬后的土地被犁得松软平坦，土壤被充分翻开，贪婪地吮吸初春的空气，将蕴藏一冬的水肥地力充分释放。

葡萄种植可不是田地里撒谷子，埋进去就算是成功了一半。作为一种攀援而上，需要依附于外物生长的农作物，架杆的工作毫无疑问也很重要。

依然遵照诺博的葡萄种植观念，精益求精，追求极致，架杆的架设当然也有严格的规范。按照预期设想，植株入土需要保持30厘米的固定行距以及 15 厘米的固定株距,以保障水肥均匀分配,架杆的准备也要和植株的分配相契合。

韩平作为人事局的一员,此时对这份工作格外上心,对山亭的深厚感情和丰富的历史文化知识素养,让他更清晰地知晓当下所作所为对山亭葡萄产业的意义与价值,身先士卒是他亮明态度的第一点。

与国内普遍的高大葡萄藤不同,从德国引进的酿酒葡萄苗木多是低矮植株,按照诺博的设计,架杆的制作材料最好以合金为主,确保其轻便的同时,运用合金的耐腐蚀、坚固等特性,确保其耐用性。但时不我待,为了防止合金架杆到位周期过长,人事局做好了另一种打算,通过水泥浇筑的方式,提前准备了一批水泥架杆,以备不时之需。

架杆架设是有技巧的,也是一项技术活。两根架杆下方留出砧木生长空间,然后均匀地用四道粗铁丝相互缠绕串联,形成四个葡萄藤依附生长的空间。诺博和于庭柏在基地与扩种田两边走动,为了保障后续工作的顺利展开,两位专家此时举重若轻"一心二用",同时关注两边的进展程度。在架杆架设时,诺博力气大,拧铁丝手到擒来;于庭柏手巧,负责扭装固定铁丝的扣绳,两个人配合起来也是得心应手。本应是"王不见王"的两人联起手来,两边的效率都很高。

更可圈可点的是汉斯。尽管从技术上,汉斯并不如两位专家那般突出卓越,毕竟当时他已经是身患直肠癌,需要通过体外便袋以保持正常生活的德国老人，但他依旧努力地工作着。那足有两米半高、上百斤重，用来支撑葡萄架拉线的水泥杆，他二话不说抱起来就走。这件事也给于庭柏留下了极其深刻的印象，多年之后回忆起来，他眼中依旧充盈着泪水。一个上了年纪的德国专家，竟然能够如此对待这份异国他乡的工作，这难道不是伟大的国际主义精神吗？汉斯和诺博一起，共同用实际行动谱写了一曲中德友谊和人类命运共同体的感人篇章！

对德国专家的深刻回忆与怀念是无限的，尤其是在汉斯去世之后，山亭人更是无法忘记。山亭人是知道感恩的，知恩图报是山亭人的立身之本。他们怀念诺博和汉斯，是因为两位德国专家没有把山亭视作异国他乡，而是看作自己的"家"。对于"家里的亲人"，山亭人当然是不能忘记的。

等到架杆全部架设完毕，偌大的农田被改造得井然有序、焕然一新。如今万事俱备，只欠东风。东风在哪里？东风在育苗基地里，随之而来的嫁接工作就要展开了。

宋人叶适《月波楼》诗曰："此村风俗淳且鲁，接树移花今复古。"后世借此典故引申出了"移花接木"的成语。把一种花木的枝条或嫩芽嫁接在另一种花木上，这就是嫁接最通俗易懂的概念。这是让葡萄这个"德国娃"吃上"中国饭"的最后一步，也是最为关键的一步，嫁接成功与否将直接影响到苗木未来的生长发育。

农历二月的社日是嫁接的旺季，现在是三月下旬，几近春分，正是葡萄苗木硬枝嫁接的好时候。今年天公作美，多晴少雨，温度回暖也比往年快了少许,这给嫁接工作提供了很多便利,最起码来说,不用过多等待了。

通过三年的实践检验,山亭酿酒葡萄的嫁接砧木选用最适宜本地自然环境的SO4湿生苗,这种砧木根系发达,作为嫁接的副系(嫁接植株,上端苗木为主系,下端砧木为副系),抗冻耐湿,对根瘤蚜、结线虫等常见的葡萄虫害也有较强的抵抗作用。山亭传统农业一直运用人工嫁接的方法,诺博本打算用嫁接机来完成这道工序,但因为缺少机械,只能暂时放弃。正因为如此,诺博在下一次来山亭的时候还专程带来了一台德国"奥托"牌嫁接机。围绕这台机器还发生了一系列故事,这是后话。

诺博带来的德国技术虽好,但也要因地制宜。在这方面,山亭需要汲长补短,从中总结出一套行之有效的经验,而不是简单地全盘接受德国的理念与技术。比如说嫁接这道工序吧,因为德国农业机械化程度高,庄园式管理经验丰富,诺博对机械的推崇当然是无与伦比的,但这在当时似乎并不符合山亭的实际情况。

说到嫁接工作,不得不提及的是山亭本地的工作团队。以于庭柏为首的山亭果树专家们,在三年的不断探索中寻找到了最佳的嫁接方式——双舌接。

中国的嫁接技术源远流长,有人说可以追溯到公元前一世纪农学著作《氾胜之书》中,但其书今已失传,我们只能从公元六世纪贾思勰所作《齐民要术》中窥探一斑。因此,就传统农业而言,山亭农人对人工嫁接技术的运用都是熟练且先进的。果树嫁接是果树无性繁殖的方法之一，主系（苗木）的优良性状与副系（砧木）的有利特性相结合，极大地增强了苗木的适应性与成活率。传统农业中的果树嫁接技术，以七种方法最为常见，即去皮贴接、劈接、切贴接、靠接、合接、锯口接及（双）舌接。

所谓去皮贴接，是将砧木切去一条树皮，在去皮处贴上接穗，这种嫁接方法叫去皮贴接。去皮贴接通常在砧木接口大，同时接两个或两个以上接穗的情况下使用。这种嫁接法嫁接速度较慢，但贴合紧密，成活率高。其嫁接时期也需要安排在砧木能离皮的时候。

劈接，是指嫩枝劈接，只需用芽接刀从枝条中间劈口，在砧木上劈一个小口，再将接穗插入劈口中。劈接要求接穗和砧木粗度相等，以使左右两边都相接。

切贴接是一种结合了切接和贴接的嫁接法，适用于苗圃中小砧木的春接，其特点是嫁接速度快，成活率高。将砧木在离地面约5厘米处剪断，然后用刀在离剪口3厘米处向内向下深切一刀，长约1厘米。再在剪口处垂直向下切，两切口宽度与接穗直径基本相等，使两刀相接，取下两块砧木露出切面。将接穗削面与砧木切削面相贴，下端插紧，使上下左右砧木和接穗相接。

靠接是砧木和接穗靠在一起相接，所以叫靠接。自然界的连理枝，两棵树生长在一起，也是一种靠接。靠接可以在休眠期进行，也可以在生长期进行。由于砧木和接穗在不离体的情况下嫁接，都有自己的根系，所以嫁接成活率高。靠接法虽然比较简单，但是要把砧木和接穗放在一起相当困难，因此常用于一些特殊情况，如挽救垂危树木和盆栽果树等。

而合接则是将砧木和接穗的伤口面合在一起,并将两者捆绑起来。合接适用于砧木接口小或接穗同等粗度的情况,嫁接时常用于春季枝接。其切削方法比较简单,嫁接速度快,成活率高,接口愈合牢固,成活后不易被风吹折。

锯口接是用手锯将砧木锯出一道或多道锯口,将接穗插入锯口中。锯口接适用于对粗大砧木进行春季枝接。由于锯口接不必考虑砧木离皮问题,因而嫁接时期可以提前和延后。采用这种方法嫁接,接穗在接口处不易被风吹折,接合牢固,但此法比较复杂,嫁接速度较慢。

而山亭葡萄嫁接采用的是双舌接。

双舌接,顾名思义,因为需要在接穗和砧木两端同时制造舌形创口而得名。从外行人的角度看,舌接类似于传统建筑中的榫卯结构。先要将砧木剪断,用刀削出一个5—6厘米长的马耳形斜截面,在斜面上端三分之一处垂直下刀,形成一个2厘米深的刀口,如此一来,便会有一块形似舌头的木皮出现。接穗部分同样如法炮制,将蜡封苗木取出,斜切一刀,再垂直一刀,同样形成一个苗木的"舌头"。刀口要平齐果断,如同外科手术一般稳健精准。而后将砧木与苗木两者的舌形创口嵌套对接,使其严丝合缝。最后用长度30厘米以上的塑料皮将嵌套部分缠绕包裹,便大功告成。据说,擅长舌接的行家,一天能嫁接一千株以上。

诺博对机械的追求是近乎偏执与狂热的,毕竟在最初的构想里,山亭农业的未来规划，尤其是欧洲酿酒葡萄种植的区块，一定要走统一化、标准化、机械化的现代农业道路。对于扩种田里热火朝天的嫁接工作，打心底里讲，诺博的情绪是矛盾的：一边是因为手工作业带来的不确定性，破坏了他对种植技术的严谨考量，他感到些许不满；一边则是对高振楼等许许多多的山亭农民细致精巧的手工作业能力，他感到敬佩。那些平时憨厚朴实的农人聚在一起，成了这场大型"手术"的"主刀医师"。

紧锣密鼓的农作结束，紧随而来的便是更加精益求精的日常照料，高东峰的主战场从苗木基地搬到了扩种田的周边。三年以来积累起的丰富实践经验，理应在这片苗木的管理栽培上，表现得游刃有余。俗话说得好：狮子搏兔，亦用全力。毕竟是首次规模化的扩种试点，还需时刻保持如临深渊、如履薄冰的工作态度，静候山亭酿酒葡萄的成熟。

毫无疑问，诺博关于机械化、标准化葡萄园建设的目标与初衷都是正确的，这点不容否认，这将会是一个美好的预期与标志性的指引，不断敦促山亭葡萄产业的规模化发展。但也毋庸讳言，从实际情况出发，现在的目标还是尽可能在已有条件下，向着这个指引靠拢。山亭的葡萄产业发展应以循序渐进为上策，步子迈得太大容易伤到腿，更何况这片土地上的人本就在不畏艰辛、不知疲倦地向前奔跑着，探索着。

小葡萄联通山亭与欧洲

2003年8月,夏秋之际,葡萄成熟之时。

高东峰坐在葡萄园里,怀里依旧紧紧抱着那本厚重的笔记本,静看着偌大田地上成片成片的葡萄植株,心里的成就感溢于言表。这片欧洲酿酒葡萄示范性种植区,无疑将是山亭农业的一道奇观。

说到葡萄成熟时的景象,很多人都会想到新疆吐鲁番:高大的葡萄藤爬上架杆,在炎热的气候里构筑出一片阔达的阴凉;藤蔓挂果,低低垂下,远看似珠玉挂满枝头;人们围坐在葡萄树的阴凉下,载歌载舞弹起冬不拉。然而与此截然不同,欧洲酿酒葡萄普遍较为低矮,更像是灌木,郁郁葱葱,一片连着一片。因为运用了倒L形或Y形的苗木整形方法,改变了山亭葡萄种植传统的扇形法,改进了葡萄的通透性、光照度,提高了葡萄的质量,整片田地都显示出一种独特的美感。说起来,这种倒L形或Y形的整形方法,还是山亭首创,通过一枝主干一枝枝条的一一对应方式,更加有效地控制了葡萄的产量与质量。

如果说吐鲁番的葡萄树下,是夕阳伴随着冬不拉优美旋律的自然歌唱,那么山亭的葡萄田里,就是现代化农人改造世界的伟大力量的展现。以质量为中心，精益求精，按照规划，这批葡萄的单亩产量严格限制在一千斤左右，均匀且科学规范的水肥分配，让每一颗葡萄都成了晶莹剔透、独一无二的明珠。

今天的葡萄田有些热闹，兴高采烈的于庭柏和高振楼到了，风尘仆仆已经是第九次到山亭来的诺博也到了，从巴尔干地区赶来的汉斯来了，随行左右的翻译宁颜闽，以及山亭区人事局的部分成员都来了。这是一个葡萄成熟的时节，检验葡萄种植质量的时刻到了。此时，对于葡萄扩种情况的实地考察，以及经验采集必不可少。

几位专家沿着这片低矮且长势均匀的苗木反复端详，因为苗木只有齐腰高，对果品的考察需要蹲下或者跪在地上才能完成。弯腰，跪地；跪地，弯腰……专家们一株一株地检查着，于庭柏和高东峰则在一边做着记录。于庭柏因为一年来高强度的农事劳作，左腿膝盖受伤，如今连走路都不太利索。

细致的调研持续了整整一天，采摘工作即将开始。从诺博的表情不难看出，他对这次的成果还是十分满意的。果品皮厚肉少，剔透饱满，颗粒小而均匀，表皮散发着一种诱人的光泽。酿酒葡萄和生食葡萄的培育重点与方向不同，生食葡萄追求的是香甜的果肉与汁水，酿酒葡萄则是追求高单宁与芳香物质。葡萄皮中含有单宁和芳香物质，所以可以简单地理解为葡萄皮越厚实，越适宜作为酿酒葡萄，只有这样才能赋予葡萄酒酒体厚重、香气浓郁所带来的迷人口感。

第一次扩种很成功，无论是实地考察的结果，还是样品选送化验的报告，都能够证明这一点。这是山亭酿酒葡萄规模化推广可行性的直接证明。

酿酒葡萄，就是为了酿酒而生，葡萄酿酒厂的建设此时似乎已经水到渠成。如今果实已经成熟，打响山亭酿酒葡萄名声的第一枪，还要交给山亭区政府去完成。

2003年8月29日，山亭区政府在山亭宾馆举办"引进欧洲葡萄品尝鉴定暨新闻发布会"，将新鲜采摘的首批葡萄果实按照不同品种分列，首次展现在大众面前。山亭，这个即将迎来建区20周年的小地方，将要因为一株葡萄而大放异彩。

白尺高楼平地起，那年得意马蹄疾。革命老区山亭用一场发布会，引起了国内葡萄产业偌大的震撼。以诺博、汉斯为代表的国内外专家在共同品鉴中，就山亭引进欧洲酿酒葡萄的口味、品质、糖分、色泽、产量等要素进行了综合评价，专家们一致认为首批产出的葡萄，大部分品质达到了欧洲水平，个别品种更是从各个方面超过了欧洲同类水准。通过品鉴会，专家组筛选出了超诺、萨格等16个适宜山亭区规模化推广的葡萄品种，并且确立了以山亭"欧洲良种果树苗木中国繁育基地"为核心的推广种植方式。

自此，从2000年3月12日起，历时三年零五个月的引进欧洲葡萄计划走出了坚实的第一步。

一颗小小的葡萄，就这样联通起了山亭与欧洲。

2003年9月，山亭区与诺博达成共建德式葡萄酒厂的初步意向。与此同时，山亭区政府授予诺博"山亭荣誉市民"称号；同年11月，山东省政府授予诺博"齐鲁友谊奖"荣誉称号——这是给予在山东工作的外籍专家所做突出贡献的最高荣誉。

2004年2月,诺博第十次来到山亭开展葡萄种植技术指导。同年9月,诺博因为其他援助项目无法脱身,委托汉斯第十一次来到山亭区。同年11月14日,汉斯第十二次来到山亭区,受到原国家人事部部长张柏林、山东省委原书记张高丽、山东省政府原省长韩寓群等领导亲切接见。

投我以桃,报之以李。诺博、汉斯于2004年11月底,自费将由德国空运来的10000余株优质苗木,无偿捐赠给山亭"欧洲良种果树苗木中国繁育基地"。为感谢两位专家的无私大爱,以高振楼为代表的山亭农民自发在基地刻建了"苗木基地纪念石碑"。就这样,在这种你来我往的"走亲"和谐局面里,基地变成了传承中德友谊的国际友好园地。

2005年2月和7月,诺博第十三、十四次来到山亭,指导葡萄种植工作。同年9月,在诺博的帮助下,山亭区邀请国内外专家对试种葡萄的稳定性进行综合评价。同年12月,山亭区"欧洲良种果树苗木中国繁育基地"被山东省政府正式命名为"山东省引进欧洲优质葡萄示范园"。

一晃眼的工夫,又是两年时间过去了。从第一场发布会召开到如今,山亭的酿酒葡萄产业开始进入高速发展阶段,从基地试点性培育,逐步拉开规模化发展的序幕。山亭区的酿酒葡萄种植技术愈发成熟起来,周边的农民受到影响,也都萌生了种植酿酒葡萄的意向。

这个带动效应很大一部分还要归功于高振楼的宣传。

时势造英雄，风口浪尖上总会有人立在浪头。从遇到诺博开始算起，高振楼这五年的时间就是一个普通育苗大户不断走上风口浪尖的过程。如今苗木茵茵之中，以他原本的育苗基地为主体的"山东省引进欧洲优质葡萄示范园"，俨然成为葡萄产业的一个标杆，每隔一段时间都会有来自国内外的专家学者到此访问学习。与此同时，中德国际友谊的独特标签，也为这片基地增添了不少亮色。而高振楼也因此成了远近闻名的模范人物，带动当地农民致富，学习新技术、新理念，自己的富硒果品品牌也逐渐有了起色。作为诺博在山亭的"关门大弟子"，山亭区政府那边还有将高振楼的儿子送去德国培训的打算。可见，高振楼的成功是一件互利多赢的事情。

善学者进，善建者行。诺博来到山亭，无私地为这片土地贡献自己的技术与智慧，其奉献堪比崇高无私的师者，其身上亦闪耀着堪为师范的光芒。

时间回到 2000 年 8 月。

那还是诺博与汉斯第二次来到山亭期间发生的事。诺博有着亲自参与劳作的质朴习惯，他喜欢走在田间地头。作为德国阿尔地区索南伯格酒庄的拥有者，对于葡萄从种植到酿造的技术与工艺，他当然是烂熟于胸、轻车熟路。孔子曾讲过：有教无类。在诺博心里，无论是多么高超的技艺，其价值都不仅仅在于技艺本身，更重要的是要有人的传承与发扬，他的初心本就是纯洁无私的。在德国，年轻的外孙马克·林顿（下称"马克"）传承了他的技艺；在山亭，则是以高振楼为代表的山亭农民,学到了这份本事。

2500多年前,为了实现有教无类的理想,中国伟大的思想家、教育家孔子在山东曲阜设杏坛讲学;2000年的今天,为传授德式葡萄种植理念和知识,一位来自德国的友人、葡萄种植专家诺博担当起师者角色,开始在山亭授课。不同于中国古代,诺博采取的是先实地考察,再开班讲学的策略。彼时山亭尚没有对酿酒葡萄产业发展进行定向,诺博所讲授内容主要以葡萄种植技巧为主,辅助以其他多种果树先进栽培技法。

在宁颜闽的回忆中,诺博开始授课的时候,很多农民都感到很新奇:一个外国老头,能讲出什么花样来?真的是外来的和尚更会念经吗?好奇而渴望知识的乡亲们从四里八乡赶了过来。因为人太多,屋里头已经根本没法坐了,他们许多人只好从窗户里伸进头来。

对山亭农民的培训,诺博没有收取哪怕一分钱的学费,他只是在尽心尽力、孜孜不倦地传播着知识。讲学地点也不固定,通常就在实地考察之后,在就近的村庄里找个地方授课,其上课环境自然是不能尽如人意的。

这天刚从农田里考察结束,诺博如往常一样来到就近的村庄,准备开始技术培训。经过地方上的协调,这次的培训地点选在了一间老会议室里。会议室的条件很简陋,无非是房间里摆放了几张桌椅,正前方的墙上挂着一块涂满黑漆的粗糙石板,方便粉笔在上面留下痕迹。因为长时间没有使用过,房间显得有些破旧。

简单地收拾干净房间,把桌椅板凳放置整齐,几名工作人员刚把那块黑板移开，就看见黑板后面因为长时间没有清理打扫而聚集的蟑螂四散奔逃。窸窸窣窣遍地跑动四处逃散的蟑螂，把陪同诺博进来的宁颜闽吓了一跳，她禁不住发出尖叫，连带着诺博也下意识地缩了缩脖子。

人事局的工作人员见到这种情形，个个眉头锁成一团，赶忙开始驱赶和扑杀蟑螂，做除虫工作。细节决定成败，这是诺博第二次来山亭，工作人员担心遇到这样糟心的情况，怕是诺博对整个山亭的印象都会受到影响。洒扫庭除作为基本的待客之道，理应做得好上加好才是，但这几只小小的蟑螂，让在场的人都面露难色，自认为没能做到东道主的本分。再看看诺博，他倒是没有什么太大的反应，只是惊讶了一下，便开始帮助工作人员除虫洒扫，整理房间。当天的培训也很顺利，为了让农民更好地理解所讲内容，诺博在黑板上绘制了许多通俗易懂的示意图，在宁颜闽专业翻译的配合下，参加培训的农户都说收获很大，对授课效果做了很好的反馈，评价甚高。

几只蟑螂并没有影响山亭的待客之道。在诺博眼里，其实这并不是什么大事。四处逃跑的蟑螂并不会降低他对山亭的评价，本来就是一个穷山沟沟，哪能有那么多的讲究？倒是农户们求知的眼神，反而让诺博更加坚定了自己的选择。有时候虚头巴脑的面子可以忽略一些，但务实的事情一定不能少做。

诺博就这样开始走向山亭的村镇，到处讲课，起早贪黑，每天在村里和乡镇上课12到13个小时，回到住所时早已疲惫不堪。

这让翻译宁颜闽等人禁不住开始担心诺博的身体。毕竟这个时期他不仅要来中国工作,还要去俄罗斯、乌兹别克斯坦,还有罗马尼亚,帮助传授葡萄种植技术,介绍推广葡萄产业。"老先生因为常年都保持着很高的劳动强度,并不让人意外地得了肩颈综合症。他在山亭的时候经常背疼、腰疼,有时候走路都是拐着腿的。"宁颜闽有些心疼地说。

好在付出总有回报。经过诺博耐心的讲解,山亭当地的农民开始逐渐明白他的想法,接受新的葡萄种植理念。听课的人越来越多,他们学习新技术的渴望也日益强烈。不仅仅是理论学习,更重要的是付诸实践,山亭区的很多农民都开始尝试种植酿酒葡萄。

可以说,在对葡萄科学种植与管理技术的培训上,诺博和汉斯一如既往地秉持着德国人近乎于苛刻的务实和严谨。不管是在附近村庄的老旧会议室里,还是在田间地头,两位德国专家对于细节的把关绝对容不得半点差错,真正做到精益求精。

技术要让人掌握,带来先进技术的目的,是帮助山亭人更好地发掘土地与产业的潜力,因此反复的练习与毫厘之间的细节追求的确是非常必要的。相互依赖着生存的土地和农民,彼此性格是相似的。一分耕耘带来的就是一分收获,之所以在培训时要求得如此精细严苛,也正是因为此。土地不会说话,但是它很实在,差之毫厘的技术偏差,对未来作物产能与品质的影响都是肉眼可见的。在诺博和汉斯这里,一个动作反复示范数十遍是常事,一个要领反复强调数十遍也是常态。农业生产是精细活也是笨本领,再厉害的专家、再权威的研究回归本质,都只能是熟能生巧。就像欧阳修笔下那个著名的《卖油翁》的故事：陈康肃公善射，当世无双，原因"无他，但手熟尔"。翁酌油以钱覆其口，徐以杓酌油沥之，自钱孔入，而钱不湿。因曰："我亦无他，惟手熟尔。"

与此道理相同，诺博和汉斯的目的，同样是想让葡萄种植成为乡亲们肌肉记忆的手下功夫。

2003年9月，首批葡萄品鉴会落下帷幕，诺博与汉斯两位德国专家满载赞誉。他们开始准备离开山亭，按照每年的时间安排表，他们停留在山亭的时间已经算是最漫长的，山亭或许是他们在世界上若干援助地区中最为用心的地方，获得的成果当然也是最卓越的。作为这次山亭之行的收尾，山亭区人事局几位与诺博、汉斯私交密切的人，私下里组织了一场小型的宴会，算是给两人送别。这场宴会并不正式，纯粹属于个人行为，更像是朋友之间的庆祝与送别。

韩平也参加了这次宴会，他要借这个机会解决一件看似"小事"的"大事"——他要想方设法挽留下来一件东西。这件东西虽说不上多么贵重，却见证了欧洲葡萄落根山亭的奇迹，也可以说是中德友谊的见证。

这究竟是一件什么东西？

这就是之前提到过的那台德国嫁接机。

因为看到田间地头上，山亭人依旧保持着手工嫁接的习惯，诺博专程带来了一台德国产的嫁接机，投入到农业劳作中。正如前文所说，德国人对机械化是执着的，一是因为在德国已经建立起了一整套极其规范的标准化机械生产程序，作为标准化的世界冠军，德国人对机械的崇拜是无以复加的。人工总会有出错的时候,但是标准化的机械不会,这就更加契合了他们严谨的性格,如同他们一丝不苟、一板一眼的外在形象一样。二是因为德国的人均工作时间较短,一定程度上依赖机械化作业以节省人工劳动力,机械化水平越高,越能节省人力成本。

然而这台机器并没有在山亭引起多大的反响,仿佛投入巨大翼云湖的一个小石块,只是泛起了几个涟漪而已,并没有溅起多大的水花来。毕竟对于尚在转型期的山亭农业来说,机器的运用并不是那么迫在眉睫。漫长的农耕文明史让中国人长于传统农业种植技术的发展,这甚至从某种程度上已经达到了另一个极端的高峰。不可否认,在农业机械化这种跨时代的生产力冲击下,传统农业的生态秩序受到了彻底的颠覆,但是像诺博带来的这类依旧需要依赖人工的嫁接机,暂时并不在这一行列之中。何况在山亭这种欠发达的山区,手工农作观念根深蒂固,技术改进条件十分有限,即使是诺博带来的这种看似简单化的嫁接机,也需要非同一般的技术水平。在这种人工水平高于机械水平的奇怪代差中,山亭传统农业领域由上到下的各类从业人员,都会更加趋向于选择自己擅长与习惯的手工作业,而不是机器作业。所有这些,并不一定能为诺博和汉斯所理解。看着晾在一边弃之不用的嫁接机,汉斯决定将其带回德国。

世人都知道山东人热情好客,殊不知鲁南的山亭人更是如此。那时候的交流多借助于美酒与美食,这一次私人请客依旧如此。酒过三巡,菜过五味,围坐在饭桌上的众人都笑逐颜开,经历了三年多的坚持与考验，一场发布会让他们真真正正扬眉吐气了一把。今日大喜，私人请客喝酒，勿谈公事。诺博和汉斯随着与山亭往来不断增多，也逐渐地接受并融入了当地待客文化的氛围中。大家围坐在一桌吃饭，不用再刻意地去安排和注意两位外国人的饮食习惯。知识、音乐、美食……诸如此类由人类活动而产生的艺术是没有国界的。

私下场合最适宜以酒会友，韩平与有些酒量的汉斯在这场宴会上，借着美酒，变成了跨越国界的好哥俩。起初他们还需要宁颜闽在中间不断地翻译才能顺利沟通，不久就成了借着酒劲的肢体交流，随着酒精冲上大脑，沟通的语言边界愈发模糊。一个讲着中文，一个说着德语，谁都听不懂谁的话，只靠着眼神交互揣度意思。两个人的共同语言，大抵只有汉斯那句用蹩脚中文讲出的"干杯"。

韩平没有忘记自己的目的。他不失时机地说："汉斯先生，按照我们中国的礼仪习俗，来而不往非礼也。我给你准备了礼物，也十分感谢你送来的嫁接机。"

汉斯听完宁颜闽的翻译，摆了摆手说："韩平先生，我很感谢你们的热情招待。我跟随诺博先生走过世界的很多地方，中国是最令我印象深刻的国家。但这台嫁接机我还是要带走，看样子你们也用不上。"

韩平一边与汉斯碰杯，一边在心里暗自思索：这嫁接机虽说派不上用场，但怎么说也是德国专家专门为山亭带来的。汉斯说得虽然合情合理，貌似也并不介意山亭没有重视这台小小的机器，但若是真带走了，怕他心里还是会有些不满，这也不合中国的礼仪规矩。他清了清嗓子，缓释烈酒灼烧喉咙的刺痛感，说道："我还是要感谢你和诺博先生能够时刻挂念着我们山亭的发展，这台嫁接机很先进，机械化农业发展也是我们未来的方向，我相信把它留在山亭价值会更高。"

汉斯摇了摇头，有些执拗："不不不，韩平先生，山亭人高超的人工嫁接技术让人惊讶，我认为还是应该带走机器，毕竟这个东西你们也用不上。"

韩平微笑着拍了拍汉斯的肩膀说："在民国时期，中国有一位学者叫王国维，他在书中写过一句话，所谓有我之境，以我观物，故物皆着我之色彩。这台嫁接机对我们山亭来说，不能只用一台简单的机器去衡量它的价值，它可以成为我们故事的见证者，也是中德友谊的承载物！"

宁颜闽听完韩平的话，表情有些古怪，显然这长长一段话的含义并不容易翻译，她只能稍作思索，尽可能地将意思与汉斯讲清楚。

不知道是酒精的缘故，还是韩平的"伶牙俐齿"太厉害，汉斯一时间没有了拒绝的理由。他摇晃着酒杯，选择了一种朋友间的荒诞约定："喝酒，今天如果你能从酒量上打败我，我就把机器留下来。"

"君子一言，驷马难追。"韩平接受了朋友之间的这个约定。

"男人一言九鼎（Ein Mann,ein Wort）。"汉斯看上去很兴奋，这是他许久以来为数不多的放松时刻。

又是推杯换盏时，这场看似荒诞的游戏，在两位异国的朋友之间展开。很多人对中国酒文化诟病颇深，但不得不承认的是，在中华文明漫长的历史长河中，酒文化一直处于一个特殊的位置，它不仅是情感的交融物质，更是精神的链接密码。

在韩平热情猛烈的攻势下，爱喝酒的汉斯败下阵来。那句"干杯"从平静变得高亢，再从高亢变得有气无力，这显然已经到了汉斯的酒量限度。饮酒不贪杯，尽兴就好，酩酊声渐弱代表着这场私人宴会即将进入尾声。汉斯脸上挂着微笑，通红发烫，这是许久都未有过的畅快。在韩平的搀扶下，汉斯缓缓走下楼去。酒劲来得有些猛烈，似是要把压抑许久的情绪全都喷涌出来，汉斯只觉得天地翻转，身体一时间失去了控制，险些从楼梯上摔下来，还好有韩平在一边扶着。

韩平步伐有些摇晃地拉着汉斯，问道："汉斯先生，我们的约定还算数吗？"

汉斯挥了挥手，脸上的红晕还没有褪去："当然算数！"

两人握手拥抱，相互告别。

等到送走了汉斯和诺博，韩平感受着迎面吹拂的冷风，散去了几分酒意。他招呼身边的同事，帮他办妥这件事情："你再叫上几个同事，去把那台嫁接机搬到咱们的园管部去。现在就去，别耽误事。"

等到汉斯清醒过来的第二天，他能看到的已经是陈列在园管部的嫁接机了。他倒也没有恼火，只是拍了拍脑袋：韩平的酒量是真好，下次就长记性了，再也不和他打赌了。

诺博和汉斯要回国了，山亭区为两人准备了许多礼物，其中最重要的便是"山亭荣誉市民"的证书，相比"齐鲁友谊奖"来说，这张证书的含金量可能并不高，甚至颁发的形式都有些草率，却有着不同寻常的意义。这代表着他们与山亭的双向认可，在与山亭人并肩作战的日子里，他们在这片土地上同样找到了家一样的归属感。

是的，山亭就是他们的家。诺博喜欢吃山亭的饺子，在山亭期间，到于庭柏家里去吃饺子差不多已经成了一种习惯。也许在种植技术的观点方面，两人的侧重点有所不同，但在生活里，中德两位专家是最要好的朋友。

诺博很喜欢中国文化，这从他喜欢穿中国衣服可以看出来。他尤其喜爱中国裁缝手工定制的那种服装。因为身形较胖，平时购买的衣服很难让他穿得舒适，所以每年到山亭来，他都会抽出半天的工夫，专程到枣庄郭士来服装店去，量体裁衣，挑选材质。

对于中医的针灸等，诺博也非常迷恋。有一次他从罗马尼亚过来，在那边工作时不小心摔到了腿，疼痛难忍、行走不便，致使年事已高的他身体每况愈下。以前从来没有反对过他到中国来的家里人，此时终于忍不住站出来，一致劝说他不要再到山亭去了，即便是要去，也要等身体有所好转再去。但诺博没有听从家人和朋友的劝阻，一个人拖着孱弱的身体又一次来到了山亭。诺博来到山亭以后，时任分管领导的杨玉生看到他拖着病痛的身体，还是每天坚持在田间地头指导群众、传授技术，便用自己的车把诺博带到了枣庄市里，找到自己熟悉的一名中医给诺博推拿、理疗。就这样，每次去市里时，诺博都坚持先把工作做完，从不占用工作时间，工作人员多次催促后才去。看到自己在中国受到如此大的尊敬，得到如此好的中医治疗"待遇"，诺博不时流露出感激之情。有一次，他甚至动情地说："我已经把德国家族的葡萄酒庄全部交给了外孙马克打理，今后我将和你们一块住在汉诺庄园里，去品评、推销咱们自己酿制的葡萄美酒，推广和扩大葡萄种植面积，让更多的中国朋友致富！"可惜的是，因为意外去世的诺博并没有实现这份期许和承诺。

好在精神有传承，外孙马克继承了诺博在山亭的事业。出乎意料的是，诺博对中医的喜爱还连带影响了他的外孙马克，传承诺博精神的马克来到山亭之后，也对中国文化表现出了浓厚的兴趣。

山亭的葡萄成熟了，新的阶段开始了。从2003年9月山亭区与诺博达成共建德式葡萄酒厂初步意向的那一刻起，山亭葡萄产业的旭日就已经冉冉升起，一道曙光即将照耀生机勃勃的山城大地，尤其是第一批成熟葡萄的优良品质，无疑为每一个参与其中的人都注入了一针强心剂。

2003年至2005年是山亭葡萄产业大踏步向前的两年，从黎明破晓到天色明亮，这片迷茫许久的土地，终于找到了属于自己的产业道路。德国技术专家的无私援助很重要，山亭人自己的艰苦奋斗也很卓绝。

一颗小小的葡萄，连接着中德两头。一头是奋不顾身的无私奉献，一头是战天斗地的开拓进取。继原枣庄葡萄美酒厂后，山亭葡萄产业转型的第二场革命，从成果上来看是成功的。接下来的实践，同样是一场硬仗，山亭葡萄产业将迎来新的巨大发展。

第三章

中德友谊在汉诺庄园闪闪发光

讲好山亭的德国故事

2005年,赵庆美任期届满。山亭区人事局出现了一场内部的人员变动,杨玉生从组织部调整到了人事局,接起赵庆美肩上的担子。铁打的营盘流水的兵,有人退下去,就得有人站出来。没有新官上任三把火的大动干戈,也没有一朝天子一朝臣的改变,对欧洲酿酒葡萄产业的重视与支持是相同的。一个领导班子有一个领导班子的打算,但有些事情可以改变,有些事情需要继承。山亭葡萄产业不是五年就能做好的事,它需要一代一代接过担子的人前赴后继地支撑下去。

正是一张蓝图绘到底,一任接着一任干。

对于建立葡萄酒厂的考量,山亭其实早在很久之前就有这个打算。山亭在这方面的尝试可不是从零开始,原枣庄葡萄美酒厂的黯然消逝,是经验也是教训。建设葡萄酒厂这件事情从酿酒葡萄产业方向确立的那一天开始,就在紧锣密鼓地准备着。任何一件事的发生与开始,都不会只是机缘巧合的结果,等待只是因为时候不到,暂时没有必要摆上台面去说罢了。何况中国有句老话说得好:凡事预则立,不预则废,任何事情未雨绸缪总是应该的。

建一个酒厂，毫不夸张地讲，对山亭人来说是一种执念。因为曾经探索过，也失败过，所以心有不甘。山亭人从葡萄苗木被埋进土里的那一天起，就已经在想酿出的葡萄酒会是什么滋味。根据上一代人的经验和教训，葡萄品种老化，酿造工艺落后是原葡萄酿酒厂效益不佳、最终走向失败的根源。既然如此，经历这次葡萄品种改良以后，是不是就能够成功？

种下一颗籽，发了一颗芽。仿佛一切自有天注定，相信付出总有回报的山亭人发展葡萄酿酒的决心从未动摇过。

虽说如此，但在重建葡萄酒厂这一问题上，此时也并不是没有分歧：到底是复苏旧时代的失败品，重建一个枣庄葡萄美酒厂，还是索性大胆一点再向前一步，建一个德式酒庄？两个观点倒没有优劣之分，前者是情怀的释放，大有些卷土重来未可知的英雄不朽，后者是求新的变革，既然引进了欧洲酿酒葡萄，那不如一新到底，再建一个德式庄园。想要在波澜起伏的市场浪潮中占有一席之地，既要产品本身质量过硬，还要做出特色，讲好新故事。

新故事"新"在哪里？到底是讲山亭故事，还是讲德国故事？争论的声音在第一批葡萄成熟之后戛然而止。人心都是肉长的，诺博、汉斯两位德国专家与山亭人的故事早就揉成一团，融为一体，既然要建酒庄，那就谁都不能亏待，要讲就讲山亭的德国故事——建山亭的德式葡萄酒庄园！

当然，选定德式葡萄酒庄园作为建筑风格也有客观因素在里面：一是因为诺博表达了与山亭区建设葡萄酒厂的合作意向，并且提出可以将索南伯格酒庄家族品牌商标Sonnenberg无偿授权给山亭使用；二是考虑到市场竞争的优势，欧洲葡萄配欧洲酒庄才称得上货真价实，若是能在山亭打造出一个本土化与欧式风格兼具的酒庄，那就可以称得上全国独此一家，别无分店，也就有了在市场纵横捭阖的潜力。

至于筹建酒庄，这里不得不提到一个关键人物，原山东富安煤矿董事长张延平。不客气地讲，没有他，酒庄的建设就无从谈起。直到今天，张延平谈起新酒庄以及庄园的建设还是津津乐道。原来，这新酒庄以及之后庄园的建设动议一开始其实就来自他的灵光一闪：在和山亭区领导聊起正在规划中的山亭紫云湖公园的时候，他忽然想到了葡萄种植和新酒庄建设——无论是葡萄种植，还是新酒庄，都可以和公园形成浑然一体的效果。这个想法和区领导的考虑一拍即合。但建设新酒庄可不是过家家式的堆积木，而是一个极其复杂且严密的工程，对设计、工艺、建筑、工业生产线的布设等各方面都有着极其严格的要求，每一步都需要巨大的资金投入。唯金钱论不可取，但也不得不承认建设资金投入的必要性与重要性，没有钱寸步难行。

山亭区成立时间尚短，经济基础相对薄弱，所以财政吃紧是常态。没有足够的税收来源，无法调度大量资金参与投资建设，搞大工程建设无疑是困难重重。毕竟在这个百舸争流的时代，不能拿出真金白银来投资建设，一切伟大的设想都等于是白纸一张。然而市场的大海里哪有原地踏步的说法，刻舟求剑求不到剑，不随浪头向前进，就要被退潮拍翻在水里。

虽然酿酒葡萄种植在山亭已经发展了五年时间，但实际上并没有产生太大的经济效益。这五年里多是以试验性栽培为主，没有任何能够产出收入的地方。酿酒葡萄不同于生食葡萄，如果没有酒厂收购，拿到农贸市场上也很难销售出去。更何况山亭的试验田采用了诺博提出的德国模式，保质不保量，低亩产高标准的酿酒葡萄，总产量也上不去。从一个最直观浅白的视角来看，苗木基地除了依靠一定数量的政府项目资金投入以外，大多数的费用开销都是由高振楼自己解决的，这一点就很能体现出山亭的经济问题与实际状况。

尽管高振楼的宣传手法确实很高明，他深刻地把握住了农民的心思，打出了自己响亮的名头，但自打苗木扩种成功以后，邻近的许多农民虽然表达了支持酿酒葡萄的态度，但还是鲜有人真的会去种植。原因无他，农民都是要靠土地出产的作物吃饭的，现在培育的酿酒葡萄，销路太窄，亩产太低，本地的酒厂如果不建起来，稳定的销售渠道就不能保证。毕竟，规避风险、趋利避害才是人之常情。

由此看来，政府的打算也好，农民的需求也罢，从上到下，在山亭建设一座葡萄酒庄园都被赋予了特别的意义，现在最需要解决的就是钱的问题。谁该挑起这个担子，或者准确地讲，谁又能够挑起这个担子？

富安煤矿或许是这个问题的最优解。富安煤矿当时的主要业务范围是煤炭产业，作为区属国有企业、地区纳税大户，相比较而言，富安煤矿所能调动的资金量是比较雄厚的。富安煤矿的亮眼成绩归功于时代大环境的发展，放眼当时国际经济形势，在世界经济不断繁荣的黄金时代，大宗商品交易的价格一路上涨，煤炭和石油被誉为"黑色的黄金"，在大宗商品交易市场上几乎受到了全世界资本的追捧。再者，中国于2001年11月10日加入世界贸易组织（WTO），正式与国际市场接轨，海量的化石能源大宗商品走向国际市场，形成了行业发展的黄金时代。从国内经济形势来看，自邓小平于1980年1月16日提出"要以经济建设为中心"的战略，至2001年11月10日加入世界贸易组织，已经过去了20年。在相关政策引导下，"下海"经商变成了一场国民现象级的经济狂欢，国内股票市场一路高歌猛进，国民经济井喷式发展，创业经商的门槛放开了，能源采掘产业的门槛降低了。煤炭产业一旦解开被封印的大门，以粗放型生产为主的产能便一路飙升，一时间煤炭产业的效益达到了历史的高峰。竭泽而渔虽不可取，但在经济快车的裹挟下，只能向前向前再向前。中国的经济处于一个历史的大发展时期，以至于那时各行各业都在强调那句耳熟能详的话："做大做强，再创辉煌。"

正是在这种条件下，富安煤矿在短短数年的时间里完成了财富资本的巨量积累，从而能够有足够的底气与资本把视野放到更远的地方。然而任何一种大众商品的交易都会存在一个自身的交易逻辑，形成一个相对的兴衰周期，煤炭也不例外。今天采掘得多，不代表一直都能够采掘这么多，煤炭的产量是有限的。今天市场上的价格在上涨，不代表价格会一直向上，煤炭的自身价值也是有限的。在狂飙突进的上升期做好铺垫，才能在走下坡路的时候得以喘息，这是商业规律，也是天道轮回。未雨绸缪的众声喧哗里很显然会有富安煤矿的声音。

说到富安煤矿，其实它与诺博、汉斯的缘分早就开始了。

2001年3月，酿酒葡萄产业发展方向被确定后，诺博和汉斯再一次来到了山亭。像以前一样，两位德国专家对山亭的招待并没有什么要求，别说是才摘掉全国贫困县帽子刚刚五年的山亭，就是在经济发达的地方，他们也只是觉得吃饱穿暖即可。但对山亭人来说，招待并不能草草了事。齐鲁大地，礼仪之邦，贵客临门而不盛情招待，岂有此理？当年八路军115师挺进山东，山亭的老百姓知道这是人民自己的军队，会给他们带来好日子，所以箪食壶浆以待之，拥军参军，倾己所有支援队伍。参军的儿子牺牲了，只要前方战事有需要，哪怕只剩下最后一个小幺儿，也要送上前线。为了受伤的八路军小战士，山区的红嫂哪怕是挤出奶水也要救人。革命战争年代，即使自己的条件再困难，也要拿出最大的热情与能力支持革命事业。这是一个朴素的愿望，也是老百姓的心声。谁能带我们过上好日子，我们就拥护谁。如今和平建设年代，虽说时代不同了，但是咱革命老区的态度是一样的。诺博和汉斯的到来代表着山亭葡萄产业的变革希望，那就应该拿出全部的热情与能力去欢迎他们，去招待好他们。

有些事情事后说起来也真是神奇得很，像是冥冥之中注定了一样。在山亭区人事局赵庆美的牵线搭桥下，德国专家与山区的一家国有煤炭企业富安煤矿走到了一起。

事情的起因说起来也并不复杂。为了招待好两位德国专家，赵庆美联系了富安煤矿董事长张延平，一开始也没有什么大的要求，只是希望他能够邀请两位专家到富安煤矿的食堂去吃顿便饭。因受到各方面的掣肘，山亭区经济发展缓慢，此时区政府的接待水平捉襟见肘，但是正处于鼎盛时期的富安煤矿不会，他们是这个时代最富裕的群体之一，相较于各方面接待条件都有些"简陋"的区政府而言，富安煤矿处处彰显着自己的"实力"，即便是一个企业食堂，看上去却足以与正规大饭店相媲美。

张延平收到人事局的消息，立刻答应下来，着手准备起了招待事宜。作为一个企业家，同时也是一个嗅觉敏锐的商人，他在这张饭桌上嗅到了新的商机——随着煤炭企业不断转型，发展新产业是必然的选择，既然山亭本地要种植酿酒葡萄，这里面是不是能做些文章？

真是无心插柳柳成荫，赵庆美想不到这一顿饭竟然促成了一桩天大的合作事项。

赵庆美带领两位专家来到了富安煤矿，张延平及富安煤矿主要管理人员热情接待了他们。朋友来了有好酒，后厨早就准备好了丰盛的饭菜。众人落座，具有敏锐商业嗅觉的张延平是带着目的来的，他一边招呼着几位客人吃饭，一边旁敲侧击地询问着山亭葡萄的试点进程。只言片语之间，张延平流露出的是对山亭葡萄种植业的关心，也隐晦地表达了富安煤矿建设本地葡萄酒厂的意向。诺博对自己家族酒庄的建设当然是不吝赞美的，在众人殷切的目光和一句接一句的询问下，他讲了自己远在德国的索南伯格酒庄是多么漂亮，多么雄伟，多么让人难忘。是啊，按照诺博的说法，只是单纯地建设一个酒厂并没有什么值得炫耀的，而酒庄的建设则不同，那是一种综合性的艺术，从葡萄的种植，到酒品的酿造，高大厚重的庄园式建筑能够赋予一片土地独特的艺术审美价值，而醇香的葡萄酒则填补了文化的空白。一瓶葡萄酒的前世今生，从一株葡萄到醇香佳酿本就是一种饱藏岁月的文化，这就是庄园建设的魅力。庄园建成的不单单是一条葡萄酒生产线，也是一种艺术与文化的传递。用一个时兴的词语来讲，庄园就是一个"文旅综合体"。

诺博言辞恳切，讲述时眼神里真情流露，索南伯格酒庄是他最得意也最值得骄傲的杰作，酿酒世家不断传递的文化价值从一瓶葡萄酒开始，到一座葡萄种植和生产的庄园结束。

这一番绘声绘色的讲述，别说是本就带着目的来的张延平了，就连坐在一旁的赵庆美也是格外心动。文化是一种独特的价值，不能用实物本身的实用价值作为衡量标准，这是一种生生不息，能够被传承下去的精神力量。山亭战天斗地的革命精神就是一种文化，虽然不能直接转换成财富，让人丰衣足食大富大贵，但正是因为这种精神文化的存在，赋予了山亭人从战争年代到和平时期，从反抗压迫到发展建设的不同历史阶段，都保有一种一往无前的精神力量。这就是最宝贵的财富，也是文化最大的价值。用一句简单的话来概括，建设一座庄园等同于塑造一种文化，凝聚一种精神，这才是发展的最佳方向。

好的开始是成功的一半。在张延平的邀请下，往后几年及至诺博离开山亭时，富安煤矿多次与人事局合作组织接待德国专家，建设一个德式葡萄酒庄园的相关事宜也被提上日程，以张延平为代表的富安煤矿多次讨论研究投资建设的可行性，并获得内部的一致赞同，这对一直谋求产业转型的煤炭企业来讲，将是一个不可多得的好机会。山亭区人事局同样就此事召开多次会议，相较于富安煤矿的一致赞同，人事局内部对此却产生了不小的争议，争议的爆发点还得从韩平这里说起。

2003年9月底，山亭区与诺博先生就共建德式葡萄酒厂一事达成正式意向，庄园建设前期准备工作正式启动。山亭区政府办公楼二楼东侧的会议室里，继讨论葡萄产业发展问题之后，又一次迎来了重大议题。建设庄园一事已是板上钉钉无须再提，但关于庄园的归属问题，意见出现了分歧。韩平对由富安煤矿着手，独资建设庄园一事表达了自己的不满。

并没有想象中的争执吵闹，会议室里的氛围更像是一场辩论会。都是为了山亭葡萄产业发展建言献策，没有谁对谁错的道理，只是每个人看问题的立场与视角不同。这是一种良性的辩论。

只见韩平手里压着厚厚一叠研究资料，从他有些纷乱的头发和眼眶下隐隐掩藏着的青色里，不难看出他近些天一定就这件事下了不少功夫。他环顾四周，而后举手示意，在一种总体认同的声音中发出了自己的反对意见。

"我不同意。"韩平的声音平静却掷地有声，也许是唱反调的缘故，会议室里静坐着的众人将目光全都投向了他。

赵庆美点了点头，伸手点了点韩平，说："有什么问题提出来。"

等到众人目光汇聚，韩平继续他的陈述："对于与诺博先生携手共建德式葡萄酒庄园的决议，相信在座的各位与我一样都是支持且坚决拥护的。但我对由富安煤矿独资控股这件事表示反对。这个德式庄园的建成对于整个山亭区的意义与价值非同寻常，事情重大，由富安煤矿独自控股和承建多少有些不妥。"

赵庆美点头。一同事举手示意，表达对韩平的反驳意见："按照你所说的，你认为就现在的形势而言，山亭还有哪一家单位能够承担起这个责任？富安煤矿作为咱们这里唯一一家以煤炭产业为主的区属国有企业，我看除了它也很难再有谁能够承担起这个建设任务了吧？"

赵庆美同样点头示意，目光转向韩平。他是这场辩论的仲裁者："韩平，政府的财政状况你也清楚，现在这种情况下，你还有什么想法？"

韩平眉头微微锁起，低头翻阅资料，并且将手中早就准备好的资料分发给众人："确实，就现在的状况而言，由富安煤矿筹备酒庄的建设是最好的，但我们不能把鸡蛋放在一个篮子里。我个人不反对富安煤矿出资建设，但不应该将酒庄的归属权完全交给煤炭企业。酒庄作为一个新的企业应该由区政府直管，应该完全脱离富安煤矿成立新的公司，负责酒庄的项目建设。富安煤矿可以是酒庄的大股东，但一定不能让酒庄完全依附于煤炭产业存在。"

赵庆美看了看手里的资料，大致翻阅了一下，点了点头说："嗯，这个建议确实可以规避一定的风险。"

一同事再度打断:"脱离富安煤矿建设庄园当然是好的,但是如果这样做,富安煤矿是否还能保持一贯的积极性很难说,再者就现在的煤炭市场行情来看,富安煤矿的产出价值正处于一个历史的高峰期,他们是最有资本完成投资建设的一方。"

韩平摆手打断同事的发言,语速加快,声音也下意识地变大了些:"话不能这么说,账也不能这么算,煤炭作为大宗交易产业,是有自身周期性的。今天效益好不代表一直效益好,如果——我是说如果有一天行情下滑了,这个酒庄也要跟着遭殃的。"

韩平没有给同事反驳的机会,继续接着自己的话头说:"现在整个煤炭产业都处于一个历史的高峰期,这说明什么?说明它的周期很可能随时结束,煤炭价格随时可能掉转方向。我可不是咒谁,历史的发展规律就是这样的。就像是把一块石头搬到山上去,越是高山,这石头丢下去的破坏力就越大。酒庄一旦建起来,我们就要朝着一个地方文化的地标性建筑的方向去打造。要是真的遇到了这个问题,那还了得?"

韩平在辩论中,言语上占据了上风,他滔滔不绝地阐述着自己的观点:"其实从富安煤矿现在的表现来看,我们也能找到一些蛛丝马迹,张延平为什么这么积极主动啊?从煤矿到酒庄,这二者怕是风马牛不相及的两回事吧。他在积极作为什么?还不是为了企业转型。于公来说,这个酒庄建成可以称得上是富安煤矿回馈山亭的社会性产业,建成了肯定是有口皆碑的。于私来讲,我相信张延平也看得很远，煤炭产业不可能一直这么红火，建设这个庄园是不是也是一种提前为企业找退路的方式？"

赵庆美稍微打断了韩平："如你所说的话，这也是一件好事啊，建成酒庄既是给葡萄产业的发展寻找出路，同时又和富安煤矿绑上一驾马车，顺利的话也能成为煤炭产业转型的第一步，又何乐而不为呢？"

赵庆美把问题抛出，然后再次看向韩平，等待他的回应。之前他的言论都有理有据，似乎给决策赋予了另一种可能性。

韩平的思路也十分清晰，他接过赵庆美的提问继续说："当然，如果一切顺利的话，这样的发展路径是最佳的选择，但是我们不能把问题想得这么简单。首先，我们建设酒庄的初心是什么？如果将酒庄与富安煤矿完全绑定，那就要做好一荣俱荣一损俱损的准备。转型成功，酒庄就会成为新的支柱维持集团发展，但转型失败的话，以当前煤炭产业的体量来估算，且不说伤筋动骨，哪怕是伤点皮毛，也不是一个短时间内难以大量盈利的酒庄能够承受得起的。第二点，我们应该着眼于酒庄本身所赋予的文化价值。建设酒庄，我们或许不应该只是去考虑经济价值，最宝贵的投资价值应该回归于文化。我们想要打造的是一个新时代的酿酒文化地标，那么我们就不应该让它完全依附于富安煤矿，如此去做才应是万全之策。"

赵庆美皱了皱眉头，似乎被韩平说动了。他点了点头，表示对韩平发言的赞许，但这并不代表他会因此而改变自己的意见。将会场秩序稍作整顿后，他做出了自己的判断："我对韩平的建议表示认可，但不支持。走一步看三步，目光要长远，这个观点是正确的。但我们就现在的情况看来，长远目光的考量未必会是一件好事。庄园现在就要建，富安煤矿的积极性就是我们成功的保障，这是其一；目前还是煤炭产业的高峰期，富安煤矿能够为酒庄建设提供充足的资金支持，这是其二；在我看来，一个产业的转型升级将经历一个漫长的周期，可能要十年，也可能要二十年，那么产业走下坡路的周期也是同样的，老话常说，瘦死的骆驼比马大，我们的发展周期依旧能够得到保障，更何况煤炭产业走不走下坡路还尚未可知，这是其三。"

陈述完自己的观点后，他看向在座的众人，尤其把目光看向了韩平："为了保证决策的公平公正性，我希望大家以举手表决的方式来决定这件事。"

"同意由富安煤矿完全控股，投资建设德式葡萄酒庄园的人请举手。"赵庆美说完，众人面面相觑之间，大多数人主动举手表示支持，赵庆美本人也举起了右手。

"好，下面请支持韩平的建议，不同意由富安煤矿完全控股的人举手。"赵庆美说。

虽然在局势上已经完全落入下风，韩平依旧高高地将自己的手举了起来，连带着有几个人也随之举起了手。

"好，根据表决结果决议，我们依旧推进以富安煤矿为独资公司控股的酒庄建设计划，希望各位精诚团结，为山亭的发展事业贡献自己的力量。"

会议室里响起阵阵掌声，韩平脸上的表情明显有点不自然，但他依旧鼓掌，心里似乎也有了新的盘算。

这场争论没有什么对错可言，大家只是站在不同的立场上各抒己见。赵庆美的选择代表着当时大多数人的想法，他们对煤炭产业的发展前景抱以乐观的态度，想要依靠富安煤矿现有的发展空间作为战略支柱，为酒庄建设发展换取充足的时间。而以韩平为代表的一部分人则对煤炭产业未来发展前景持悲观的态度，他们的发展思路在于通过成立一个由政府直管的独立公司，规避富安煤矿带来的潜在危险，用更长的发展时间换取酒庄更加安稳的发展空间。虽说思路不同，但是他们的出发点都是好的。

韩平万万不会想到，今天的这番讨论会在将来一语成谶。前瞻性的预见确实揭示了山亭德式葡萄酒庄园的命运，就像是蝴蝶效应一样。当这场会议尘埃落定之后，他同样改变了自己的想法，进而投身于庄园建设中，走向了与当前命运完全相反的方向。

建设山亭的"新天鹅堡"

2005年7月,经过两年的发展,建成山亭自己的德式葡萄酒庄园越发迫在眉睫。

高品质不代表一定有市场,两年的探索证明,如果不能在本地建起一个自己的酒厂,那么之前的努力从某种程度上也会付诸东流。酿酒葡萄的销售渠道本来就比较窄,只能供给酒厂使用。近到山东烟台地区已经有了自己稳定的葡萄供给地,不需要外地的原材料输入,而远至甘肃张掖等地在国内也建成了一定规模的葡萄酒厂,高昂的运输与储存费用让山亭的酿酒葡萄失去了自身的竞争优势。想要规模化运营还得依赖本地农民,销路不通,只强调技术含量有多高可没用。卖不出去就没有人种,这是一个很简单朴素的道理。

韩平并不是一个认死理的人,他的执拗不在于固守自己的观点,而是如何建设酒庄。自从杨玉生接过人事局的担子,继续推进赵庆美之前的规划后,韩平就成了站在一线的急先锋。而事实上,从德国专家一开始到山亭,一直到目前所进行的工作,他都是亲眼亲见亲力亲为者,对此可谓了然于胸。对葡萄产业的信念,以及对山亭发展的信心,让他甘愿放下眼前的个人"歧见"和"利益"而去放手一搏。正因为有着这样的信念和责任，他才从区人事局副局长兼编办主任的重要岗位上，主动提出到企业去大展身手，承担起了建设酒庄的重要责任。

既然要建设山亭的德式葡萄酒庄园，就不能不对德国的酒庄尤其是天鹅堡有所了解。为了切实保障庄园建设质量，同时也为了有一个直观印象，山亭区相关人等即将启程，前往诺博的家乡德国阿尔地区，进行实地考察。在与富安煤矿的沟通中，双方确立了一个共识：到德国去，到诺博的酒庄去，把欧洲风情从德国搬回山亭。

张延平对这件事无疑是十分支持的，公司内部也已经通过了相关决议，调集预备了大量资金、人力、物力，只要山亭区政府建设酒庄的号角一吹响，那便是他们大展拳脚的时候。

飞机在滑道上逐渐减速，在气流的拉扯下逐渐平稳落地。山亭区组织有关人员顺利到达德国，目的就是考察位于莱茵河畔的索南伯格酒庄。他们之前所熟知的是，莱茵河畔是伟人马克思的故乡，对这里的葡萄产业的认识则是停留在诺博和汉斯身上。

诺博生活的德国小镇巴特诺因阿尔以温泉驰名世界，更被称为红葡萄酒的天堂。然而世人所不知的是，这里清香弥漫的葡萄园中隐藏着一个酿酒家族，这个家族和革命老区山亭一起谱写了一段中德友谊的佳话，而这佳话的主角就是太阳山酒庄的创建者诺博先生。在这里，他有一个传承百年的葡萄庄园，农民出身的他，热爱钻研葡萄种植和酿酒技术，并培育出了很多新型葡萄苗木，带领家乡农民纷纷致富。因此，他也成了家乡农业协会的负责人，被当地人亲切地称呼为"酒爸爸"。

张延平拉着行李，随着人流走出机场，同行的是几位区领导。诺博早就在机场等待着一行人的到来，他还带来了自己的外孙，年轻的马克。

马克身材高大，继承了外祖父白皙的肤色，以及日耳曼人高耸的鼻梁与外眼睑略微下垂的柔和吊梢眼。身形高大的他，脸上有些青涩，还有一丝害羞的腼腆，像是一个怕生的大男孩，有些坐立不安地等候在一边。这与他的外祖父诺博形成了鲜明的对比。不用藏着掖着，之前诺博就曾跟山亭人提到过，他膝下没有其他直系的子孙，这个年轻的外孙将是他宝贵财富的唯一继承人。

"你好，你好。"诺博用一口变了声调的中文欢迎远道而来的朋友们。他情绪很亢奋，就像是久违的朋友来到家中做客一般，心情很愉悦。简单问候之后，诺博带领着一行人去往他的葡萄庄园考察。这是建设山亭自己的酒庄前要做的最后一个准备。

与很多人对庄园主的认识和印象有些不同，诺博并没有想象中的那种铺张与排场，不是影视剧里那种红毯铺地、保镖随行、前呼后拥的欧洲贵族。和在山亭时一样，他就是一个普普通通的德国老头，生活中充满了简朴与实用的味道。诺博自己不会开车，只要不是很远，基本上到哪里都是步行。今天接待山亭的客人，也只能由他的夫人开车。这是一辆看上去有些年头的日产牌皮卡车。诺博穿着在枣庄裁缝那里定制的西服，满面笑容地向客人们介绍着沿途的风光。这是德国巴特诺因阿尔－阿尔韦勒市，诺博的家乡，也是他以"酒爸爸"而闻名的沃土。这一路上或许是诺博在客人面前说话最多的一次，他事无巨细地讲述着家乡的传说，家乡的历史，还有自己的故事。

家乡是一个复杂的复合名词，可以说是能够立足容身的地方，也可以说是心灵慰藉的港湾，千百年来关于家乡的定义是纷繁复杂的，而家乡的含义，无关乎千古人物，也无关乎中外文化，而是具有社会属性的人类所与生俱来的东西。如果不是来到了阿尔韦勒市，这个诺博土生土长的地方，或许也不会听他提起自己的"丰功伟绩"。他是当地著名的葡萄专家、葡萄酒酿造专家，同样也是知名的社会活动家，对整个地区都有很大的贡献。德国前总理施罗德授予诺博的德国最高荣誉奖章"英雄奖"，2004年德国政府授予他的十字勋章和阿尔韦勒地区荣誉奖章，都见证着这一切。这是他的故乡，他是德国活着的传奇，是绿色带头人（植物界先驱），也是阿尔地区受人尊敬的"酒爸爸"。苏东坡的词里写道"此心安处是吾乡"，山亭和阿尔两个相隔甚远的地方，对诺博而言都是"此心安处"，都是亲切且值得热爱的地方。

宾主尽欢，从此刻每个人交谈时的态度不难看出，宾主已经成为要好的朋友。车里氛围很愉悦，说笑不断，更像是几个朋友相约同行，正在前往一场欢乐聚会的路上。事实也确实如此，诺博为远道而来的山亭客人准备了一场盛大的欢迎会。

欢迎会的过程不再赘述，当年山亭用多大的诚意欢迎招待了诺博，如今诺博也同样报之以桃李。老话说：君以国士待我，我必国士报之。山亭人和诺博都用自己的行动践行了这句话。

那段德国之旅给考察者留下了十分深刻的印象，不说山亭的人，就是常常往来于中德之间不知见识过多少德国风情的翻译宁颜闽，对诺博家乡漫山遍野的葡萄和独具特色的庄园也是难以忘记。莱茵河畔旁边贫瘠土地上长出的那条"葡萄之路"，还有两岸一家挨着一家的酿酒作坊，共同形成了一条葡萄旅游的产业链。对宁颜闽来说，这道美丽的风景线，能不厌其烦地看上一整天。

时隔多年，张延平在回忆起这段时光时，也依旧印象深刻，侃侃而谈："德国我那阵儿也去过了，那边的人很热情，诺博对我们的招待也很到位。刚到的时候我担心不适应当地的饮食，还大包小包地准备了些泡面，结果那边的饮食非常合口。像是那个馅饼啊、牛肉啊、鸡肉啊，尤其是他们做的那个香肠，我现在想起来都感觉非常好吃，回味无穷。"

说到这些，张延平笑了。

"还有一点很重要，之前筹建德式葡萄酒庄园的时候，我对德国建筑都是通过图片、视频之类的方式去了解，体会并不直观。直到第一次到德国去实地考察，我才真正感受到了那种建筑的魅力和冲击力，这对我们后续建设汉诺庄园有着很大的影响。至少我觉得我们如今做得还不够好，没有那种独特的冲击感。"

德国之行奠定了山亭区筹建葡萄酒厂项目的最后一块基石，也促成了从酒厂到庄园的建设规划。经区委区政府研究决定，庄园由早就摩拳擦掌的富安煤矿承建。2005年8月，由诺博推荐，德国建筑设计师昆特·利沃辛德参与山亭酒庄设计工作并完成厂图设计，

第三章 中德友谊在汉诺庄园闪闪发光

山亭方面按照图纸规划定做了德式压榨机、过滤器、储存罐等酿酒设备。这个庄园的名称一开始并不是如今的汉诺庄园，命名为"汉诺"是之后的事情，这里面有着十分丰富的内涵。这个庄园一开始与富安煤矿同名，取"富安"二字，命名为富安葡萄庄园。富裕、平安，这是每一个煤炭产业工作者最朴素的愿望，也是对这座酒庄最衷心的祝愿。

作为庄园的见证者和助推者，诺博当然一直牵挂着庄园建设，但岁月不饶人，诺博终究是老了。随着年龄的增大，他的眼睛不再如初见那般明亮，思考也不再那么清晰，精力也不像前些年那般充沛，在国外援助项目间奔走时也显露出了越来越明显的疲态。有时候人的衰老不一定只用时间去定义，老去也可能是一瞬间的事。从第一次到山亭算起，时间已经过去了五年多，当年那个生龙活虎的诺博，此时似乎有些疲惫了。

之前他是两手抓，一边经营着自家的索南伯格酒庄，酿造高品质的葡萄酒，一边参加 SES 国际援助项目，通过人道主义无偿援助的方式践行着自己的人生价值。如今精力有限无法顾及，对自家酒庄的经营，诺博选择了放手。2006 年 1 月新年伊始，诺博先生将有着百年历史的家族葡萄酒庄园正式交给了外孙马克管理，自己则一心扑在了无偿指导他国葡萄种植与葡萄酒酿造技术的事业上。

汉斯的身体状况也不像以前了，他的活动范围越来越小，他已经很少和诺博先生继续出国，随着癌症病情的恶化，他的身体机能也越来越差。为了缓释病痛的折磨，他只能将有限的精力放在自己曾经做过的事业上：在酒庄里种种葡萄，关心关心其他地区的发展情况，为山亭要建酒庄而感到欣慰，还有他资助的那几个山亭困难学生，今年的助学金也要按时送过去。他是很想跟随诺博四处行走的，只是身体不再允许，他需要静养，用生命自身最顽强的意志力去尝试战胜疾病，尽管结果注定是渺茫的。

此刻的山亭，诺博和汉斯的几位中国"学生"却没有闲着。

高振楼的事业越做越红火，自打2003年那场品鉴会结束后，他的育苗事业达到了一个前所未有的高峰期。首批16种欧洲葡萄试种成功，让这块育苗基地备受关注，引来《人民日报》、新华社等国内50多家知名媒体竞相报道。其中，2003年9月1日新华社通稿报道的题目尤为吸引人的眼球——《欧洲葡萄喜落户，枣庄农民牵手洋博士》。不难看出，其影响是多么广泛。

随着欧洲葡萄的扩种以及苗木培育技术的成熟，种植中心外移，高振楼的育苗基地不再单独承担培育欧洲葡萄的任务，曾经提出的富硒果品成了他的主要事业。借着品鉴会的东风，他的苗木花卉事业也开始扩张，先后引进了世界名优果树、花卉品种230余个，俨然成为国内"洋品种的大观园"。高振楼也成了山亭区、枣庄市乃至整个山东省都颇具名气的育苗大户，日子蒸蒸日上。

高东峰的主要阵地从育苗基地转移到了如今的扩种田。作为距离诺博所教授的整个种植技法流程最近的记录者，他也摇身一变，从一个跟随于庭柏学习的学徒，变成了如今独当一面的葡萄种植专家，负责指导山亭农民种植葡萄苗木。当然，即便已经称得上"出师"

的高东峰，依旧保持着这五年以来持之以恒的习惯，下地必带笔记本，做好每一次的数据记录。

于庭柏就更忙了，诺博和汉斯到来的意义是重大的，就像两军对垒前的第一通擂鼓一样，以欧洲酿酒葡萄种植为起始点，一鼓作气，他要完成一场山亭果树种植业的变革。引进欧洲葡萄已经获得了初步成功，但还有一种苗木也从德国来到了山亭。还记得诺博专程从德国带来的那批樱桃苗木吗？正是借着这批樱桃苗木，于庭柏在山亭区水泉镇，对中华樱桃与欧洲甜樱桃进行了嫁接品种的试验。要知道樱桃是山亭的又一大特色果品，培养一种樱桃新品种在这几年里也有了眉目。

2006年3月，诺博第十五次来到山亭区，继续开展葡萄种植技术指导工作。同年3月18日，山东富安葡萄庄园奠基仪式举行，该项目计划总投资2.2亿元，年生产60万立升优质高档葡萄酒和20万立升果汁饮料，分两期工程建设。为确保该项目的顺利实施，区委区政府成立了项目筹建领导小组，召开专题会议，认为该项目应依托东城区建设。富安庄园与规划中的紫云湖公园有机结合，酒厂依山而建，从而充分利用银山山体与地面的落差，形成自然的生产流程，从山顶到山底依次建设筛选、压榨、发酵、窖藏等车间，建成一处城中有园、园中有山、山上有亭、山边有湖、湖映蓝天和地下生产、地面展示、山体种植、产供销一体，集生产、生态、环保、旅游、休闲、娱乐于一体的复合型德式酒庄。

诺博和汉斯两位德国专家受聘担任技术顾问，诺博仿照德国建筑"新天鹅堡"的外形，依照山势，因地制宜，亲手绘制建筑草图，再由中方技术人员按照他们的草图"依葫芦画瓢"用电脑去设计制作。为此，诺博有时画图纸到深夜还顾不得吃一口饭。

在诺博和汉斯的指导下，德式葡萄酒庄正式打响了建设的第一枪，山亭新天鹅堡的故事也由此拉开了帷幕。

或许，许多朋友都听过那个美丽动人的新天鹅堡的故事吧。

从奥格斯堡到富森新天鹅堡，这犹如人间仙境的地方藏着有关魔法、国王、骑士的古老民间传说，还有那茂密的原始森林、柔嫩的山坡、无边绿野上漫步着的成群牛羊，积雪终年的阿尔卑斯山和无尽宽阔的大湖。新天鹅堡是一座巨大的城堡，坐落在群山环抱之中，矗立于三面绝壁的山峰上，背靠一泓清澈透明的湖水，在层峦叠翠、蓝天白云的映衬下，乳白色的外墙辉映着金色的阳光，灰色的尖顶直刺苍穹，让人产生仿佛置身于梦幻仙境般的感觉。据介绍，城堡主塔高约70米，四角为圆柱形尖顶，上面设有望塔。城堡内部的装饰也极为豪华，有彩色大理石地面的舞厅，金碧辉煌的大殿，名贵的古董、珠宝和艺术品等。

城堡里的宫殿豪华、优雅、精美，无法用文字描绘出它的富丽堂皇，铺张绚丽。里面收藏着许多珍品，考究气派的墙上挂满精美的绘画作品，大多是宗教题材、圣经故事以及城堡历代主人的肖像画。这些作品无不色彩细微、笔法精妙。最辉煌的是帝王大厅，巨大的天花板上，蓝色苍穹点缀着灿烂的星辰，象征无穷无际、浩瀚无边的天宇；而地板上则是各色马赛克铺就的植物、动物，象征博大无比的大地；高耸的大厅中悬挂着金灿灿的巨大皇冠，上面有96根蜡烛，据说它们象征着至高无上的皇权。走出城堡，站到塔顶平台上眺望，四周美如油画般的风光令人陶醉，让人有种进入天堂的感觉。

晚上住在富森小镇一个临湖的酒店，在那幽静的夜晚，德国朋友给山亭客人讲起了新天鹅堡的故事。新天鹅堡的建立者是巴伐利亚的一个国王路德维希二世。这个国王无治世之才，却充满艺术气质，亲自参与设计这座城堡。之所以叫新天鹅堡，是因为在它的对面，有一座国王童年的夏宫——旧天鹅城堡。

新天鹅堡是路德维希二世梦的世界，一个专属美的世界。这位国王酷爱天鹅，从小喜欢各式歌剧和舞台剧，他自己就写了不少歌颂善良战胜邪恶的剧本，也是瑞士著名舞台剧作家瓦格纳的崇拜者。后来，他为瓦格纳的剧本所深深打动，决定修建这座白色的童话城堡，为瓦格纳的舞台剧塑造一个背景，让那勇敢的骑士和那美丽的公主的动人故事能在这里上演。1869年，他在阿尔卑斯山麓，开始勾勒出自己梦想的世界——新天鹅堡。

路德维希二世一生孤寂，不是面对政治密谋就是陷入人身攻击。在那个君主权力当道的年代，他不满于自己徒有名衔的身份，试图改变而又不得其所，因而常与内阁中的长老意见相悖。这使路德维希二世愈加厌恶慕尼黑，更加倾心于巴伐利亚山区——一个让他感到快乐与自在的世界，可以在那里建造他的梦幻城堡。然而遗憾的是，在梦想的城堡尚未完工时，他就莫名地溺毙了。

路德维希二世的感情生活也充满了悲剧色彩：他的童年是与他

年轻的表姑，后来的奥地利王后茜茜公主一起度过的，在他对爱情开始产生朦胧的感觉时，他的表姑却出嫁去了奥地利，她那美丽的倩影留给了年轻的王子难以磨灭的深刻印记。

茜茜公主也曾经很努力地为她的表侄物色适合的姑娘。年轻的国王也曾经兴奋地表示，他已经找到了一生的感情归属，但意外的是，这段感情却戛然而止了。22岁那年，在举行婚礼的前两天，他却突然宣布解除与巴伐利亚公主苏菲的婚事，此后一生未娶。自此，他就一直沉醉于舞台剧的幻想中了。

新天鹅堡是路德维希二世一个未完成的梦。他得不到世人的理解，便躲在自己的世界中，不轻易抛头露面，甚至远行时也选择夜行。因为对现实不满，他致力于创造自己的童话世界，不料却被举国上下一致反对。在这座城堡就要落成的前夕，1886年6月12日，这个单纯的富于幻想的国王，在最后一次视察城堡工程进度返回慕尼黑的途中，离奇地消失在了夜幕中。直到第二天清晨，才有人在湖中发现他的尸体，当时他只有41岁。而恰恰在此5天前，巴伐利亚国家医药委员会宣布路德维希二世患有精神病。路德维希死后，给他的家人留下了1400万马克的债务，也给世人留下了一个未完的梦。他死后，城堡的建设工程也随之停止。

世事沧桑，如今德国人已经把路德维希二世的梦想变成了现实，耗费巨资建成的新天鹅堡成为德国旅游业的赚钱大户。或许谁都没有料到，这个用国王的梦想换来的城堡，今天却是这个小镇的主要收入来源，已经有上百万游客来这里欣赏过这个充满童话色彩的城堡。这里早已成为德国热门的旅游景点之一。

新天鹅堡是德国的象征。世界上没有一个国家像德国那样拥有如此众多的城堡，据说全国目前仍有14000多座。在众多的城堡中，最著名的就是这座建于1869年，位于阿尔卑斯山麓的新天鹅堡，也叫白雪公主城堡。

山亭的奥特汉诺酒堡外形及功能设计就是仿照德国新天鹅堡而建。"奥特汉诺"意为：2008年是百年奥运中华首办之时，且奥运之年庄园首酿精品葡萄酒，为纪念北京举办奥运会，铭记两位德国专家诺博和汉斯在传承中德友谊方面做出的突出贡献，特命名该酒堡为奥特汉诺酒堡。

让我们好奇的是，山亭接下来究竟又会如何讲好这个东方新天鹅堡的美丽故事呢？

克服孤独与自我怀疑的心路

富安葡萄庄园奠基不久,韩平接到了人事局局长杨玉生的电话。还是区政府办公楼二楼东侧会议室,遵照区委区政府的安排,杨玉生有一项重要任务要交代给他。建设富安葡萄庄园一事,不依靠富安煤矿是不行的,这是板上钉钉的决议,无须再议。但韩平当年对独资建设的反对意见也得到了重视,人事局原局长赵庆美向区委区政府领导反映,并且组织了讨论。正值换届时期,就韩平提出问题的讨论结果,最终转由现任人事局局长杨玉生告知。

韩平对未来发展的考量并不是无稽之谈,付出了这么多心血才筹备好的山亭葡萄酒庄建设事业,不能有任何走钢丝的想法。既然不能独立成立公司,那就要推行分管,把独断专行的权力关进笼子里。

杨玉生见到匆匆忙忙赶来的韩平,微笑着拍了拍他的肩膀说:"韩平,这次叫你过来,是想给你一个重要的任务。"

"和咱们的葡萄庄园有关?"韩平反应很快,一下就大致猜到了眉目:"要是让我去带头搞建设,那肯定没啥好说的,我主动请缨!"

杨玉生请韩平落座,继续说:"是的,不但要搞建设,而且要给你一个新身份。之前你的建议现在有了消息,区委区政府研究决定,组织打算选调一人直接到富安煤矿去任职,既然你主动请缨,那很好!过去既要抓好建设,也要做好监督。"杨玉生愣了一下,杨玉生又提醒韩平:"你从人事局编办主任到富安煤矿,这在有些人看来可不是明智之举啊!企业都是有风险的,你要考虑清楚!"

韩平点了点头。

他是人事局如今推进富安葡萄庄园建设落实的急先锋,现在组织选调人手,他自然是责无旁贷要成为第一个吃螃蟹的人。

"我考虑清楚了,没有问题。"韩平的回答很简短。

杨玉生早就预料到了这个回答,他已经做好了相关的安排:"根据区委区政府的决定,任职文件已经下来了,从现在开始,你就是富安煤矿的党委书记,兼任富安葡萄庄园的总经理。煤矿那边你明天早上就要到位,总经理的聘书等到公司正式注册成立以后,我会叫人给你补上。"

2006年7月,山东富安葡萄庄园酿酒有限公司注册成立,正式开始投入建设。同年,富安葡萄庄园被认定为全省十大重点引智项目,市重点企业建设项目,要求以月为单位实时汇报建设进度。

韩平收到了补发的总经理聘书,也迎来了他在富安煤矿的第一场会议。这个"空降"而来的二把手,一时间在富安煤矿内部引起了不小的议论。

职工对管理层的任何变动都是非常敏感的,任何风吹草动都会引起大家的关注。韩平从人事局"空降"到富安煤矿究竟是几个意思?是来监督的吗,还是来"镀金"之后等待升迁的?

这里有必要简单了解一下富安煤矿。根据张延平的介绍，富安煤矿一开始其实是他负责的一家私人企业。后来在区委区政府的协调下，张延平将企业交付于区里，转制成为一家区属国有企业。企业经营状况良好，效益不错。企业后来经历了几次更名，最后定名为现在的汉诺联合集团。根据公开资料，今天的汉诺联合集团是集煤炭开采、数控机床制造、军用电线电缆生产、葡萄种植与葡萄酒酿造、生态健身与休闲旅游、房产开发建设、能源投资建设等于一体的多元化现代企业集团。汉诺联合集团现有总资产38亿元，拥有井田面积63平方公里，地质储量6.9亿吨，下辖山东富安煤炭有限公司、山西平安煤业有限公司、贵州汉诺矿业集团兴仁县合营煤矿、贵州汉诺矿业集团兴仁县兴昌煤矿、山东汉诺庄园酿酒有限公司、山东鲁南华源数控股份有限公司、枣庄市富能煤炭购销有限公司、枣庄市山亭区建筑工程公司、枣庄市宜居置业有限公司、枣庄汉诺阳光大酒店有限公司、枣庄市富能建筑安装工程有限公司、枣庄市宜居物业管理有限公司、山东华能线缆有限公司、贵州汉诺矿业集团有限公司等14个控股、参股公司。现年原煤生产能力300万吨、数控机床制造能力2000台、葡萄酒生产能力60万公升、房产开发建安能力20万平方米。

可以看出，经过多年的发展，今天的汉诺联合集团已经成长为一家四面发力的国有企业。然而在投资建设汉诺庄园的前身富安葡萄庄园时，富安煤矿还是一家以采矿为主要经营方向的国有企业。

当时的采矿行业有多危险不必多言，这是每次下矿都把脑袋系在裤腰带上的工作,掘取土地下埋藏的乌金宝藏哪有轻松可言。正是因为这个工作的特殊性,采矿工人大多是拖家带口的,就像"水鬼"的安全绳永远只能握在直系亲属手里一样,这也难免让煤矿企业从下到上自然而然地形成类似于家族式管理的习惯。大家利益都是捆在一起的,拔出萝卜带出泥,基本上是一荣俱荣一损俱损的关系。

富安葡萄庄园建设的号角一响,天上没有掉下来个林妹妹,而是"空降"一个二把手韩平下来。这就像是家族聚会上来了一个外人,剥开的橘子里挤进去了一个蒜瓣,橘子不舒服,蒜瓣也不舒服。

韩平就是奔着建设富安葡萄庄园去的,没有别的私心杂念,倒也没有犯外行人指挥内行人的错误,他的存在就是为了葡萄庄园的建设与监督工作。然而从极个别人的视角来看,韩平就是悬在富安煤矿头顶上的达摩克利斯之剑,而煤矿的个别领导,对韩平的态度想必也是复杂的,毕竟韩平之前提出过反对富安煤矿控股庄园的意见。

会议还没开始,参加会议的主要成员尚没有全部到齐,张延平亲切地叫文员送上来一个刚刚泡好茶叶的玻璃杯,摆在了韩平面前。

"韩书记,我看你开会没有带杯子,就专门让人给你找了一个杯子。你来到这里就先好好喝茶,我们煤矿上肯定会好好招待你,你就别费心想别的了。现在呢,咱们专心开会,共同把富安葡萄庄园建设好。"张延平的语气听上去平静而亲切。

韩平没有说什么,脸色略微有些不自然。在人事局机关工作多年的他,当然明白"好好喝茶"的意思。外来的和尚好念经,但远嫁来的媳妇在婆家的话语权或许是不大的，这一点他早就做好了准备，只是没想到此后的工作会如此复杂和繁重。

"你放心，我过来就是为了把咱们山亭的葡萄庄园建设得漂漂亮亮的。"韩平的脸上看上去也是如沐春风一般。

在此也毋庸讳言，张延平和韩平的工作一开始肯定是需要互相磨合的。两个人都是一心干事的人，做人行事也都光明磊落。但因为性格各异，两个人之间此时也难免会产生一些误解和小摩擦，这也实属正常。其实从各人的不同角度来看，这个矛盾的交互点并不是天然的，更不是自私的。世界上的事情不会总是非黑即白，矛盾的产生也未必有什么对错之分。磨合的开始源自做事风格的不同，观念冲突或许也是有的，但都是为了企业和庄园的发展。张延平对富安煤矿负责，韩平对山亭区的引智事业负责，两人都是有能力有远见之人，只是抱着同样的理想，走着不同的路，仅此而已。

会议时间很长，流程也很烦琐，正值年中刚过的关头，企业需要解决的问题还有很多，上半年的产业发展需要总结，下半年的生产计划亟须确认，备受重视的富安葡萄庄园建设工作更不能停滞。韩平静静地坐在会议室的第二把交椅上，这是一个令人瞩目的位置，但此时他又好像一个陌生人，被密集的汇报声割裂开去。直到谈及富安葡萄庄园的建设工作时，张延平先行发言："建设富安葡萄庄园是咱们公司现在最大最重要也最迫切的任务，省市区三级政府对于我们的建设进度都高度关注。现在的问题就是：谁来带头？"

会议室里一时间鸦雀无声，众人目光都或多或少地看向韩平的方向。张延平转过头来，也看向韩平说："韩书记，你是咱们富安煤矿的党委书记，又是富安葡萄庄园的总经理，你看谁上去合适？"

韩平沉思着，脸色严肃，呼吸似乎有些沉重。他举目四望，坐在周围的这批企业骨干，没有一个是他认识的，甚至他目光扫过，没有一个人愿意和他对视。韩平微微叹了口气，说出了自会议开始以来的第一句话："作为富安煤矿的党委书记，同时作为富安葡萄庄园的第一任总经理，建设庄园的事情理应由我带头来做。"

韩平的声音有些厚重，在鸦雀无声的会议室里嗡嗡作响。

"虽然我也是初来乍到，与各位都有些陌生，但是我相信，大家对建设富安葡萄庄园这件事都非常上心。这样吧，张董事长，我主动请缨去建设一线，庄园一日不建成，我就一日不回来。"

"韩书记好魄力！"

张延平听到韩平的话，脸上带了些许笑意，看向韩平的眼神里多了些神采，甚至是一丝丝的佩服："那还得请你尽快动身，我们早一个小时开始，就能早一个小时完成。"

"我明天就出发，连带着我的办公室也搬过去。人力、物力还希望公司能够及时配置到位。"韩平点了点头，面沉如水。

张延平身子向前倾了一点，用两只手臂在桌子上撑着身子说："你放心，之前我们都有所准备，选派过去的都是十分出色的工程队伍，而且我们煤矿最不缺的就是有本事有干劲的年轻人。矿上有一批暂时没什么任务的小年轻，我都给你派过去。我们领导层为了表达对庄园建设的支持，家里正需要锻炼的适龄后生，我也给你派过去。之前我们招聘了一批毕业实习的学生，还有本地的工人，现在就在那边待命。人手肯定是不会缺的，这点你放心。"

"那就好啊，辛苦大家了。"

韩平点头表示认可和感谢，目光望向了正对着他的那扇窗户。他的心思早就顺着窗户，奔向了那片尚未开发建设的庄园奠基地。他似乎出了神，只留下一个空洞的身体仍然坐在富安煤矿的会议室里。他神思已远，哪里还能听得进去会场上的议论。

"韩书记，现在的情况你还得多担待。煤矿上的兄弟们怕生，对你有些陌生感。我知道你是奔着建好富安葡萄庄园来的，我张延平在这里代表富安煤矿给你做个承诺：只要是庄园的建设工作，我们一定有钱出钱，有力出力，有十分的精神也要挤出十二分来。"张延平说。

"八月秋高风怒号，卷我屋上三重茅。茅飞渡江洒江郊，高者挂罥长林梢，下者飘转沉塘坳。"千年之前，杜子美的诗里藏着无尽的萧瑟；千年以后，这句诗落在韩平嘴里，倒是多了一丝积极向上的洒脱。他已经把生活和办公的地方都搬到了即将动工的富安葡萄庄园附近。倒也没有茅屋那般落魄，小小的瓦房简陋而干净。只是瓦房里的陈设过于简单：一张桌子，一把椅子，用来办公；一张三人沙发，可以坐人，也可以睡觉。

这栋房子的建筑位置并不怎么好，正对着风口，一天到头都有风吹进来。对于这个，韩平没有在意，迎风睡觉很凉快，可能蚊虫多些，也不是什么大事。建设工作说起来并不复杂，但是将这些流程全部投入实际运转，还是需要很长一段时间的复杂调度。望山跑死马，一份计划书需要付出很多的时间和精力才能兑现。一晃就是几个月的工夫，等到万事俱备时，时间就到了2007年的3月份。

2007年3月，集葡萄酒展示区、地下酒窖、葡萄酒生产线等功能于一体的酒堡正式破土动工。"急先锋"韩平终于能够撒开手脚，全力以赴地投入建设庄园的工作了。

这一年，有一件沉重的事情发生：汉斯去世了。癌症常年折磨着他的身体，淬炼着他的意志，一个曾经高大强壮的德国友人，在病痛面前也不得不像弱柳扶风一般脆弱。他走得很安静，生如夏花之绚烂，死如秋叶之静美。这位可亲可敬的德国专家，临终还没有忘记他资助过的山亭贫困学生。他们的学习有没有进步？现在家里的日子还是那么艰难吗？他回忆着第一次见到慈夫玲时的情景，回忆着和诺博一起将助学款交到山亭困难学生手中的情形。他多么想再多资助几名中国学生啊，如果身体允许，他一定会再次回到中国山亭，去那里看一看，看一看那些已经育苗成功的葡萄，看一看山亭漫山遍野的葡萄园，看一看他一直牵挂的贫困学生。可惜，这一切都已经不可能了。只能靠着诺博这个"老家伙"把自己的心愿带回山亭了。

汉斯超越国界的人间大爱，山亭人民永远都不会忘记。他和诺博的这种国际主义精神，永远照耀着山亭大地。在山亭人民的心目中，诺博和汉斯的形象就如同鲁南第一峰翼云山一样，永远巍然屹立。

翼云山海拔600多米，是鲁南地区的第一高峰，山名借的是山上泰山行宫中的一通碑文："山与云连，朝夕往来，烟雾白云与山交汇，双峰白云吐扬，故名之曰翼云。"山前怀抱山亭新城，山东有石嘴子水库环绕，云遮雾绕之间，是山涧清泉潺潺流淌。北边山脚下坐落着翼云阁，而翼云阁则是借了山名，同有一个翼云的名号。

这翼云阁的历史渊源来头可不小，遥遥听闻的传说里还和滕王阁有着千丝万缕的联系。相传，唐贞观十三年（639），唐太宗李世民之弟李元婴受封滕王，食禄滕州，所以修建滕王阁，而后一路被贬，先后在山东滕州、江西南昌以及四川阆中修起了三座滕王阁，可以说李元婴走到哪里，滕王阁便修到哪里。南昌的滕王阁因"落霞与孤鹜齐飞，秋水共长天一色"的绝句惊艳世人，也随着近代对古建筑保护工作的开展而焕发新生。而建在山东滕州的那座"正牌"滕王阁，早就随着改朝换代成了阿房宫式的历史尘埃。

翼云阁与滕王阁有着千丝万缕的联系，是构建在同一地区的建筑美学的参考与仿效，而它的建筑设计元素则借鉴了旧时的茋城飞云台。当然，翼云阁在2007年的时候尚未建成，直到2013年，富安葡萄庄园建成近五年后，方才建设落地，从而形成与庄园南北相对，互为倚仗的中国传统风水理论中的"对峙局"。

不同于传统理论中房屋坐北朝南的风水布局，富安葡萄庄园大门正对翼云山，从而形成坐南朝北的结构。按照《周易》的理论推算，南方离火位，北方坎水位，水火不相错，自然形成微妙平衡。背倚高山以为靠，前有明堂以聚气，所以自成气候。明堂之上，以九层四门八面的玲珑塔式翼云阁与之遥遥对峙，如此格局仅从传统风水学来看，绝不逊他人风骚。风水并非一种传统神秘学，而是中国传统文化对自然地理科学进行总结之后形成的经验。不过，再好的风水布局都是对未来远景的设计，事在人为，建设庄园的目光还是应该转向具体的干事者身上。

动工，动工，动工。

2005年，富安葡萄庄园奠基，下半年就进行征地拉院墙。一开始负责院墙等基建工作的陈孔才现在回忆起当年的情形，依然觉得恍若眼前。从他那里我们了解到，当年征地总体上是很顺利的，即便是涉及迁坟这样的"老大难"问题，也基本上没遇到什么阻碍。恰恰相反，当地的老百姓一听说要建设葡萄庄园，二话不说，都做出了大力支持积极配合的姿态。要知道在山亭这个地方，齐鲁大地礼仪之邦的腹地，人们对逝去先祖的看重甚至高于活着的人。因此，死人迁坟甚至比活人拆迁还要艰难，需要做的工作也会更多。但为了支持庄园建设，朴实憨厚的山亭老百姓硬是没为难"政府"任何人！

不知是不是受到了诺博和汉斯等德国专家国际主义精神的影响，或者受到了山亭人民牺牲精神的感召，此时静静守候在翼云山前的韩平早已按捺不住心中的火焰，他像当年引锥刺股的苏秦，修炼自己，胸有沟壑，一日破关而出，便要掌六国相印，纵横寰宇。翼云山不高，却是鲁南第一峰，今日轰轰烈烈一破土，他日便要建成一个不世出的新天地。

头戴草帽，脚踩一双轻便的黄球鞋，韩平现在的形象，哪能被人认得出是富安葡萄庄园的总经理？走在青年工人们前面，他倒像是一个带队的小工头。张延平亲自挑选出来建设庄园的年轻人，有一个说一个的确都是顶一的好手，虽说很多都是缺乏工作经验的毛头小子，但贵在同心协力，浑身上下都是干劲。他们对韩平是敬重的，更准确地说是信服的，毕竟一个身先士卒，做事亲力亲为，站在第一线的领导，并不是每一个人都能遇到的。

　　术业有专攻，大基建自然有专业人士去做，工程建设可不是只凭着一腔热血就能够做好的。韩平带着这群年轻的后生，主要是协助工程队进行建设。工地上多的是用人的地方，等到一切建成以后，他们也将会成为庄园的第一批生力军，继续承担庄园里的相关工作。要想把一群松散的个体凝聚成一支队伍，还得通过实践来完成。

　　从山亭城区到富安葡萄庄园的建设地点还有一段距离，因为长期没有开发，这里并没有一条直达的道路，若要驱车到工地去，那就得沿着山路绕上好大一个圈子。为了节省时间，大家多数时候都是步行上山，深一脚浅一脚地丈量这片未开发的土地，若是遇到下雨天，一点小雨飘下来就足以把这里变成一摊泥泞。这也难为了队伍里的女同志，为了保证上山的效率，多数时候她们都是把高跟鞋提在手里行走。倒也没听到谁抱怨过一句半句，也没有听到谁喊苦喊累。毕竟韩平已经为他们做出了表率，一天二十四小时三班倒，工作起来没白没黑，恨不得把自己掰成几块用。年轻人热烈的情绪就像一杯快要溢出来的烈酒，遇见一点明火就能燃烧得轰轰烈烈，韩平把自己当成了那个燃烧的火星，烫得年轻人的心脏怦怦直跳。山亭人战天斗地的精神不能丢，他们来这里可不是为了混日子，他

第三章　中德友谊在汉诺庄园闪闪发光

们是来创业的。若是高调一点说,这群人就是富安葡萄庄园建设的先行者。

打地基,做土石方工程,整个庄园里到处是一片热火朝天的景象。韩平等人也没闲着,四处张罗着帮忙。那条绕远的山路是用来通车的,这也是工程车辆到达施工现场的唯一通道。逢山开路,遇水搭桥,在一个优秀的工程建设者眼里,没有什么困难是不能被克服的。就比如说当下,为了让吊车能够顺利通过,他们在石嘴子水库的泄洪区边上搭起了一座临时的桥梁。问题肯定是存在的,临时搭建的桥梁有一个自身的承重界限,大量工程车辆的通过,实在是对桥梁的一种考验。

那是初夏的一天清晨五点钟,东天的尽头初现一抹白光,还是黎明破晓的前一刻。韩平像往常一样没有回家,睡在自己小瓦房办公室的三人沙发上。自从破土动工的那一天算起,无休止的工作几近压榨了他所有的精力,这些日子,他几乎是肉眼可见地消瘦与疲惫。越是工作任务繁重,他反而越是难以安眠,日思夜想,连带着做梦都与建设庄园的工作有关。

五点钟,等不及鸡鸣,韩平起身,走出瓦房,开始像往常一般巡视。就在昨天晚上,那座临时搭建起来的桥梁被重型工程车辆轧得有些凹陷,露出了路旁的水渠。这段渠道归属于石嘴子水库的泄洪区,如今水不向这边走,渠道也就跟着废弃了。这些水渠普遍都是三到四米的深坑,对过路的施工人员和群众来说,这肯定是一个潜在的危险。起了个大早的韩平,打算趁着这一会儿的工夫,把深坑全部填平。说干就干，韩平便自己动起手来。他拉来工地上拆下来的废弃石块，混合着砂浆水泥，有板有眼地干起活来。工地上的那些年轻人此刻都还睡得昏沉，还有几个昨晚拉材料没回去的，就临时在卡车里凑合一宿。

"五点钟就出来工作，这确实有些不人道了。"韩平笑着挠了挠头，有些自嘲地自言自语。他并没有叫醒任何一个熟睡的工人，这段时间，这些小伙子卖力工作的情形他都看在眼里，欣慰的同时也带着些许感动。他推着板车，自言自语道："年轻人嘛，还得长身体，多睡睡觉准没错。"

韩平独自在路边忙碌着，先把石头填进去，再把水泥砂浆混合成合适的比例，一股脑地倒进去。韩平干起活来一点也不含糊，这段时间，他早已经习惯了这些事情。

倾倒砂石发出的声响，在寂静的旷野中显得格外清晰，即使在距离很远的地方也能听见些许响动。这不，那几个睡在卡车里的年轻人渐渐听到了动静。在卡车上凑合着过夜本就不太舒服，所以他们睡得也相对浅一点。副驾驶座上睡得东倒西歪的一个年轻人，此时听到远处传来的声响竟有些迷糊，他先是下意识不满地吧唧吧唧嘴巴，把裹在身上的薄毛毯扯了扯，身体略微向一边翻转，似乎想要遮盖住这声响。可能是突然意识到了什么，他猛然坐起身子，也顾不上四肢磕磕碰碰和酸麻，眼睛还没睁开，手底下已经开始摸索着找鞋子，顺带着用力摇了摇驾驶座上的同事。

"起来起来，咱们睡过头了，人家都开始施工了。"他一边说着，

第三章 中德友谊在汉诺庄园闪闪发光

一边蹬上鞋子，一只手卖力地摇晃同事，另一只手在身子底下四处摸索着找手机。

"娘咪！这才几点啊？"驾驶座上的同事一时间被猛烈的摇晃惊醒，还处于睡眼惺忪、言语含糊的状态。半睡半醒之间，他试图把自己的眼睛睁开到最大，但眼皮还没有抬起来，只见眉毛向上挑，挤出几条抬头纹。

两人头顶头地凑在一块，低头看了一眼手机，这会儿还不到六点，天色都还在初见光明的时候。

"你是做梦了吧？这不才不到六点钟吗？哪个憨大胆会起这么早干活？"

"你自己听，前面是不是有人在施工？"

"嗯，确实有动静！这大清早的，怕不是工地上进贼了吧？"

"有这个可能，我去看看。"

你一言我一语，两个睡蒙了的年轻人，明显带着些起床气，坐在副驾驶座的那一个，拉开车门就要出去理论。只见他眼睛眯成一条缝，走起路来还有些昏昏沉沉，向前走了一段。等到远远看见韩平的身影时，他终于不淡定了，揉了揉眼睛，以为自己还在梦里。但眼前的情景又确实不是梦，他远远看着韩平一个人在那里倾倒砂石的侧脸越发得清晰，瞬间就没了睡意。

"天（表示惊讶），折寿了，折寿了，韩书记已经上工了！"他眼睛瞪得巨大，发出了惊叹声，接着便后知后觉地扭过头去，开始一路小跑。只见他三步并作两步猛地跳上卡车，惯性作用下的推

139

揉让驾驶座上的同事身子往一边倾斜过去。他用很大的嗓门喊道:"别睡了,别睡了!你怎么好意思睡得着的,韩书记都上工了!"

驾驶座上的青年猛地睁开眼睛,不假思索地拨通了电话:"赶快叫兄弟们起床,都到桥这边来,韩书记已经上工了!"

卡车上的兄弟俩和那边睡得正香的工人们沟通了一下,随后便小跑着向韩平靠拢过去。

短裤、背心、运动鞋,也就是过了半个小时的工夫,韩平远远地就看见乌泱泱一群年轻小伙往这边跑,跑在前面步伐较快的几个,头顶上的汗珠肉眼可见。听说韩书记上工了,这群年轻人只顾着闷头往这地方赶,连洗漱都顾不上了。等到手底下的工作做完,众人无不气喘吁吁、满头大汗,浑身上下都是一片潮乎乎的。看看时间,这时候也不过是九十点钟的样子。韩平累得够呛,也顾不得什么形象,和几个小青年一样箕踞而坐,他们在路边说说笑笑,灰土混杂着汗水,活像是一群"小泥人"。

闽广荔枝,西凉葡萄,未若吴越杨梅。杨梅,这是一个很好听的名字,她本来在富安煤矿做会计,富安葡萄庄园建设时,从煤矿被抽调派遣过来,成为第一批为数不多的进入现场的女同志之一。年轻的女子哪里吃过什么苦头,若不是心尖尖上有了事,许下了一个超乎寻常的愿望,谁不愿意把酒黄昏后?若说年轻的男子是粗粝的北风吹,抽打得脸颊发痛,那她们定是那杨柳拂面的春风,即便是吹向了漠北去,也是绵绵一阵花飞舞。

富安葡萄庄园的建设是一个偌大的工程,形形色色、各行各业

第三章 中德友谊在汉诺庄园闪闪发光

的人都拥入其中。为了一个梦想向前走,男子多了些使不完的气力,夜以继日地喊着劳动号子;女子则自有其独特细腻的心思,承担起那些不一的细腻工作。也是,莫要和那些毛头小子争长短,只要各司其职,承担起各自的工作,向着建设庄园的目标共同奋进,殊途同归是自然而然的事情。

当然,女子会更加精致一些,她们出门时或多或少都会打扮打扮,然后三五成群,莺莺燕燕,结伴同行,好挨过艰难的山路。这也难为了她们,庄园前期建设的时候,条件确实有些简陋了,除了一条通车的环山路以外,想要上去多是得步行走土路。这真是应了鲁迅先生那句名言:其实世上本没有路,走的人多了也就成了路。

穿行林间途经的多是杂草泥泞,也没有方向标识,像是一场回归自然的苦旅,若不是走的人多了,踩出一条草木倒伏的坑道,怕是真的有人会迷失其中。女同志把高跟鞋提在手上,踮着脚尖深一脚浅一脚地向前走,松软的土层和草甸,一定程度上缓解了光脚走路的压力。路难走是真的,好在还有同行的几人可以聊天解闷,不至于产生陷身荒野的孤独感。

总有人愿意做开拓者,在没人走过的地方寻一条路出来,但开路的任务并不是那么容易就能完成的。真是怕什么来什么,杨梅迷路了。为了早点赶到庄园,她从同行的队伍里脱离出去,没有选择顺着前人的脚印再绕弯路,而是另辟蹊径大踏步向前。踩过茂密的野草,杨梅对自己的方向感很自信,山就是这样的山,只要找对方向,一定能更快地到达目的地。她消失在队伍的前端,消失在了灌木丛里。

半晌，沿着山路走上来的几位女同事顺利抵达庄园门口，才发现应该早她们一步到达的杨梅却迟迟没有来。这是一个糟糕的消息，杨梅大抵是迷路了。她们把消息上报给分管领导，领导也有些头疼。覆盖上山路线的林区说大也不算大，但要想从里面找一个人出来也不容易。但眼下也没有别的什么好办法，只能组织人手搜山寻人。

杨梅依旧在路上走着，从她花费了比以往更多的时间，却还没有到达庄园的那一刻起，她就知道自己迷路了。可此时还有什么办法呢？原路返回也找不到退路，只能坚信自己的方向是对的。山不就我，我自来也。方向对了，自然会走到终点。

向前走，坚持一个方向向前走。杨梅的内心很难不惶恐。踩着别人的脚印向前，即使陌生也会有安全感，当自己成为迈出第一步的人时，每一步都是充满怀疑的，就像冥冥之中有一个声音在她的耳边呐喊着：你的方向不对，你迷路了。

一种不确定的莫名恐惧感环绕着杨梅，往前走是一条未知的、未开辟的路，回头看早就没有退路可言，左右环顾，除了孤独还是孤独。半晌找不到出路，眼泪已经开始在她的眼眶里打转。脚底踩在泥土上的触感，似乎因为陌生的恐惧而有些僵硬冰凉。

"我就朝着一个方向走，一定不会错的！"她咬了咬牙，硬着头皮向前走。她只能在心里给自己暗暗打气：山就是这座山，只要坚持走下去，肯定不会有错。

庄园门口已经聚集起来一队人，这是分管领导临时从工人里面抽调来的。等下去也不是办法，为了保障迷路女同志的安全，必须搜山。整顿队伍，交代信息，布置各自的搜索区域。队伍的临时应急能力很强，还没等撒网似的把人铺开，仅是几个脚步快些的工人在附近喊了两声杨梅的名字，就听见不远处的疏密丛林里传出了杨梅有点破音的应答声。灌木窸窸窣窣，她从一个让人完全意想不到的地方钻了出来。她看上去有点狼狈，脚踝上可以清晰地看到被灌木枝条划出的伤痕。

　　杨梅选择的方向是对的，大概是中途走了弯路的缘故，没能按照预想中那般快速到达工地。好在她在孤独和自我怀疑的折磨下，坚定地选择了自己的前进方向。当她听到呼唤，看到遥遥可见的簇簇人影时，眼泪不争气地流了下来。

　　这事是藏不住的，韩平很快就得知了消息。他并没有对杨梅擅自脱离队伍做出处罚，也没有责难和过多询问。听到杨梅自己走出了一条路，他沉默了。或许是对杨梅的勇气感到惊讶，抑或是因为自己也正走在一条需要克服孤独与自我怀疑的心路上。

打造一条德式葡萄酒生产线

栏杆丢了,这是让韩平最纳闷也最心烦的一件小事。

丢的也不是什么贵重物件,就是竖立在庄园外围的那种铁栏杆,居然被小偷小摸拿了去。老话说得好:不怕贼偷,就怕贼惦记。若是个案,有可能睁一只眼闭一只眼,也就过去了,但贼心不死,隔三岔五地丢失栏杆,这可就是要上纲上线的问题了。小偷小摸屡禁不止,这种出没不定的贼最难抓。工地上并没有足够数量的安保人员,韩平决定带几个身强力壮的年轻人去蹲守。抓贼要抓赃,不然白忙活一场。

深夜,一辆皮卡车静静地停在距离工地不远的土路旁,上面坐的正是抓贼的一行人。他们静静地注视着存放栏杆的空地,等待着不速之客的到来。

盛夏的夜晚是闷热的,皮卡车里的氛围同样焦灼。为了不打草惊蛇,车子并没有启动,车载空调不能开,唯一的散热通道就是车窗上留下的细小缝隙。几个人挤在车子里,就算只穿着背心,也是满头大汗。韩平可能早就预料到了这种情况,他不在车上,而是找了一个齐腰高的草垛子,猫着身子趴在草地里。这样倒是凉快许多,

第三章　中德友谊在汉诺庄园闪闪发光

可以看到天上的月色，感受到微微的凉风掠过大地，听到远处盛夏的虫鸣声，当然也逃不脱耳边时不时凑来低声耳语的蚊子。

车内焦灼等待的几个年轻人，还有草垛子里被蚊子搅扰的韩平，并没有等来小毛贼。直到凌晨时分，困意上头，也没有什么事情发生，有扛不住困意的年轻人已经在皮卡车里沉沉睡去。这一夜无风无浪，一切安好。韩平从草地上爬起来，拉开车门坐了进去。他拍了拍还清醒着的司机，轻声说："先回吧，今天看来是抓不到了。"

车头掉转，明晚再来。

就这样一天一天过去，年轻人白天在工地干活，晚上轮班过来，住在皮卡车里，而韩平在那个草垛里已经猫出了等身大小的坑。

真等小毛贼露出马脚来，已经是一周以后了。

凌晨四点钟，日夜翻转之前，人困马乏，这是一夜之中最难熬的时刻。皮卡车上的人入夜之后就轮班睡觉，只留下一个清醒的观察员，坐在驾驶座上。韩平趴在草垛里，只觉得脑袋越来越昏沉，鼻梁上的镜片因为脑袋和草地的频繁亲密接触，变得有些模糊。

"又是无功而返的一天。"韩平心里想。

他拍了拍脑袋，勉强让自己的头脑清醒一些。

看来再等下去也没有什么意义了。韩平像往常一样准备起身，身子半跪着，拍了拍附着的灰土，准备打道回府。突然，远处隐隐传来了脚步声，对方显然是刻意压低了声音。再一听，只传来了窸窸窣窣摩擦草丛产生的细小声响。声响虽小，但在寂静的凌晨时分，听起来还是格外清晰。这声响，当然逃不过正支棱着耳朵的韩平。

听到动静，韩平霎时就来了精神。下意识中的兴奋与警觉冲散了他所有的疲惫，盼星星盼月亮地等了这么久，总算是有鱼咬钩了。

这是韩平几天以来第一次使用对讲机："来了，来了。"他死死盯着十米开外的空地，压低声音对着对讲机说。为了防止对讲机里传来的声音被听到，他在重复两遍之后便把对讲机关闭了。他像一条盯住猎物的蛇，在草地上匍匐前进，一寸一寸地接近着目标，连呼吸似乎都变慢了。韩平掏出手机，打开录像取证。他等待着车上的接应，暂时不能轻举妄动。

车上的年轻人与韩平大不相同。从值班司机听到对讲机里传出声音来的那一刻开始，事情就变得不一样了。他们的心思可不只是"抓现行"这一件事，几天以来，焦急、愤怒、烦躁等多种情绪充斥着每一个人的大脑，所谓冤有头债有主，那几个毛贼现在还不知道，已经有一群生龙活虎的年轻人"惦记"上了他们。

打开车门，皮卡车上的年轻人紧贴着车厢的两侧走下来，几个人微弓着身子向前走。有眼尖的张目望了望韩平所在的方向，看到韩平正在慢慢靠近。说时迟那时快，几人分头从草丛里快速向那片空地穿插上去。他们速度快如猎豹，像一阵风掠过草丛一般，草叶与身体摩擦发出的声响，四面八方，铺天盖地，听起来有点声势浩大。

从皮卡车到空地的距离也就是五十米左右，几人俯身奔袭发出的声响，趴在那里的韩平听到了，几个小毛贼同样听到了，他们手脚慌张，拔腿就想跑。此时韩平向前匍匐也有了一段距离，眼见不能再等了，身子像一支离弦的箭似的弹了出去，直奔最近的那人扑

第三章 中德友谊在汉诺庄园闪闪发光

上去。

他大声呵斥着:"原地站着,都别动!"

不到五十米的距离,对年轻人来说也就是几秒钟的工夫,尤其是看到韩平猛地跳出来之后,他们不再猫着腰,而是挺直了腰杆,向前冲刺得更加迅速。他们嚎叫着、喝骂着、威胁着,像是一群追逐猎物的狩猎者,寥寥数人从四面八方跑出来,却给了小毛贼们一种四面楚歌的震撼感觉。有人反应过来扭头想要跑,哪里还来得及?倘使韩平一跳出来的一刹那他们就夺路而逃,估计还有些机会,但就这一愣神的工夫,现在一个都别想跑掉。若是不幸遇到生猛点的年轻人,眼前看到的早已经是一片飞扑而来的阴影。一人抓一个,年轻人们快速地摁倒了就近的小毛贼,碰到不太老实的还要厮打一番。早就生了怯意的毛贼哪能斗得过这群满肚子憋着火气的青年,不消一会儿的工夫,地上就倒了一片。

射人先射马,擒贼先擒王。韩平死死地按住那个看上去像是带头的人。等工地上的年轻人冲上来以后,他才把身下的"贼王"放开,从一边捡起自己的手机,继续录像。被放开的"贼王"可是遭了殃,韩平按住他只是起到了震慑作用,也不动拳脚。那些年轻人跑上来,见韩平一放手,二话不说就是一脚,狠狠地踹在他的屁股上,让他一个趔趄又趴在了地上。

"尽量别动手。"韩平一边举着手机拍摄一边交代。他往四周一看,被逮住的几个毛贼几乎都免不了被拳打脚踢一番。他立刻把声音放大了许多,喊道:"都别动手,抓住就行了,我们交给公安去处理。"

年轻人听到，手底下有了些收敛，但也难免有几个暗戳戳地上去踢两脚。等到拍照录像取证结束，韩平拨通了报警电话。不过一会儿的工夫，警察接手现场，带走了相关证据和嫌疑人。

猛烈的激情在与警察交接完之后逐渐消退，激烈的困意再一次占据了上风。韩平拍了拍离他最近的那个小伙的肩膀，哈哈大笑起来。经过了几宿的等待，这件事终于解决了。年轻人还在兴奋地讨论着刚才抓贼的惊险过程，韩平已经累了。

"走，打道回府。"韩平率先拉开车门跳了上去。

大家坐定，见韩平一言不发皱着眉头，表情变得有些凝重，一旁的人壮起胆子询问："韩书记，这毛贼也抓着了，怎么看您还是心事重重的？"

韩平确实是有些累了，悬着的心思突然放下之后更是如此。他倚着靠背，调整了一下姿态，连眼睛都睁不开了，只是自顾自地说："没事，这也快天亮了，我给你们批一天假，好好休息一下。"

众人欢呼起来。

韩平皱了皱眉头，继续说："等睡醒了记得把车开出去里里外外地洗一下，这几天大家辛苦了。"

几个年轻人面面相觑，尴尬地笑出声来。这几天的折腾让这个密闭而狭小的车内空间里，充斥着一股混杂着汗臭的气味，确实有些难闻。

"好嘞。"年轻人回应道。

第三章 中德友谊在汉诺庄园闪闪发光

几天之后的清晨,韩平走在工地周边,一如既往地进行巡查。自从栏杆丢失的事情得到解决之后,他的巡查范围就再一次扩大了许多,几乎覆盖了整个庄园。庄园建设工作推进得很快,夯地基、"三通一平"工程,以及庄园主堡都在有序建设之中。富安葡萄庄园也在这段时间被确立为枣庄市重点农业项目、全市服务业龙头企业。一切都在向好的方向发展,但此时韩平那边却"不无意外"地出了一些"状况"。

这段时间,富安煤矿有些人对富安葡萄庄园的建设工作一直保持一种"暧昧不清"的姿态。想想也是,作为一个以煤炭为主要产业的公司,对建设一个葡萄酒庄园这种事,更多的抱有一种不反对也不支持的态度也不奇怪,甚至说可以理解。为什么?因为从一株葡萄到一瓶好酒,需要漫长时光的沉淀,这可是需要一段不短时间的等待。心急吃不了热豆腐,葡萄酒的酿造更是如此。酿酒产业归根结底还是农业,相比较来说,同周期所产生的效益,当然是远不如开矿的。

不过张延平对建设庄园的态度有所不同,冥冥中似乎有一种呼唤,督促着他对庄园的建设工作特别关注。集中力量,调拨资源,在时代红利下快速变现的煤炭产业,让张延平对庄园建设的支援力度一次比一次大。有资金投资金,有设备上设备,凡是他所能想到的支持方式,都是近乎一股脑地全力投入其中。作为董事长,他就是整个庄园建设工作的大后方,打一个不怎么恰当的比喻,张延平和富安煤矿就像战争年代支援八路军的沂蒙山区,源源不断地向前方供应着战略物资。如果说韩平是横刀立马一线作战的韩信，那么张延平就是经略后方的萧何，虽说两人时有意见不合，要完成的目标也不尽相同，但是他们所追求的结果却是一致的。

与此同时，两人的沟通总是直来直去的。虽说没有出现过明面上的争执，但两个人的思想分歧其实从未停止。两人互相提醒和监督，从另一种角度来说，也称得上棋逢对手，正是因为彼此了解，所以更加熟悉。张延平对韩平的工作能力是一百个放心，对他在建设工作中的付出也是多次称赞，直到一则消息传来。

"张董，你怕是不知道，韩平书记现在在庄园那边到处卡工程款的脖子，我听工程质量管理那边的人都在说这件事。"张延平身边有人说道。

张延平也没在意，自顾自地做着手上的事情，问道："韩平是不是又得罪谁了？他这人是直性子，经常惹别人不愉快，但他应该做不出克扣工程款这种事。"

"张董，这个事您可以找工地上的人核实一下，'过路财神'的外号都传到我这边来了。"那人继续说。

"确有此事？"张延平停下手中的事情，身子向后靠了靠，眼神快速闪烁着说，"那就派人去审查一下，庄园建设不能有一点纰漏，哪怕是他韩平也不行。"

张延平的情绪变化很快，他快速站起身来，左右踱步。思索片刻之后，他又补充道："报告政府那边，走正规程序去审查韩平，如果情况属实就按规定办。"

他愣了愣神，停下了脚步："如果是谁捏造韩书记的谣言，查明白了就让他麻溜儿滚蛋！"

张延平的语气中带着一丝狠劲，以他对韩平的了解，这件事万不可能发生，但只要有万分之一的可能性，也要把这个问题查清楚。临阵换将是兵家大忌，产生猜疑更是。他可不是长平之战前的赵孝成王，听信谗言就拿赵括换廉颇。这件事必须查个水落石出，审查的尚方宝剑请出来，那就必须得有人倒下去。

"过路财神"本人，此时还在一线工地上搞建设呢，他已经有一个多月没回过家了。先不说回家，就连下山都是一件稀罕事，自从搞定了山城街道的征迁问题后，韩平就一门心思地扑在了搞建设上。

这个"过路财神"的称号是真的吗？确实是真的，这个称号不单是负责建设的滕州一建知道，庄园工程质量监理处的人知道，就是韩平自己也知道。卡工程款脖子的事实成立吗？当然不成立。事情并没有像"谣言"那么简单。按照"谣言"所说，庄园建设所用的部分工程款被韩平"截和"下来，多了一道流程，尤其是滕州一建和庄园工程质量监理处的那一部分。而事实又是什么呢？

事情的起因是庄园建设工程进展到一定程度，施工方擅自改变了图纸，没有按照图纸施工，进而无法保证工程的质量。为了约束和监督这种私自更改图纸的行为，庄园发布文件，所有更改必须经过庄园允许才能拨付款项。那时候拨款的程序是，承建施工方向庄园申请拨付款项，庄园再向煤矿申请拨款。原则上都是一次性拨付的，但为了控制质量，庄园根据施工进展和质量分阶段拨付，科学合理地避免了再次出现质量问题。

水至清则无鱼，人至察则无徒。巨大的利益足够改变很多人的心思，光明之下总会有藏污纳垢的影子。和张延平猜想的一样，作为一个固执的理想主义者，韩平眼里向来只有如何建设庄园的问题，并没有其他方面的心思。问题出在了内部，那就内部来解决。

工程质量是不可触犯的雷区，不管是谁胆敢在质量上做手脚，毫不客气地说，那就是在谋财害命。韩平发现问题后是恼火的、愤怒的，但这个时候不能意气用事，也不能因为个别人的行为而影响了整个工程的进度。在这种相对艰苦的工作环境下，一般都采取重赏轻罚的激励措施以保持工作的积极性。若是兹事体大，当然大可以严肃处理，彻底清理掉藏起来的"垃圾"，这种有可能威胁到工程质量的问题，一旦发现必须给予重视。

人们从不吝啬用最坏的目光去凝视别人，以此来避免自身的权益受到伤害。韩平下发文件监督工程质量的做法，必然会让很多人感到不满。这一点他自己也很清楚，但是一时间似乎再也想不到其他什么更加快速有效的办法了。

事实证明，这个办法确有奇效。在韩平的敦促下，之前那部分问题工程被迅速整改，避免了未来的隐患。工程的隐患被排除了，韩平自己的隐患也来了。有人吃了痛，表面上变得规规矩矩，背地里开始兴风作浪，把"过路财神"的谣言捅到了张延平耳朵里。

审查组的车辆到了，正在工地上忙活的韩平被"请"回了富安煤矿的办公室。大概没有人想到，这间一直闲置的办公室会派上这种用场。韩平一脸平静地坐在座位上，面对几位审查人员的询问，他的面色有些沉郁，眼神中还夹杂着些许愤怒。因为长时间在工地上，韩平浑身都晒得黢黑，声音也有些嘶哑。

"我，韩平，身正不怕影子斜。我可以对我的行为做出合理的解释。"他嘶哑着嗓子大声说，"你们可以去查庄园的银行流水账单，所有款项的来龙去脉都清清楚楚地摆在那里，我一分钱都没有动过。"

审查人员问询了很长时间，韩平对这段时间所发生的一系列事件一一都做出了回应。

张延平送走了几位审查人员，面色阴沉如水，径直坐在了韩平对面。这件事的来龙去脉，他也大致摸索清楚了，更想趁着这个机会"提醒提醒"韩平。

"韩书记，这件事看来是调查清楚了。"张延平说。

韩平有些恼火地回答："我行得正坐得端，随他们怎么查。"

张延平语重心长地说："韩书记，之前我就跟你说过了，给你一个杯子你就先好好喝茶，不做事便罢，做事就要讲究方式方法，也要注意保护自己嘛。"

在接受所谓的审查期间，韩平暂时停止了自己的工作。换个角度来说，这也算是他许久以来的第一次休息。大禹治水，三过家门而不入。可毕竟不是人人都是圣人，总得有点休息的时间。所谓的审查也很快就有了结果，韩平没有什么事情。反应最大的倒是张延平，他异常严厉地把那几个口蜜腹剑、内外勾结的人，有一个算一个全部进行了严肃处理,一个都没有落下。

随着主堡建设接近尾声,一批从德国原装进口的酿酒设备来到了山亭,设备全部用集装箱装载,存放在富安葡萄庄园距离主堡位置不远的空地上。

2007年8月,夏夜。

疾风裹挟骤雨,像是天空的呜咽与悲鸣。豆大的雨点噼里啪啦地落在地上,发出阵阵脆响。所谓风如拔山怒,雨如决河倾,天空变得晦暗不明,漆黑的天幕遮蔽日光的明亮,只有雷霆在其中怒吼着,似是试图驱散天穹之上的黑暗。

韩平像往常一样蜷缩在沙发上休息,或许是天气异常的缘故,他身体蜷缩成一团,听着阵阵狂风又惊雷的啸叫,翻来覆去都睡不着觉,只觉得心脏比往日里跳得更快,他总想要坐起来,或者来回走上几圈,来缓解心中的焦虑感。富安葡萄庄园正处在雷区,每到这种雷暴天气总是有些让人提心吊胆;再者,前两天从德国定制的设备全都运了过来,现在全都滞留在工地上,海关那边有规定,多滞留一天就多一天的费用,这对庄园来说可是一笔不小的费用。更为重要的是,这样的天气,设备会不会出问题?设备都还在集装箱里,应该不会吧,韩平心里想。

心里这么想着,他从沙发上起身,在房间里快速地来回踱步。"轰——"一声惊雷炸过头顶,吓得韩平浑身一哆嗦。这平地惊雷的一声巨响,不似是从天上来的。他有些焦急地看向窗外,寻找着炸雷的落点。

第三章　中德友谊在汉诺庄园闪闪发光

不好，在工地东南边！

推测到雷击的落点，韩平霎时有些毛骨悚然，只觉得身子一僵，脑袋一热，也顾不上穿雨衣，大踏步跑出门去。天公一怒，若是落下个一星半点来，他是承受不起的。

上身的背心顷刻间就被淋透了，大雨拍在他的脸上，很快就模糊了眼前的镜片，韩平一边跑着，一边把眼镜取下来甩掉水珠。看到不远处宿舍里探头探脑的几个年轻人，他大声喊着："别看了，带上家伙什往工地赶，设备不能出问题，也不能再滞留。"

在门口观察情况的几个年轻人见韩平在大雨里跑着，也都动身往工地那边赶。

大雨，狂风，雷暴，自然伟力的三重奏整齐划一地敲打着头顶上的天空。在昏黑夜色的背景下，一道道跑动的人形影影绰绰，看上去有些渺小。

韩平把电话打给了开吊车的司机师傅，那些金贵的德国设备全都封装在巨大的集装箱里，如果仅凭人力搬运，未免过于艰难。人到车也要到，为了保护设备，必须做好万全的打算。吊车、人流，年轻人提着各式各样的工具向着同一方向奔跑，有几个人手里提着大功率手电筒，那是昏暗天色下仅有的几束微渺的光亮。

雷霆声更甚，雨如山鬼哭。奔跑的人群似是因为挑战天公的威严而被厌弃与怪罪，降下的阵阵雷霆愈发响亮，撕裂夜空的巨大闪电跳跃着，照耀出每个人脸上或惊恐或慌忙的表情。韩平在瓢泼大雨里俨然已经变成了一个"雨人"，泥浆和积水让他的脚步有些趔趄，脚上的鞋子已经被雨水浸透。他环绕着几个偌大的集装箱来回检查几遍，确定没有问题后才长舒了一口气。

他蹚着泥水，挥舞着手臂，呐喊着："来，快来！我们先清理周边的泥浆，等吊车师傅过来。"

年轻人三五成群拥上来，手上的铁锹贴着地面，将淤泥和积水铲出去。不远处声音响起，遵照韩平的安排，吊车已然到达了既定位置。尽管雨刮器匆忙地工作着，但玻璃上依旧是蒙蒙的一层水渍。吊臂向前，机械手臂轰鸣着探出去，粗壮的缆绳落下，几个年轻人冲上去，将绳子固定在集装箱上。

"一、二、三，起！"随着工人们比出"OK"的手势，韩平指挥起了吊车，巨大的集装箱被抬起，缓慢地架在另一辆负责运输的卡车上，抢救设备的工作井然有序地进行着。

然而这份秩序并没有持续太长时间。随着又一声闷雷响起，一道极大的狰狞恐怖的闪电，自天际扑杀而下，轰击在距离众人极近的地方，先是砖石碎裂的爆鸣声，继而才是天上滚下的雷声。靠近落雷区的工人仓皇逃开，那是一种源自骨子里的恐惧和本能。即便心怀如此恐惧，他们也只是回头观望片刻，稍顷一咬牙一跺脚，重新跑到了自己原本的位置上。

韩平用力地揉搓脸颊，把脸上的雨水抹干净，扭头一路小跑着向吊车的方向奔去。巨大的落雷让他心里愈发不安，也顾不上去查看雷击造成的损失，瓢泼大雨下，最起码的一点就是不用担心雷击引发的火灾。

第三章 中德友谊在汉诺庄园闪闪发光

吊车的距离还是太远了，必须再近一些。多逗留的每一刻都是对生命、对设备的不负责任。然而吊车司机拒绝了韩平的请求，雷雨天作业本就不符合安全要求，如今能够让他坚守岗位的，就是心里的一腔热情。巨大的集装箱群本就是一个引雷点，若是吊臂离得太近，那就更加危险。

韩平当然也知道这一点，设备安全很重要，人身安全更重要。他只能趁着没有雷声的时候，再动员大家"抢"回设备。

雷霆依旧响亮，这是山亭区很难见到的雷暴天气。工人们手头的工作没有停过，脸上的凝重与慌乱也愈发深刻。雷声渐渐远去，确认人身安全之后，韩平一边鼓励大家，一边身先士卒。他大喊着，要求工人们转变方法，先把集装箱分散推开，尽可能地减少被直接雷击的概率。

踩着泥泞和雨水，韩平站在最前面，年轻人们喊着号子，心往一处想，劲往一处使。湿滑的地面让集装箱更容易被推动，也让工人们更容易摔倒。光滑的集装箱面上很难找到着力点，工人们用的十分力传到箱子上可能就只剩下了五分。不断有工人滑倒在泥水里，而后再翻身站起来，继续投入工作。看到这样效率不高，有些人自发地背起粗粝的缆绳，围上一圈向集装箱的前面跑去。他们像是旱地上的纤夫，单薄背心下的肩头被绳子勒出了道道红印。前面拉，后面推，喊着"一二三"的号子，总算加快了集装箱移动的速度。

吊车司机操纵着机械手臂继续工作着，他们尝试着一点一点地向前挪动，直到到达一个相对而言更加快捷的作业地点。在保证人身安全的前提下，快速行动，不拖后腿。

号子在暴雨雷电的间隙整齐响起，天色愈发波诡云谲。天公在愤怒地呐喊，它或许感到奇怪，这蚂蚁一样的人群竟然失去了对它的敬畏。这在天公看来未免太过渺小的人们，竟然胆敢在整齐划一的口号声里，嘲笑着天公的无能狂怒。骤雨微寒天更冷，但用尽浑身气力拼命工作的年轻人反倒是燥热的，剧烈的体力劳动让每一个人都汗流浃背。更重要的是，那一颗颗滚烫的心，驱使着他们拼尽全力。

等到设备全都转移出去，已经是后半夜了。众人瘫坐在地上，要多狼狈有多狼狈。大雨还没有停，年轻人单薄的衣服浸透在雨水里，裹上了泥浆，掣制了他们的动作。几个年轻人干脆把衣服都脱掉，只穿着短裤在风雨中挥舞着工具。所有滞留的设备都安全转移了！闪电并没有再一次恫吓任何人，只是依旧在天上闪烁。

反正浑身都湿透了，索性一屁股坐在地上好好歇歇。年轻人们背靠着背瘫坐成一片，任凭疾风骤雨继续拍打着身子，每个人的精力几乎都在这种恶劣的环境下消耗殆尽。韩平被感动了，这是他许久以来都未有过的剧烈情绪波动。虽然现在他同样被泥浆雨水变成了泥人，看起来有些滑稽，但这并不影响他在这群年轻人心中的形象，甚至可以说这样的"泥人"形象更让人感到亲切。

"谢谢大家！通知厨房烧一锅姜汤，大家千万不能感冒，明天还要接着干！"韩平的声音很小，很快就被大雨声、雷电声，以及人们的喧哗声、嬉闹声所覆盖。这一刻，参与其中的所有人成了一尊尊泥塑的人像，大家一起欢呼，一起嬉闹，一起迎接风雨雷霆，尽管他们的身躯看起来依旧那般渺小。

总要有人在疾风骤雨面前站出来，敢于冒天下之大不韪去承担自己的使命与责任。有的人是切实地站在地上，搏击自然；有的人则是站在时代虚无缥缈的疾风骤雨里，寻找未来的方向。

第二日清晨，随着天色亮起，狂风暴雨收敛起了肆虐。韩平又是几乎一夜没睡。前半夜的工作属实让人累得够呛，但韩平还是强行打起精神，指挥设备的安置工作，直到做好善后工作才又草草入睡。他翻来覆去，也并不能睡个踏实觉，只能算得上闭眼小憩了片刻，便重新打起精神。他先用冷水洗脸，让自己振作一些，而后走出房门去。风雨初停，空气清新，还带着些许微冷，他想看看昨晚的落雷到底是怎样的状况。他快步走去，在庄园的东南角，颓圮的篱墙被降下的雷电崩出了一个巨大的缺口，沿着裂痕还有一圈斑驳的焦黑色。望着眼前满地的碎石，韩平突然有点后怕，被劈碎的围墙距离昨晚工作的地方，也不过百十米的距离。幸亏当时一再强调安全安全再安全，只是在雷电间隙施工，要不然后果不堪设想！

2007年11月，富安葡萄庄园主体部分建设完成，被保护下来的各类酿酒设备顺利装配。受诺博委托，德国设备专家史蒂芬代表诺博第十六次来到山亭区，调试酿酒设备，彻底贯彻重机械化轻数字化的设备理念，力求在山亭打造出一条德式葡萄酒生产线。受诺博和汉斯两位德国专家建设庄园的理念影响，庄园主堡形成了一个三楼挑选、清洗，二楼除梗、破碎，一楼装瓶，负一楼地下酒窖储存的独特循环系统。葡萄是有生命的,采摘来的酿酒葡萄从三楼顺势而下,尽可能地减少了果实与机械的接触,注重自然重力,保持其自然本色。

为了设备安全连夜抢救设备的工人们也获得了嘉奖。在韩平的申请下,每一名参加当晚抢救设备工作的工人都获得了额外的一百元奖金。张延平收到韩平的申请后,一连说了三个"好"字,连报告都没有看完就签下了同意嘉奖的意见。

交出了一份壮美的答卷

2008年春，天清气朗，惠风和畅。

庄园的苗圃地已经初具雏形，韩平带着年轻工人们扛起架杆，在千亩广阔的庄园里打桩。随着劳动号子整齐划一的呼喝声，人们的劳动节奏愈发变得统一。小臂粗的水泥架杆一根又一根均匀分布在田间地头，按照之前诺博的要求，精确且严谨地嵌入各自的位置。拉铁丝，裹塑料布，这是一件需要不断重复以至于有些无聊的工作，但在工人们热火朝天的劳动竞赛氛围里，这一切都在高效快速地推进着。

富安葡萄庄园建设启动以后，需要做的还有一件事。先前提到，自从德国酿酒葡萄在山亭第一次扩种成功之后，生产中心就开始从高振楼的育苗基地向外扩散，从扩种田一步一步地向外扩张。尽管高振楼先前为酿酒葡萄的苗木种植推广做了许多铺垫和准备，本地农民的热情也非同一般地高涨，但是在庄园建成之前，实际表达出种植意向的还是极少数。毕竟酿酒葡萄这种相对特殊的农产品，如果没有好的销路，就会成为砸在手里的赔钱买卖。随着庄园的逐步建成，种植酿酒葡萄的想法再一次在农民心中萌发，因为建成酒庄已经是板上钉钉的事了。

世殊时异,随着山亭民众对酿酒葡萄种植和葡萄酿酒事业的不断深入了解,他们决定以一种全新的庄园农业形式取代先前传统观念下简单的种植收购模式。这种全新的庄园农业形式具体呈现的方式说起来倒也很简单:庄园提供土地、苗木、必要的农家肥和石硫合剂以及免费的种植技术培训,周边农户挑选出自家从事葡萄种植业的劳动成员前往庄园直接参与农事劳动,以一种松散的雇佣关系维系双方,最终收获的酿酒葡萄由庄园统一收购,并且进行专业评估,按照不同的评估级别进行价格区分。

这样的农产品收购模式很大程度上实现了庄园企业和本地农民的互利双赢。农民需要一个稳定靠谱的销售渠道,庄园同样需要质量和数量都相对稳定的酿酒葡萄供应。酿酒葡萄本就是一种小众的经济作物,通过这种方式能够形成双向保障。如果将目光再放长远一点,庄园通过提供土地、材料和教学的方式,可以培养出一批具有科学经验的优秀种植户,待未来某一日,这批人或许也会成为第一批庄园种植葡萄任务的承担者。而从农民的角度来看,再也不需要以唯一的庄稼饭碗为赌注靠天吃饭,而是以一种特殊的被雇佣形式参与种植,从而避免因为不确定的风险而导致的歉收问题。换句话说,这样一来就能够让农民做到种地和庄园种植两头兼顾,这无疑为他们的生活上了双保险,让他们增加了一份不菲的收入。

这件事很重要,称得上是构建葡萄庄园产业良性循环的第一步。

随着庄园主体建设的逐步完善,韩平手下的这群年轻人工作也相对轻松起来。工人们每天都会抽出些时间跟随着本地农民，参加果树专家开设的酿酒葡萄种植技术培训，韩平也跟着学习了不少新知识。

为了带动当地农民的积极性，同时在年轻人群体里寻找到一部分承担庄园种植业务的骨干成员，韩平谋划着亲自带头示范种葡萄。他打算除了附近来庄园承包土地的本地农民之外，所有员工每人都要分配到两亩地左右的种植面积。这在时间上也很赶巧，从现在开始播种，好好培育，等到今年夏季庄园正式如期建成，秋天刚好就能收获第一批果实。

完全可以想象得出，年轻人对这件事兴趣可能不会太大，事实上一开始他们的态度远不如搞建设的时候积极。这也难怪，年轻人的心思都是热烈而急切的，他们愿意在暴雨下冒险奔跑抢救设备，愿意跟着韩平去熬夜捉贼，但若是去做那些得耐住性子的事，又免不了总是消极懒散。为了改变这种错误的思想认知，韩平打算亲自带着他们到庄园的苗圃里，用自己的实际行动鼓励他们学种葡萄。

今天赶了个大早，从苗圃基地运来了一批苗子，趁着这会儿庄园的工作相对轻松，韩平开始行动了。

他依旧保持着自己的老农形象，草帽背心黄球鞋，穿着洗得都有些褪了色的工装裤。工人们环绕着他站成一圈，头扎头肩并肩地看着他。

韩平拿起一株苗木，清了清嗓子说："大伙也知道，我韩平笨手笨脚，是一个粗人，比不得你们这群小年轻机灵。这个种葡萄的技术，我是和大伙一起学习的。咱们每人都有二亩地，现在也到了栽种的时候，今天我先带头给大家做个示范，看看我一个小时能够嫁接多少株苗木，今后就以我这个效率为标准，你们觉得怎么样？"

"好！"众人欢呼，围成了一圈。

话已出口，韩平也不含糊，席地而坐，有模有样地开始嫁接起来。这个活儿对他来说，毕竟也是"大姑娘上轿头一回"，一开始手上功夫看起来难免生疏青涩，大有些依葫芦画瓢的感觉。只见他的表情严肃，眼神专注，心无旁骛，努力尽可能地做好手里的工作。他用小刀有力地划开苗木和砧木的头尾两端，也许是生疏的缘故，持刀的手臂看上去还有些轻微颤抖。他所使用的方法依旧是先前于庭柏所用的双舌接法，两面创口榫卯一般嵌套在一起。

割木，接合，裹上塑料皮。

韩平的动作看起来很慢，双手甚至还微微地颤抖着。从额头上不时渗出的细密汗珠可以看得出，他是在尽可能地努力做好这件事。围观的年轻人一个个瞪大着眼睛，静静地看着他示范。随着时间的流逝，一个小时在这种紧张的氛围里很快就过去了。韩平甩了甩僵硬的双手，抹去头上的汗珠，微笑着站起身子，对着已经嫁接完的苗木数了起来："一，二，三……"

不多不少，一共二十八株，这是他一个小时的劳动成果。实话实说，这个成绩若是和那些技术娴熟的农人相比，并不算多。

"一共是二十八株，用了一个小时。"韩平乐呵呵地对着大家公布出自己的成绩，"以后你们就按照这个标准来做，我相信你们手底下都比我灵活。"

有了带头人，年轻人心里的不情不愿就少了许多。在围观韩平工作的一个小时里，每一个人的心思都发生了一些微妙的变化。在韩平的鼓舞下，大家陆续投入到了嫁接苗木的工作中。山亭人常说，"众人拾柴火焰高，大家栽树树成林；一人难挑千斤担，众人能移万座山"，庄园里葡萄种植的热情苗头似乎在韩平的带领下被点燃了，庄园的葡萄种植速度加快了，种植规模以肉眼可见的速度在扩大，庄园简直是一天一个样。

2008年夏，草长莺飞，绿意盎然。

庄园的建设工作已经进入尾声，年轻人除了零散的杂活之外，开始着手学习如何经营和管理即将建成投产的庄园。在两年的建设工作中，越来越多的年轻人表现出了自己的独特能力，他们从简单的出工出力的建设者，逐渐开始向着展现自身能力特长的管理者、经营者转型。他们中能力突出的几位，可以说已经早早地就"预订"了属于自己的管理岗位，他们将是这座德式葡萄庄园的第一批经营者。一路以来的高歌猛进、辛苦建设，让他们发自内心地热爱着这片焕发出勃勃生机的土地。

当然，此时的富安葡萄庄园并没有故步自封，要想继续前进就必须不断地补充新鲜血液。事实上，在两年来的建设期间，庄园也在不断地吸纳新的人才，比如说先前给本地农民传授种植技艺的果树专家团队里，就有很多是这两年里招引来的大学生。

韩平最近在处理一件不太愉快的事。后山的水井边上挂着一根裸露的电线，作为最后的收尾工作，韩平几次三番地催促工人妥当处理这件小事，但最终还是疏忽了。裸露的电线不无意外地电伤了一个过路的工人，相关责任人因为这场事故受到了严肃的处理。

说到那口水井，还有一个有趣的小故事。为了给庄园提供稳定的生态水源，先前已经在庄园后边地势较高处打了一口水井，但出水量太小，不得不另外选址再打一口。在起初选定的打井地点，一连打了几天，打了很深，可就是不出水，这让施工队伍里的每个人都开始自我怀疑：这地儿是不是根本就没有水？

韩平每天也都会来井口前站一站，看一看有没有出水的迹象，但每次都是无功而返。调遣过来的那群年轻人也是每天轮班到这里帮忙，但一连忙活了几天也不见有啥动静。直到这天，一个叫张茂灵的小伙子轮班到井上帮忙，奇迹出现了。不知是不是巧合，"茂灵"这个词净是美好生机，张茂灵刚到这井上帮忙，地下钻孔里的水就开始咕嘟咕嘟地往外冒，这场景让一旁的韩平脸上乐开了花。当然，这或许只是一件碰巧的事情，并不能当真去研究，只能说地下储水的位置比设想中的还要深。不过也不妨把这事当作趣事去看，多年以后韩平还在津津乐道。

有了这口水井，整个庄园的供水、灌溉问题都得到了妥善解决。韩平亲自参与设计了整个庄园的水道、渠口。地下水被储存起来，若要灌溉葡萄，还需要通过阳光曝晒之后才行。出于安全和实用的考虑，韩平请专业人员给这个巨大的蓄水池设计了一种独特形制的顶盖，既能够保证水面与阳光接触，又能有效避免有人失足掉落其中。

第三章 中德友谊在汉诺庄园闪闪发光

修水井还是先前的事,这里只是作为趣事补充一下,我们的目光还得回到 2008 年夏天的富安葡萄庄园里。

葡萄田全都修建在银山脚下平坦且空旷的土地上,一眼望去遍地都是翠绿色。齐腰高的苗木连成一片,密集且井然有序,远看起来蔚为壮观。种一株葡萄就像认领了一个孩子,可能会嫌他麻烦,怕他生病,有时候还得当心看管照料,不能让孩子缺衣少食,每天科学摄入必要的营养。平时辛苦是辛苦,当孩子一天天长大的时候,那种成就感却又是发自内心的。几个月前心里还有些排斥不情不愿的年轻人,现在培养葡萄的劲头儿却一个赛着一个,每每想起自己亲手造出了这种曼妙风景时,巨大的成就感便从心底油然而生。

2008 年 6 月 6 日,是一个大吉大利的好日子。富安葡萄庄园全面竣工投产,长达两年的建设终于落下帷幕。这支能打胜仗的年轻队伍为山亭交出了一份壮美的答卷。

同年 8 月,诺博第十七次来到山亭区,了解富安葡萄庄园的建设情况并为其揭幕。当他看到高大雄伟的酒堡拔地而起时,心中流露出了无限的感慨之情。或许他怎么都不会想到,自己竟然能够在万里之外的地方看到和自己的家族庄园几乎一模一样风格的建筑。这有点太不真实了。然而,这又是真真切切的现实,山亭人建造了一个中国的新天鹅堡。

葡萄庄园的建立,其实藏着诺博的一个美好心愿。

原来,诺博在报纸上看到了大批中国农民进城打工、"农民荒"问题日益严重的报告,他感到非常震惊。诺博一时间还不能够理解为何中国的农民一定要到城市去打工，那时中国的城乡差距为何那么大。他想，如果中国的农民也能够像自己那样，在家门口建一个葡萄庄园，大面积种植酿酒葡萄，生产葡萄酒，不就能让农民在自家门口找到工作，发家致富了吗？

诺博没想到自己的想法竟然真的在山亭这个革命老区实现了。

让人诧异的是，诺博竟然看中了这样一片杂草丛生、杳无人烟的荒地，在这里建设葡萄酒庄园。

诺博为什么选在这个地方？在韩平看来，诺博先生一定有自己的见解：一是这个地方毕竟是山地，农业生产粮食不会太多；二是这个地方土层薄，升降温都很快，昼夜温差较大，再加上四面都不缺水，很适合葡萄生长。

要让山亭的农民在自家门口就能发家致富，当然不能只是种植葡萄，还包括建酒窖。诺博在德国之所以能够成功，正是因为他们把葡萄、田园风光、酒店和餐馆等全都结合起来，形成了一条产业链。在诺博的家乡，人们很愿意去葡萄庄园，不只是因为那里有很好的葡萄酒。人们生活在那片地方，可以和葡萄酒产品产生更多更深刻的联系。通过这样的模式，从种植葡萄、酿造葡萄酒到发展旅游业，形成葡萄酒庄园产业，吸引了很多人。

这条产业链里面还藏着许许多多的细节。比如诺博倡导在葡萄园周围种植玫瑰花，不仅可以装点葡萄园，更重要的是，玫瑰花可以成为葡萄病害的预警器和葡萄的守护者。通过观察玫瑰叶片和花瓣，可以及早发现葡萄病害。玫瑰花还可以吸引有益的昆虫和鸟类，

第三章 中德友谊在汉诺庄园闪闪发光

帮助维持生态平衡并控制害虫数量；其芳香可以吸引蜜蜂等传粉昆虫，促进葡萄的授粉和果实的发育。

那时，这座位于山亭东南角的富安葡萄庄园，成了全城百姓都津津乐道的地方。无论是建筑风格、建筑规模，还是美观程度，庄园都与周边形成了巨大的反差，这就像是一座山亭人的"伊甸园"：巨大的德式城堡伫立着，下面的千亩苗木挂果，从庄园走过都能嗅到些许葡萄独有的清香气息。

又到了一年葡萄成熟时，负责采摘的人们穿行其中，绿莹莹的是叶子，紫莹莹的是葡萄，笑盈盈的是丰收的喜悦……这一切，看起来甚至有些不真实的感觉。真是难以相信，为了这一天，革命老区山亭等了几十年；从一株葡萄，到一座庄园，山亭人付出了近十年的心血。对诺博而言，这里同样承载着他近十年的付出和关注，保留着他与同行好友汉斯的宝贵回忆。

在山亭的那些岁月，令诺博难以忘怀，他早已把这里当作了自己的家。他一定还记得，庄园揭幕那天他带着自己的亲朋好友来到山亭考察的情形。那是一次多么难忘的聚会啊，用时兴的话来说，那是一次特殊聚会（special party）。在这次聚会上，他们载歌载舞，像在自己家里一样。关于这次考察，诺博其实还有自己的小心思，他要借助这次考察，这次特殊聚会，把自己的工作成果展示给亲朋好友，让他们分享自己的喜悦，看到他付出过心血的地方发生的变化，看到山亭这个新家的发展。

欲买桂花同载酒，终不似，少年游。

诺博带着无比喜悦之情看着这一切。庄园揭幕的典礼很盛大，到处洋溢着欢乐的气氛。人们狂欢、欣喜、感慨，而后情绪逐渐冷静下来，开始思考更加美好的未来。诺博的心思同样是复杂的，用中国古代经典的创作技法来说，那便是借乐景衬悲情。人们常用鲜花去怀念逝者，富安葡萄庄园的盛大宏伟，同样让诺博对已经去世的助手汉斯流露出了无限怀念之情，这份复杂的感情也触动了山亭人柔软的内心。

一起合个影吧，与其总是伤怀，倒不如留下些痕迹。就像过去这些日子里每每完成一件事都要合影留念一样，也许多年之后，这些照片会成为历史，正是因为这些历史的存在，一代接着一代人才有了回忆与向前的念头。

为了感谢诺博、缅怀汉斯，山亭区委区政府决定将富安葡萄庄园更名，分别取两位德国专家汉译名讳的首字，并考虑到中文语音习惯，组成"汉诺"一词，正式将富安葡萄庄园更名为汉诺葡萄庄园，习惯上称之为"汉诺庄园"。

2008年，对很多中国人来说是非同一般的一年。这是多灾多难的一年，也是见证历史的一年。8月8日，北京奥运会正式开幕，极其宏大的中国文化叙事绘卷，让中国文化与中国形象走到了世界的聚光灯前。此时的汉诺庄园，也成功酿出了首款纯德国风味的葡萄美酒。为了纪念奥运特别年，铭记两位德国专家对山亭葡萄酒产业的杰出贡献，肯定山亭与德国在传承中德友谊方面做出的突出贡献，山亭区委区政府同时将庄园酒堡命名为"奥特汉诺酒堡"。随后，为响应区委区政府号召，2007年4月成立的山东富能集团也更名为山东汉诺集团。

2008年9月，"汉诺庄园"品牌的系列干红干白葡萄酒顺利实现生产，设计年产四大类30余款葡萄酒60万升。同年，汉诺庄园被认定为市级企业技术中心、枣庄市葡萄繁育与工程技术研发中心、枣庄市科普教育基地、山东省欧洲葡萄栽培与酿酒技术引智示范推广基地。

从富安庄园到汉诺庄园，中德友谊的光辉在这片革命老区的土地上发光发亮。

第四章

神圣使命传承,
两代人的山亭接力赛

外孙马克传承了诺博在中国的事业

2009年3月，山亭区向国家外专局为诺博申报国家友谊奖。

2009年5月，76岁的诺博在罗马尼亚传授葡萄种植技术的途中，因过于疲惫导致心力衰竭去世。

诺博离世的消息传到山亭之后，所有和诺博打过交道的人无不悲痛万分。跟随诺博在山亭工作过八年的翻译宁颜闽，因为无法到德国参加葬礼，在济南的家中三天没有说一句话。

得到消息，山亭区人民政府于当月12日专门发去吊唁函。当年9月29日，"国家友谊奖"颁奖仪式在北京人民大会堂隆重举行。时任国务院副总理张德江为获奖专家颁奖。9月30日，时任国务院总理温家宝亲切接见获奖专家和随行家属，并邀请他们参加了庆祝中华人民共和国成立60周年招待会。遗憾的是，诺博因病去世，未能赴京参加"国家友谊奖"的颁奖仪式和国庆招待会。

2009年9月4日，山东省欧洲葡萄栽培与酿酒技术引智示范推广基地揭牌仪式在汉诺庄园正式举行。

如果说白求恩精神是抗战时期的伟大财富，那诺博精神则是和平年代的宝贵遗产。为了纪念诺博，2010年8月18日，山亭区委

第四章 神圣使命传承，两代人的山亭接力赛

区政府在汉诺庄园塑造了诺博的铜像，并邀请其外孙马克偕夫人米歇尔拉·沃尔夫首次来到山亭区。这个在莱茵河畔接待过山亭客人，当年尚显青涩内向的马克，通过这几年酒庄经营的历练之后，逐渐变成了一个成熟稳重、独当一面的商人。他继承了外祖父的衣钵，成为索南伯格酒庄新的主人，接任了外祖父在当地所担任的专业协会负责人职务。

借着受邀来山亭为诺博铜像揭幕的时机，马克终于来到了外祖父不止一次提到的这片他曾经深深眷恋着的土地。

作为诺博事业的继承者，马克无疑是最能理解外祖父的人。当中央电视台记者不解地询问马克："诺博为什么会如此热爱这个职业，直到生命的最后一刻？"马克回答说："这个世界不是只有结果是美好的，更重要的还包括过程。当你真的看着一株植物被种下去，直到生长、开花结果，再酿成葡萄酒，当你从一开始就参与进来，就像是照顾一个小孩子一样，从出生开始，直到最后其他人说这个葡萄酒非常美味，是好的葡萄酒，这是一种非常美好的经历。"

尽管马克知道诺博在山亭很受欢迎，但他没有想到山亭人如此爱戴外祖父。当看到中国人给外祖父立铜像的时候，他简直有点不敢相信：怎么可以这么做？外祖父真的值得他们立一座铜像吗？当他遇到山亭的一个农民家庭，他们朴素地表达出对诺博工作的感谢时，马克被深深地感动了，他说自己简直"难以置信"。

是啊，或许革命老区人民所拥有的"受人滴水之恩，理当涌泉相报"的信念，让马克一时间"难以置信"。不过此后每一次来到

中国的亲身经历，马克都强烈地感受到自己也会在这个陌生的地方备受尊重和爱戴，而这都源于外祖父诺博在山亭为老区人民所做的一切。

革命老区人民的信念，让马克更加坚定了继承外祖父诺博的遗志，继续为山亭葡萄产业奉献智慧的决心。马克动情地说："我的外祖父在这儿付出了很多心血，这件事情如果半途而废就会让人非常遗憾，我们自己多年的努力也就白费了，所以我才愿意来到这里继续做这件事。"

马克发现，这里的农民在种植葡萄以及使用酿酒设备方面依旧有很多细节上的问题，这些都需要他的讲解与指导。而关于汉诺庄园未来的发展壮大，马克认为自己更有义务继承外祖父的遗愿，继续担任汉诺集团的技术顾问，因为这不仅仅是外祖父的梦想，也是革命老区山亭无数人赖以生存的共同事业。

中国有句俗语，愚公移山，子子孙孙无穷匮也。如今诺博和汉斯两位专家虽然离开了山亭，离开了这片他们眷恋的中国土地，离开了这里的人们和他们倾注了心血的葡萄藤，但是马克接过了接力棒，这也让我们在感动之余多了一份期待，期待这里的果实越来越丰硕，期待明天越来越美好。

与外祖父不同，作为新一代的继承者，马克并不是一个传统意义上的酿酒专家。或者说他对葡萄的热爱并不像外祖父那个理想主义者那般纯粹，他有着更为开放的头脑。对于葡萄酒产业，他更习惯用市场的思维来规划和设计。不可否认的是，正是这样的现代意

第四章 神圣使命传承，两代人的山亭接力赛

识，才让索南伯格酒庄焕发了新的生机——从一个酿酒葡萄庄园逐步转型为一个文旅产业综合体。事实证明，马克眼光独到，涉猎广泛，在诺博为庄园打下的深厚基础上，实现了新的发展。

从小就受到外祖父熏陶和感染的马克，就这样全面接手了外祖父在山亭未完成的事业。他走向革命老区的大山深处，延续着这段传承了两代人的神圣使命。

人是要不断向前看的，理念是要不断更新换代的，技术是要不断迭代升级的。尽管汉诺庄园已经建成，但关于葡萄种植、栽培和育苗的技术还应继续提高。管理、剪枝、嫁接，马克完全掌握了外祖父诺博传承下来的手艺。农业种植是体力活，更是技术活，年轻的他大有些青出于蓝而胜于蓝的气象。

是啊，长江后浪推前浪，一浪更比一浪强。葡萄种植和酿酒技术在传承，在进步，一代接着一代干，一代接着一代帮的精神也在传承。这也是马克第一次在山城街道西鲁村，拜访那个被外祖父诺博常常提起的山亭"关门大弟子"——已经63岁的高振楼时的感觉。他依稀记得诺博第一次提起高振楼的名字，还是十三年前在壁炉边上听故事的那个夜晚。从那个夜晚开始，他一次又一次地从外祖父嘴里听到老人所心心念念的第二故乡。也是从那个夜晚开始，外祖父每次结束中国之行都会对他讲起高振楼的故事，这是一个对他来说既熟悉又陌生的中国名字。

在欧洲良种果树苗木繁育基地里，马克看到当年外祖父带来的葡萄苗生长得枝繁叶茂、硕果累累时，内心同样充满了欣慰与欢喜。

高振楼的苗木基地已经实现了欧洲规范的"棚架式"栽培葡萄种植技术，诺博传授的先进技术已经在山亭开花结果。当年山亭区为寻找试验田一筹莫展的时候，正是朴实憨厚的高振楼答应了他们。而在德国家里时，马克也一次又一次地听到外祖父提起高振楼这样的山区农民对他的照顾。

马克很清晰地回忆说："比如说有一次外公生病了，大家都对他非常照顾，带他去找医生，并且送到医院治疗。除此之外，很多很多家庭邀请他，晚上一起用餐、一起庆祝，很是开心，其乐融融。这里的人对外公非常关心，这些关心也非常真诚。"

那些年，诺博和汉斯几乎每到三月和八月都要来一次山亭，每次差不多待上20天左右，走之前一定不忘给高振楼"布置作业"，嘱咐他一定按时完成。回到大洋彼岸的德国，诺博依然会对试验田里的葡萄牵肠挂肚，放心不下。马克说，诺博和他聊得最多的就是担心山亭的葡萄能不能长得非常健康，能不能正常种植。

美酒是时间的陈酿。酿造好的葡萄酒要从培养土壤开始。在马克的记忆中，当年外祖父带头示范，经过十多年的努力，通过培养土壤，成功使阿尔地区的葡萄酒行业转型。如今他眼前的一切，得益于外祖父在山亭酿酒事业中的倾情付出。在这里，他仿佛感受到外祖父像培养阿尔地区的葡萄酿酒土壤一样，在山亭这片土地从源头做起的热情。一株葡萄的成功，要从土壤开始。马克深知，这份从根本上解决问题的长久眼光，不单属于酿酒事业，也是他从外祖父那里学来做任何事都要如此的宝贵人生经验。他要像当年诺博来

第四章 神圣使命传承，两代人的山亭接力赛

到山亭从源头培养葡萄酒产业一样，继续培养家乡阿尔地区与革命老区山亭的友谊。

在马克的回忆里，最深刻的就是诺博生前的许许多多个夜晚，他讲述过的在中国的故事。在温暖的壁炉前，诺博忘情地讲述着异国他乡那些心怀梦想的人，那些朴素且热情的中国人，那些勤劳肯干的山亭农民。他永远记着外祖父对自己的深情嘱托："希望你能接过我的接力棒，实现我的理想，在山亭酿造出跟欧洲一样高品质的葡萄酒，让更多农民因为葡萄而实现致富梦。"

对于马克，诺博是充满信心和希望的。从四五岁开始，马克就跟着诺博在葡萄地里修枝剪叶。上学期间，马克又读了职业葡萄技术学校，并考成技师。作为一名职业葡萄种植人，马克发现在葡萄种植工作上，还存在一些问题，特别是酿酒葡萄要求高质量、低产量的种植标准，至今还有很多农民做不到。而当年诺博在山亭区推广种植酿酒葡萄时，一开始同样遭遇过类似的诸多不理解。

山亭本是一块种植葡萄的好土地，农民本可以靠种植葡萄来养家糊口，甚至发家致富，但是当年由于没有先进的技术，缺乏先进的理念，贫穷成为这里的代名词。而诺博带来了先进的种植理念和技术，虽说能够给这里带来翻天覆地的变化，但一开始还是遇到了许多怀疑和犹豫。

跟随诺博担任长达八年的翻译之后，宁颜闽对葡萄种植技术有了非常详细的了解。宁颜闽告诉我们："因为这个酿酒葡萄是用来酿酒的，不是用来吃的，在德国行，在我们中国行不行？民众对此

179

持有怀疑态度，这是一个犹豫。第二个犹豫就是，酿酒葡萄技术要求这么高，直接冲击了我们传统的栽培方式，农民一开始也不愿意这么麻烦。"

但诺博是一个执拗的人。他曾经把山亭的红黏土带回德国，发现山亭的土质和自然条件非常适合种植酿酒葡萄，而如何让农民从种植生食葡萄过渡到酿酒葡萄，诺博真是费尽了心思。没想到，回到德国后，25岁的外孙马克帮了他一个大忙。

马克说："当时外祖父有很多的杂志，但是他没有办法带过来。我帮他从里面收集了很多图片，通过图片给这里的人解释清楚，从葡萄园一开始如何建立，到怎么去种植，为此还做了一个计划，应对有可能出现的情况。"

就这样，马克搜集整理的图片，为诺博在山亭解疑释惑帮了大忙。

相比外祖父诺博而言，马克对酿酒设备机械的造诣更高一筹。他将葡萄酿酒设备中如何调节除梗破碎机的破碎间隙、硅藻土过滤机倾斜清洗等拿手绝活，倾囊相授给了山亭的技术人员，并对葡萄酒中铁元素含量的把握提出了许多改进意见。走进酿酒车间，他跪在地板上示范着如何安装设备零件；在葡萄园里，他蹲在葡萄架下传授着葡萄冻苗处理的技术；在知识讲座中，他不厌其烦地详细给山亭农民讲解着葡萄酒的生产工艺流程。

继诺博和汉斯之后，山亭这个穷山沟里又来了一位年轻的"洋专家"。作为山亭区外专局的一名工作人员，王君玉接触过很多来自不同国度的外国专家，而德国专家的工作态度给她留下的印象最深。在负责这项工作时，严谨细致的德国年轻专家马克给她留下了深刻的印象。王君玉记得，当马克应国家外专局邀请来汉诺庄园参加国家友谊奖颁奖暨诺博铜像揭幕仪式时，自己当时是一名后勤服务人员，对外专工作还是一知半解，对诺博和汉斯两位老先生的故事了解得也比较大略粗泛，对马克的第一印象也不过就是这个外国小伙真是高大帅气而已。

2011年3月，汉诺庄园的酿酒设备出现了故障，远在德国的马克接到山亭的"求救"信息后，立刻敲定行程，在当年4月再一次来到了庄园。这一次，王君玉的身份不同了，她开始作为外专工作人员，为外国专家全程服务。她当时心情很激动，因为她对汉诺庄园的前后发展史有了更深刻的认识，对德国专家在山亭区的贡献有了更多的心灵触动。

在王君玉看来，马克的第二次中国之行，给了很多人更深层次的认知，山亭人对他的认识由表面而逐渐深入。他经验丰富，从种植葡萄到酿酒到营销全面发展。在王君玉眼中，外表帅气的德国小伙马克，用他工作中的严谨细致震撼了每一个人：在葡萄种植园内，马克常常单膝跪在泥土里示范剪枝和嫁接技术，手把手地传授；在葡萄育苗大棚，马克一蹲就是半天，不厌其烦地讲述如何提高砧木嫁接成活率；在酿酒车间，他直接躺在或跪在冰冷的水泥地上，查看机械底部的故障，不怕脏不怕凉，一遍又一遍地检修着。

马克在工作上非常严谨，在生活中也很注重细节。有一次工作结束后，大家一起从葡萄园返回宾馆。在路上，他发现葡萄园水泥路下水道中落有很多枯树叶，他随即通过翻译宁颜闽对身旁的汉诺庄园工作人员说："这些树叶要定期清理，否则会堵塞下水道，长期下去会影响葡萄园的排水系统。"还有一次，宾馆大门前立有一块崭新的"请勿泊车"的牌子，塑料薄膜有些毛躁地贴在上面，他看到后，直接单膝跪地把塑料撕掉，转身笑着对大家说："你们看，这样就好看多了！"这就是马克时时刻刻所体现出来的细节关注和亲力亲为。

当然，马克还是一个幽默爱学习的小伙子。王君玉注意到，在工作之余，他还会给熟悉的中国朋友起可爱的"外号"，跟大家开"国际玩笑"。他有意识地"入乡随俗"，主动学习山亭当地的风俗人情，并由简单到复杂地跟大家学习汉语。

就这样，马克的这一次中国之行，虽然时间不长，但他与一起工作的每一个人都建立了深厚的友谊。在他返回德国前，大家纷纷拿来山亭当地纯正的蜂蜜、大红枣等土特产送给他，表达对他的感激之情。

王君玉大致统计了一下，马克2011年4月的山亭之行，提出科学合理的建议达20余条，解决技术难题18个，为汉诺庄园节约维修费用和减少经济损失近200万元。记得当时由于酿酒设备中一个零件需要到瑞士厂家订购，马克回到德国后立刻自掏腰包从瑞士购买了此零件。同年8月，马克听闻德国专家组织成员、机械专家毛斯巴赫先生应邀到滕州指导技术，立即亲自开车跨越几个城市将零件送到毛斯巴赫先生家中，拜托他到中国后一定替自己到汉诺庄园将零件安装调试好，并帮助庄园的工程师再检修一次设备，不要耽误酿酒使用。

在这之后，由于家族酒庄工作繁忙，马克的中国之行一直未能顺利成行，但他一直牵挂着汉诺庄园的发展，总想找时间再来看看葡萄长势和葡萄酒的品质，山亭也一直通过宁颜闽和他保持着联系。2011年和2012年，区外专局成功给马克分别申报了枣庄市政府"榴花奖"和山东省政府"齐鲁友谊奖"，2012年底通过宁颜闽将山东省外专局刘杰局长的中英文贺信转发给了马克。他收到后非常高兴，激动地说："外祖父做到的事情我在中国也做到了，我会沿着他走过的路一直走下去。"

2013年10月，山亭区为汉诺庄园申报了2014年度国批专家项目并获审通过。接到消息后，山亭及时通过宁颜闽与马克进行了沟通，希望马克能在2014年再次到汉诺庄园来看看，因为此时的汉诺庄园无论是种植还是酿酒都需要新的技术支持。经过多次沟通，马克决定在2014年5月底6月初到汉诺庄园，他认为这个时期对葡萄的病虫害防治至关重要，便于实地查找问题，并且决定将家族的商标一起带来无偿赠予汉诺庄园。

在继承诺博遗志的同时，马克也继承了外祖父在中国的慈善助学事业。和诺博一样，2010年他将第一次来山亭区工作的零花钱1000元全部捐助给了翼云中学的两名贫困学生。这一次来到中国，他再次将政府发放的1600元零花钱转交给王君玉，嘱咐她将这些钱捐助给那些需要帮助的贫困学生。同时，他将汉诺庄园付给他的工作费用3000元捐助到山亭团区委希望工程办公室，展现了一个外国友人无私的奉献精神。诺博和马克，祖孙两代人之间几乎是无缝衔接，把跨越国界的人道主义精神传递了下来，在革命老区山亭大地种下了人间大爱之花。

和诺博一样，马克也非常喜欢中国的传统文化。因为常年在德国索南伯格庄园户外劳作，马克的皮肤时有灼伤，而枣庄中医院特制的烫伤膏对此很有奇效。回国以后，马克还特地通过翻译宁颜闽多次购买。他由此也和外公诺博一样，对中医产生了浓厚的兴趣。

一代人有一代人的使命，一代人也有一代人的伤痛。不同的时代塑造了不同的性格，也创造了不同的机遇。但有些东西是永远也不会变的，可以称之为责任，也可以说是一种传承。时代的洪流就是这样，它从来不会因为某一件事、某一个念头就停下脚步，只会在一个个故事的发展中上演一出又一出新人换旧人的戏码，只能寄希望于精神的传递，这是唯一能够跨越时代洪流的力量。

诺博的铜像竖立在汉诺庄园的中轴线上，打开简约而富有寓意的庄园大门便可遥遥望见。铜像塑出的诺博举着酒杯遥望山亭的样子，还是那般亲切。他神情憨厚，嘴角含笑，像是无时无刻不注视着每一个踏进汉诺庄园的人，注视着这片他亲身参与打造的欧洲葡萄种植基地，注视着这片德式庄园，同样也注视着他付出了近十年心血的这片古老而崭新的山亭土地。中德友谊长长久久，汉斯和诺博的精神同样也会在这片土地上延续。

当继承外祖父遗志的马克带着夫人来到山亭区，参加诺博铜像

第四章 神圣使命传承，两代人的山亭接力赛

落成仪式，并从时任国家外国专家局副司长夏鸣九手中，替外祖父领取了"国家友谊奖"的荣誉证书时，我们看到了神圣使命在传承，祖孙两代人的山亭接力赛已经开始。

跟随着外祖父非同一般的指引，马克就这样完美地踏着诺博在山亭烙下的脚印，全然继承着诺博的精神。马克理解外祖父，深爱着外祖父，就像他在诺博塑像揭幕仪式上的致辞中所说："外公那独特的伟大的人格让我永生难忘。"马克在揭幕仪式上的讲话，山亭人至今仍历历在目。通过他的讲述，山亭人民了解到了平凡的诺博在德国所取得的不平凡的成就，无论是在革命老区山亭，还是在家乡德国阿尔地区，他都是一个伟大的平民英雄。

马克充满深情地说：

"今天能得到你们的允许在这里发言，缅怀我已辞世的外公诺博·高利斯做出的贡献，我感到莫大的荣幸。能和你们一起追忆我外公生前的点滴，以及他所做的工作能得到你们极大的赞许，这让我感到非常自豪。诺博·高利斯从年轻时代起就专注从事自然和植物方面的研究，他对植物一向观察、感觉、重视和喜爱。在德国，人们称他为'绿色带头人(植物界先驱)'。他在葡萄种植栽培方面的专有技术、他的人生经历，即使在生命结束的时刻都是出类拔萃的。他的突出特征令他成为与众不同的人，他总是乐意将自己的知识传播给那些想从他那里汲取知识的人。自从1992年起，诺博·高利斯受德国退休专家组织的委托，作为德国高级技术专家先后到乌兹别克斯坦、哈萨克斯坦、罗马尼亚以及中国传授技术。1998年他第一

次来到中国山东，2003年获得山东省政府颁发的'齐鲁友谊奖'并被授予山亭区'荣誉市民'称号。由于他的质朴与善良得到了你们的充分肯定和友谊，他总是非常乐意到中国'他的第二故乡'来工作。尽管外公曾于无数个夜晚在壁炉前描述过他在中国的项目，但是他在中国工作期间取得的成功相信你们比我更加了解。今天我想给大家讲述的是我外公诺博·高利斯在中国之外的我的家乡德国、在阿尔地区的葡萄加工领域以及在家族中所做的出色贡献。

"在德国，外公诺博·高利斯以其特殊的个性成为一个伟大的人、一个伟大的葡萄种植专家、一个为酿制葡萄酒而不知疲倦的战斗者、一个充满智慧和活力的人、一个既保守又创新同时具有酿酒和葡萄种植综合知识的人。在阿尔地区，人们尊称他为'我们的葡萄酒教授'。他不懈地努力着，不仅将自己的知识传授给下一代和家族成员，也传授给阿尔地区乃至世界各国的葡萄种植人员，他的助人为乐精神在各方面堪称楷模。他一生一直从事繁重工作并做出了巨大贡献。直到生命的后期，他还每天都在种植园工作数小时，而且从事的都是竭尽全力的体力劳动。他在酿酒方面给予我极大的支持。外公是德国人公认的酿酒专家，数年来担任农业协会的监督员，是德国酿酒协会和葡萄种植协会的高级成员。他创立了阿尔地区葡萄种植链，按此方法运作了25年。他参与筹建了本地葡萄种植和酿造互助会，是阿尔韦勒唯一辉煌无比的葡萄种植人宗教建筑的缔造人和精神教主，这些也得益于他尊贵的妻子埃尔斯贝特一贯的鼎力相助。他继承并发展的葡萄酒厂（索南伯格）在最短时间内便成为阿尔地区的领先企业之一。他获得过多次嘉奖，其中第一个奖项是联邦德国荣誉金奖。诺博·高利斯作为葡萄种植人和阿尔地区的大使，因其令人尊敬的业绩而获得了无数荣誉，我在此只列举几个德国最高奖项：2004年德国联邦十字勋章和阿尔韦勒地区荣誉奖章。

"在所有的荣誉面前，诺博·高利斯总是保持着他的土生土长、谦虚、批评和自我批评以及非凡勤奋的作风，在葡萄庄园里他看上去就是一个朴实的普通劳动者。外公对质量来说是一个不断的提醒者，对酿酒更是如此。在家庭中他始终采取协调和沉稳的方式，并付出他的毅力和爱心，持续传授着他的知识和经验。对于不同意见，他总是仔细倾听。他在给出建议时从不自负，他始终不忘自己土生土长的本色。我和我的家庭以及朋友常常回忆起和他在一起快乐而富有成果的时光。

"外公那独特的伟大的人格让我永生难忘。

"对于你们对他的助人为乐和人品的认可以及表彰，诺博·高利斯肯定会像我一样感到莫大的骄傲。作家图荷尔斯基曾说过，'人类不能抚摸葡萄酒是一大遗憾'，但外公可以用真情话语抚摸他钟爱的葡萄酒、他心爱的葡萄园和葡萄树，并一直和它们对话。

"我可以保证，当直面外公的雕像时，任何人都会尊敬他那高尚的人格。

"我希望我们所做的一切都能按照诺博·高利斯的设想继续下去。

"正如我了解外公的那样，他现在一定在为我们的优质葡萄酒而感到鼓舞。

"在这里我想以家族的名义感谢在外公去年 5 月愕然辞世后前来祭奠的中国代表团。"

马克的话既饱含对外公诺博的深深怀念，也对他取得的成就进行了"谦虚低调"的褒扬。他的话充满了深情，也打动了现场的每一个山亭人。许多人这才意识到，虽然和诺博一起工作了那么久，但自己对他的了解并不全面，甚或说了解得还很少，很少。但山亭人知道，自己对诺博充满了永远的怀念和感恩，这是时间流逝和任何人都无法改变的事实。精神必须传承，山亭革命年代所开创的敢于牺牲和勇于奉献精神需要传承，和平年代所铸就的国际主义和人道主义精神同样需要传承。

"传承"让汉诺故事走向世界

这种使命传承不仅仅是在德国友人诺博和马克之间,在深受诺博精神影响的山亭人之间更是如此。

两年零六个月,这是韩平建设汉诺庄园所用的时间,看似短暂却终生难忘。而事实上,若从他在人事局一开始就和德国专家接触算起,从山亭引进德国葡萄到汉诺庄园建成,韩平差不多为之奋斗了十年!为了汉诺,他可谓"十年磨一剑"而未悔!

多年以后,韩平还是对此充满无限的感慨:"这段时间是我人生中最漫长的一段岁月。"这不是一句艰难险阻之后的无聊抱怨,而是眼看着高楼平地起之后内心发出的感慨。汉诺庄园建成之后,韩平也算是不负众望完成了自己的使命。事了拂衣去,深藏身与名。他并没有沉浸于这段光辉岁月而无法自拔,由组织调整到山亭区委宣传部之后,又全身心地投入到了新的工作当中。回想建设汉诺庄园的前前后后,一些记忆随着汉诺庄园的建成变成了历史。也许这中间与其他人的建设理念不同,观念不合,但随着共同目标的实现,回想这段经历,他们又何尝不是相爱相杀的对手。

十年如一日,宁颜闽一直坚守着自己高质量高标准的翻译职责,她是中德友谊两代人接力的见证者。从诺博、汉斯到如今的马克，频繁的邮件往来与日常沟通，让他们成了十分要好的朋友。不仅如此，她还在德国专家的精神感召之下，主动捐出自己的报酬，把全部所得也像诺博和汉斯那样，捐给了山亭的经济困难学生。

正是这种超越国界的伟大奉献精神的传承，一代人接着一代人，铸就了汉诺庄园曾经的辉煌。2010年9月，汉诺庄园凭借其独特的德式建筑风格，优秀的生态循环及绿化水平，人与自然和谐共生的生态理念，被评为国家AAAA级旅游景区。与此同时，汉诺葡萄种植基地被认定为有机产品基地。

汉诺庄园不仅仅是一个纯粹的葡萄酿酒基地。早在庄园建设之初，山亭区委区政府对于汉诺庄园的定位就有了一个明确的规划。一枝独秀不是春，百花齐放春满园。既然要做成一个德式酿酒庄园，那就不妨把眼界放宽广一点，要做就做出个名堂来。以汉诺庄园为起点向周围扩散，建设属于山亭人的欧情小镇，既要有休闲运动的绿茵地，也要有度假放松的酒店，既要有独具风味的葡萄美酒，也要有载歌载舞的欧洲风情。

若是用现在的说法来讲，汉诺庄园是以葡萄酒为依托，构建的一个属于山亭人的欧洲风情文旅综合体。这可不是空中楼阁，也不是纸上谈兵。为推动这一多元化发展的进程，汉诺庄园在文旅产业上都有所投入，全产业链发展格局清晰可见。

2009年至2014年，电影《沂蒙山六姐妹》《榴花正红》，电视剧《南下》的开机仪式，大型现代柳琴戏《洋庄园落地山沟沟》的排演，以及国际模特大赛等大型文化活动先后在汉诺庄园成功举办。汉诺庄园也先后被评为山东省工业旅游示范点、山东不得不去的温泉、山东省自驾游示范点、全省十大最适合拍影视剧的地方、全国休闲农业与乡村旅游示范点等。

当然，汉诺庄园的影响绝不仅止于此，让山亭人引以为傲的欧洲葡萄酿酒技术也并没有停止探索的脚步。2012年，"汉诺庄园"葡萄酒荣获首届中国春节旅游产品博览会金奖；2013年，德国专家别墅、外国专家培训中心等相继建成并投入使用，汉诺干红干白葡萄酒被评为"山东名牌"；2014年，汉诺庄园雷司令干白葡萄酒荣获第六届亚洲葡萄酒质量大赛银奖，"汉诺庄园"葡萄酒被评为"山东省著名商标"，汉诺庄园被评为国家级引智示范单位。2007年至2015年的八年时间里，汉诺庄园先后申报基地建设、产品研发、文化旅游、农业科技、环保治理、人防工程等项目18个，向上争取政策性扶持资金1100余万元。

酒香倒倾山亭水，千山万壑一览之。汉诺庄园的成功运作，让自身站在了行业的风口浪尖上。德国酿酒葡萄苗木的成功栽培，德式葡萄庄园模范标准的建立，德国风味葡萄酒的成功产出，欧情风景线的成功建设……诸如此类的成果，任意取出一个都称得上是名动山亭的大事。在同行业里，汉诺庄园的成功也引发了学习考察的热潮，从山东省内向外辐射到全国各地，各类农业院校以及酿酒企业，都曾派遣代表团队前来参观学习、相互交流。

汉诺庄园的辉煌绝不仅仅止步于此，世界舞台的聚光灯还在等待着它的闪亮登场。而登上世界舞台的重要契机，源自 2014 年国家主席习近平出访德国。

2014 年 3 月 28 日，国家主席习近平出访德国，并在柏林发表重要演讲，在深情讲述中提到了两位德国友人在中国的故事。此番演讲，生动感人，也让"汉诺"故事第一次走到了世界舞台的聚光灯下。

一石激起千层浪，习近平总书记掷地有声的讲话过后，是中德社会民众的欢欣鼓舞，是一株葡萄连接起的中德友谊之花璀璨夺目的绽放。这次演讲和后续的相关报道对于风华正茂的汉诺庄园，对于革命老区山亭，对于鲁南明珠枣庄，乃至整个山东省而言，都是一次难得的对外展示，在国内外引起了强烈反响与广泛关注。

先是《人民日报》刊登出讲话全文，而后层层传递。新闻媒体讲求的就是时效性，大的方向要准确，小的细节要深挖。有了《人民日报》的开宗明义，随之而来的就是全国各地蜂拥而至的媒体，深入挖掘近十年来属于诺博、汉斯以及马克，更属于汉诺庄园的故事。媒体切入的角度也各有千秋，比如《枣庄日报》2014 年 3 月 31 日头版头条标题是"汉诺，绽放在枣庄的中德友谊之花"；新华网山东频道 2014 年 3 月 30 日的专题报道标题则是"祖孙两代德国专家让枣庄山区飘出葡萄酒香"；山东新闻联播则是以"诺博与汉斯：两位德国人的中国情怀"为标题，另辟蹊径找到了新的报道角度。放眼国外，关于习近平总书记的讲话以及对汉诺庄园故事的深度报道一时间也占据了各大报纸的重要位置，包括德国最具影响力的媒体《世界报》也参与其中，进行了大篇幅的专题播报。

　　厚重内敛的齐鲁大地，在雪花般的各类报道中获得了前所未有的重视，由此人们认识了德国专家诺博和汉斯，认识了继承外祖父精神的马克，也了解了红色枣庄，了解了革命老区山亭。从一株葡萄开始的十年故事，成为中德友谊延续与传承的最好诠释，也让山亭这个革命老区重塑了新的风貌容颜。

　　为了讲好"汉诺故事"，山亭区专门组织建设了"汉诺故事馆"，并于2014年5月建成。此时，马克应邀专程来到山亭区参观汉诺故事馆，同时对山亭葡萄种植和酿酒进行技术再指导。同年6月4日，时任山东省委常委、常务副省长孙伟和马克共同参加了汉诺故事馆开馆仪式。习近平总书记所讲述的汉诺故事，在革命老区山亭重新出发，享誉华夏，走向世界。

中德后继者的共同"职责"

斯人长已矣，群山仍青苍。汉斯和诺博的相继离世，是每个人心头都难以忘怀的痛。这种怀念与回忆是长久的，正是因为有了这种怀念的力量，后来的人才会拥有不懈的坚韧与毅力，从而倾力继承与发扬这份传递到自己手中的事业。

2023年春，小春日和，四季回暖。故事的时间线从漫长的回忆中逐渐拉回现实，就像是一场如露如电如梦幻泡影的回忆延续到了梦醒之后的生活里。今年是暖春，似乎比以往的年月里都要温和些许。暖的也未必是春，亦可说是疫情以来压在人心头的冰凌，终于有了消融瓦解的态势。三年的全民抗疫是一场战天斗地的挑战，对许许多多人来讲，这三年就好像挨过了一个漫长的严冬。随着疫情逐渐走向尾声，各行各业的复苏与交互也是必然的。

春天要来了。

焦兴攀坐在那间在故事中被反复提起，承办了23年政府工作会议的山亭区政府办公楼二楼东侧会议室里。今天的他不是汉诺庄园的副总经理，而是汉诺故事一个纯粹的讲述者，一个亲历者，一个一直努力整理和讲述汉诺故事的人。

第四章 神圣使命传承，两代人的山亭接力赛

虽然也在长久地续写着自己的汉诺故事，可是真等到提及过去的岁月时，他的眼神似乎又变得有些模糊，走马灯似的走进了自己的时空里，一幕幕回忆如浮光掠影般闪现，他看得清清楚楚，说起来却又有些语塞。就像是心口的大坝被凿出了一个窟窿，满满当当都是想要涌出去的水流，反倒一下子滞在了原地。只是一个回想，那就是十年的故事。思来想去，一时间也不知道该从何处说起，默默不得语。

几经踌躇，焦兴攀的回忆，最终聚焦在马克身上。

转眼间，上次马克来到山亭已经是几年之前的事了。焦兴攀清楚地回忆着马克第三次来到山亭时的情形。

那是 2014 年 5 月 30 日，他们在济南高铁站迎来了第三次来到革命老区山亭的马克。

每次来到山亭，马克都感到格外亲近，山亭的一草一木总是唤醒他对另一个人最深的记忆。从 2009 年马克接过外祖父在这里的所有工作之后，他就深深地喜爱上了山亭。

这次马克的行程只有七天时间。第二天他早早起床来到葡萄地，抓紧解决各种问题。对于他的到来，山亭的老乡们早就翘首以盼，因为从他的外祖父诺博来到这里开始，先进的葡萄种植理念和技术就彻彻底底地改变着这里的生活。

这一次，山东省政府和枣庄市政府分别向马克颁发了"齐鲁友谊奖"和"榴花友谊奖"，他颇为动情地发表了热情洋溢的感言：

尊敬的女士们，先生们：

能够第三次被允许来山东山亭的汉诺庄园做客，对我来说是极大的荣幸。

更加令我兴奋、高兴的是枣庄市政府和山东省政府颁发的"榴花友谊奖"和"齐鲁友谊奖"。这对我来说更是莫大的荣幸，在这里我要感谢中国政府的厚爱和中国人民的深情厚谊。

第一次来访期间，我原本只是来代我的外公领取崇高的中华人民共和国国家友谊奖奖项的。

我的外公在这里所做的一切都是与党和政府的代表、汉诺庄园以及投资者一起创造的。我们引以为豪的是，许多农民家庭通过这个项目重拾信心，坚守在自己的"家园里"生活。

葡萄种植尤其需要极大的耐心和艰苦的工作，才能实现伟大的目标。我的外公第一次来到山亭的时候，他的愿景就是在山亭做点什么。理想的实现，首先需要众多合作者的支持。我外公非常自豪的是，创建汉诺庄园的理想能够落实到这片肥沃的土地上。大家能够精诚合作，使这个项目成为可能，这是不言而喻的。

不幸的是，外公在2009年过早地离开了我们，但在葡萄栽培和酿酒方面的技术咨询和帮助还远远没有结束。当时葡萄已经大面积种植，酒窖几乎完整建设，只是还缺少能够达到最佳应用效果的很多技术知识。

我们在2010年8月来庄园参加官方铜像揭幕仪式以及外公的"国家友谊奖"颁奖时第一次拜访了汉诺庄园。我们很快明

第四章 神圣使命传承，两代人的山亭接力赛

白这里还有许多工作要做，于是马上就缩短了参观活动，开始介绍葡萄种植领域和酒窖管理方面的知识。

这些对我们至关重要，因为我们知道，外公在这里投入了非常多的心血和激情。因此，我认为这是我的职责，要尽我所能，确保实现外公的这一愿景，总有一天，让汉诺庄园以中国最好的葡萄酒而闻名于世。

今天的汉诺庄园，在很大程度上也是由于外公和所有参与者之间非常默契的合作而成功。中国国家主席习近平在出访德国期间讲了这个故事，对外公进行了褒奖，我们感到特别地荣幸。

当前要最佳配置一切资源，进一步实现预期目标。生产优质葡萄酒的基础是种好葡萄。但仅仅有好葡萄还是不够的，只有在各方面协作，葡萄种植和酒窖技术都实现最优化时，才能生产出优质的葡萄酒。

这就是外公想在山亭做的事。因为他知道在这里能够实现他的理想，所以才会启动这个项目。

汉诺庄园的成功是建立在外公和他的朋友汉斯以及与本地区合作多年、关系密切的伙伴们积极配合的基础上的。

目前我们的工作尚未完成。每一年都要面对新的挑战和新的任务。正如在这里开辟度假胜地，开设新的酒店和博物馆一样，也要在葡萄种植方面持续发展，有一些事情还可以做得更好些。

外公在先，我乐意准备好，贡献所有知识，推动汉诺庄园前进。

谢谢。

这是马克在获得"榴花友谊奖"和"齐鲁友谊奖"后发表的获奖感言，更是他继承外祖父精神续写中德友谊和助力山亭葡萄事业发展的宣言。他言辞细腻且中肯，热烈且骄傲，站在台上所说的这段话并不仅仅代表自己，同样也是为外祖父说的。两代人，两份最高荣誉的殊荣，这是中国对他们最大的尊重与认可。

在山亭人的记忆里，马克是年轻的，高大又英俊，青涩之中还带着一种活力，当记忆中的故事与现实重叠在一起，才发现他也快到了"知天命"的年纪。

相对于诺博和汉斯，焦兴攀对马克的了解无疑更为丰富，作为从建设汉诺庄园时就介入其中的一分子，焦兴攀从自己的感受出发，认为诺博和汉斯对于今天的革命老区山亭来说，更多的可能是一种精神符号，就像是一个可望而不可即，只可远观而少有交集的传奇故事。而马克有所不同，他是这份事业的继承者。从某种角度来说，今天的我们都是这番事业的继承者。

因为对诺博和马克的兴趣，焦兴攀先后整理了不少关于马克的资料。

马克从小跟随外祖父在德国的乡村长大，与诺博亲密无间、形影不离。孩童时代的他在外祖父的熏陶与影响下，对酿酒葡萄产生了浓厚兴趣。平日里活泼好动、精于钻研的他，总是跟屁虫似的在外祖父面前跑来晃去。闲暇之余，他也总是"纠缠"诺博为自己讲述各种"神话传说"和"奇闻逸事"，尤其是那些葡萄与葡萄酒的故事，他总是听得兴趣盎然、津津有味，常常沉迷其中而忘乎所以。

第四章 神圣使命传承，两代人的山亭接力赛

到了十六七岁的年纪，马克在外祖父的悉心培训指导下，开始全面、系统地涉足葡萄种植与酿造技术等专业理论知识的学习和积累，诺博也有的放矢地向他"灌输"、传授葡萄酒文化与相关技能。诺博见外孙如此"痴迷"与眷恋葡萄，便也有意识地时时、处处潜移默化培养他的"接班"意识。

良好的成长环境既能提升一个人的兴趣爱好，也能让一个人成就一番美好事业。马克从小就天资聪颖、灵敏乖巧，好奇心重、讨人喜爱。刚刚到了20岁出头的年龄，他的葡萄种植与酿造技术等专业理论功底就已经非常扎实，动手实操经验也得到较大提升，甚或说出类拔萃，大大高出身边其他人一筹。

很快，马克在莱茵河畔阿尔地区的葡萄种植和酿造专业技术队伍中迅速成长起来。在当地，很多声名远播的葡萄酒庄也都争相邀请他前往，担任葡萄酒品评师或进行授课培训指导。他由此成为当地青年葡萄专家中一颗冉冉升起而光辉耀眼的"新星"，深得当地酒庄和外祖父诺博的喜爱与称赞。

中国有句古话说，天道酬勤。蒲松龄在"落第自勉联"有文："有志者、事竟成，破釜沉舟，百二秦关终属楚；苦心人、天不负，卧薪尝胆，三千越甲可吞吴。"对马克来说，学习研磨葡萄种植和酿酒技术所下的功夫或许不至于此，但"三年磨一剑"是实实在在地摆在那里的。

付出总有回报，马克的努力终有收获，成为外祖父那样的葡萄种植和酿酒专家的夙愿终于得以实现。

2003年至2005年，马克通过数年寒暑易节、冬去春来的辛勤付出，顺利拿到了由德国最具专家权威机构颁发的葡萄酒酿造师资格证书，成为阿尔地区一名年轻且专业功底深厚的葡萄酒从业者。

秉承祖业，年轻有为。面对自己眼前取得的骄人成绩与来自周围的鲜花、掌声和他人投来的羡慕、认可的目光，马克表现得却极为从容淡定、谦和低调，没有一丁点儿张扬傲慢。在处事风格、做人品性方面，他与外祖父诺博非常相像。他经常满怀信心地对身边的朋友说："我今后的人生之路还比较漫长，在专业理论与实操经验方面还需要不懈努力提升。我将在外祖父的教诲指导下接续传承好诺博家族的酒庄事业，争取有机会也能到外祖父曾经工作过的中国山东山亭那里走一走，为山区当地做些力所能及的帮助，共同把这份工作做好。"

因为这份热爱，马克在2006年的时候，正式从外祖父诺博手中接过家族酒庄的担子，诺博充满仪式感地为他举办了一场规模不大但十分认真的交接仪式。

曾子曰："可以托六尺之孤，可以寄百里之命，临大节而不可夺也。"就像是冥冥之中注定一样，马克将要接手外祖父用毕生心血所打造的一切，不光是物质上的继承，还有精神上的发扬，他也在几年后接力外祖父在革命老区山亭的葡萄事业。他不但实现了自己"能到外祖父工作的中国山东山亭那里走一走"的愿望，还兑现了"和山区当地的志同道合者一起做些力所能及的工作"的诺言。

在德国索南伯格酒庄，诺博也不止一次地在外孙马克面前讲起

第四章 神圣使命传承，两代人的山亭接力赛

东方中国、大山深处的汉诺庄园，他常常千叮咛万嘱咐，只要有工作机会就要去革命老区山亭，到汉诺庄园走一走、看一看、望一望，那里有他魂牵梦绕的"中国事业"，有他与助手汉斯从无到有、从小到大一步步亲手种植的葡萄和建立起来的葡萄酒庄，还有很多相濡以沫的"好亲戚"和"好朋友"。

祖孙两代话相投、心相通、情相融，在事业观、价值观、家庭观、社会观等诸多方面的见解与认识常常"不谋而合"，两代人的目标与意愿也总是"心照不宣"地高度一致：那就是在中国革命老区山亭建设的汉诺庄园，那里有他们共同耕耘、打拼的"事业"，需要他们为之奋斗、为之倾注一生。

大风起兮，潮水涌；风从东方来，向风而行。

到大洋彼岸的东方文明古国中国去。

到礼仪之邦长寿之乡山亭去。

到外祖父诺博多年亲手打造、凝聚巨大智慧与心血的汉诺庄园去。

"山亭梦"的种子开始在马克内心深处悄然"萌发"。他暗暗下定决心，为自己打气鼓劲。远在万里之外大洋彼岸的山亭，是自己日夜眷恋、魂牵梦绕、心之向往已久的地方！那里是外祖父诺博在多少个夜晚无数次给自己讲述、描绘过的地方！

东方有一个文明古国，叫中国。

中国有一片秀山丽水，叫山亭。

焦兴攀眼神闪烁着，继续回忆着关于马克的故事。他的回忆，

完美弥补了前文中马克故事的缺失。我们静静地听着焦兴攀的讲述，他和马克是同时代人，也是在汉诺庄园建设时期"隔空"并肩战斗过的"战友"。虽然身在不同的两个国度，但历史曾将他们摆在了相同的立足点上，做着交集不多却异曲同工的事。隔空相望，所谓英雄惜英雄。

2010年8月18日，汉诺庄园人潮涌动，在诺博铜像揭幕仪式现场，马克与外祖父诺博再度"相逢"。如今，诺博在革命老区山亭已化身为一尊受人景仰的铜制雕像。身材魁梧、高大伟岸的他被艺术家塑造得栩栩如生、形象逼真。他面带轻轻微笑，静静地"矗立"在那儿，一只大手叉腰，另一只手稳稳地端着葡萄酒杯，两眼炯炯有神，凝视着脚下这片自己再熟悉不过的葡萄种植基地，像是欢迎远道而来的客人。

中国有句俗话说得好："人过留名，雁过留声。"马克在现场看到，有那么多的中国政府官员以及从各个方向自发赶来的山区普通群众，争相来参加诺博雕像揭幕仪式，庄重瞻仰、深切缅怀外祖父的丰功伟绩，从小跟随外祖父长大的他，此时此刻再也无法控制住自己内心的情绪，任凭眼泪夺眶而出，潸然如雨，骤然而下。他为中国山亭有那么多的山区普通百姓，数年来没有忘记外祖父而深感欣慰与自豪。他深情地对到仪式现场的中国朋友说："你们对他（诺博）的助人为乐和人品的认可以及表彰，诺博肯定会像我一样感到莫大的骄傲。"

这次到访山亭，马克每天都不敢有一丝松懈、怠慢，整个人忙起来时马不停蹄、没有歇息,他婉拒和推掉山亭有关人员为他和妻子安排到景区旅游、体验当地风土人情等活动,一心扑在了葡萄种植和酿造技术培训的指导工作中。

白天,他换上自己从德国带来的工作服,深入生产车间或种植基地现场开展技术示范指导,有时还要抽出宝贵时间与中方人员一同驱车到徐庄、北庄、店子、西集等乡镇边远村庄进行基地选址考察、土壤采样、化验分析等琐碎工作。晚上,他披星戴月很晚才能回到驻地,简单吃过饭,顾不上全天工作下来的苦累,便又一个人躲进房间,静静地整理起第二天培训所需要的技术资料,常常忙到凌晨一两点钟才能洗漱睡下。

夜晚种植基地蚊虫比较多,早晨起床后,马克发现全身皮肤都被叮咬了一个遍,奇痒难耐。但对于这些,他全然不顾,既没有叫苦连天,也没有埋怨喊累,工作起来像是上了发条的钟表,嘀嘀嗒嗒转个不停。他如同打了"鸡血"似的,浑身上下有使不完的"横劲"。

马克所做的这一切,山亭当地的百姓都是看在眼里、记在心中。"后浪"推"前浪",一代更比一代强,这个血气方刚、英俊潇洒的年轻老外做起事情来,丝毫不比他经验丰富的外祖父诺博逊色。

"火烧七月半,八月木樨蒸",不知当时的天气是否有意"考验"初次来到山亭的马克,反正那几天的"秋老虎"异常逞强凶猛,发起威来真是让人猝不及防,本就在德国庄园晒伤过的皮肤晒着太阳更是灼热疼痛。因为要时刻劳作,给农民做示范,马克手背的皮肤晒伤尤其严重。这时节山亭的太阳也是很厉害的,白天长时间在炙热、酷热的太阳下工作,马克的手臂时常被阳光灼伤,火辣辣地疼痛。工作人员看到他不时皱起眉头,就悄悄到枣庄消防医院给他买来两盒烧伤涂膏,没想到涂上后很快便见了成效。马克对此感到十分惊奇,在德国困扰他许久的难题竟然被中草药膏解决了!见此奇效,马克把余下未用完的涂膏带回德国,送给了其他葡萄种植者,竟然也治好了不少人的皮肤灼伤。这让马克对中药产生了更加浓厚的兴趣,也深深为中国的中医文化所折服。他干脆通过翻译宁颜闽的帮助,邮购了10余盒,作为索南伯格酒庄的灼伤常备药,长期使用。

2010年8月22日,时针已指向晚上8时许,夜的帷幕慢慢打开,在田间地头工作了一整天的马克仍没有吃晚饭的意思。此时连中方技术人员都饿得"前胸贴后背",肚子叽里咕噜响个不停。工作人员多次"好说歹说"相劝下,马克才勉强去吃饭。

晚饭在轻松、融洽的氛围中开始,其间充满了欢声笑语。"初生牛犊不怕虎"的马克和外祖父诺博一样,做起事来果断、干练,没有一丁点儿浮漂与做作。这次远渡重洋到访中国革命老区的他,对山亭处处充满了惊讶与好奇,他心中有许许多多的"谜底"要一一探寻与破解。在饭桌上,他不时通过翻译宁颜闽向中方人员请教山亭当地的风土人情、生活忌讳、接物待客之道等,平时也爱开玩笑的他诙谐风趣地说:"入乡要随俗,不能出了'洋相'。"新鲜感、好奇心此时占据了他的整个内心世界,山亭的一切都让马克深深地陶醉。

"葡萄酒让每一次进餐变得更有意义,每一张桌子更优雅细致,每一个日子更文明有礼。"吃饭时，马克看到中方人员频繁起身向他和妻子逐一恭敬敬酒，并说："喝起，干杯。"夫妇俩觉得十分好玩。当他们得知，这是革命老区当地百姓对远道而来的尊贵客人的一种敬酒礼节时，现场夫妇俩竟也毕恭毕敬地当起"学生"，"现学现卖起来"。他们也有板有眼、有模有样地端起酒杯回敬中方人员："喝起，干杯。"而且双方酒杯欲要轻轻相碰时，他们的酒杯总是下意识地略低于中方人员的杯体，夫妇俩也总是先于汉诺"主人"把酒喝起。马克说这是山区当地群众约定俗成的礼数，到了山亭就要遵循当地人的"规则"办事，这也是对汉诺"主人"应有的尊重。

生硬、"蹩脚"的中文夹杂着听不懂的外国语言，不时引来大家阵阵爽朗的笑声。也许，中国人的热情好客深深打动、感染了马克；也许，几天下来的触"景"生情，马克为外祖父在中国为之奋斗九年的汉诺庄园建设取得阶段性成果感到高兴与欣慰；也许因为太多的"也许"，让兴奋不已的他喝下一瓶多葡萄酒后，还有要继续喝下去的意思。中方人员见他在田间地头紧张劳累了一整天，又担心他喝多了影响晚上休息，便不再给他继续倒酒。这时，马克似乎看出了中方人员的担心与顾虑，他通过翻译告诉中方人员，他很喜欢汉诺庄园精致的葡萄美酒，它品质好，口味上乘，凝聚了外祖父与山亭人的辛勤付出，喝下这款葡萄美酒将更有意义。"美国书评家克利夫顿·法第曼说过，'每品尝一口葡萄酒，就仿佛在品味人类历史长河里的一滴甘泉'，现在的汉诺葡萄酒可以媲美其他任何国家的葡萄酒，果香浓郁，单宁细腻，口感绝佳，我想把这里的葡萄酒推广到全世界去，让我们为中德友谊干杯，喝起！"说罢，马克起身端杯把剩下的葡萄酒喝了个底朝天。风趣诙谐的话语，再次引来大家的阵阵欢声笑语。

2011年4月底5月初，春野浮生，万物新生。那年山亭的冬天异常、出奇地寒冷，很多栽植多年的葡萄苗木都被活活冻死而枯萎。尽管此时已是初春时节，但是山亭大地乍暖还寒。身材高大、衣着单薄的马克面对眼前这些，既没有顾忌，更没有退缩。在他看来，这些"不足挂齿"，实属"家常便饭"。他要做的就是抓住每次在山亭短暂的工作机会，把有限的时间"无限"放大，把更多的精力用到葡萄技术推广和培训指导上。在酿酒生产车间，他双腿跪在冰冷刺骨的大理石地板上，俯下身子亲自动手排查机器故障与隐患，一招一式示范安装设备零部件，脏兮兮的机器油污散发出浓烈的刺鼻气味，他好像浑然不觉；在葡萄种植示范园，高大魁梧的他躬身弯腰在葡萄树下，手把手为群众传授、指导葡萄冻苗处理技术，累得口干舌燥、嗓子眼直冒火，全天下来整个人腰酸背疼、腿脚发麻，甚至每次吃饭时连碗筷都拿不稳；在技术理论培训讲座上，他讲课的样子像极了外祖父诺博，在宁颜闽的翻译下不厌其烦地为种植户答惑释疑、指点迷津，同时尽可能放慢语速，细致翔实地讲解葡萄种植与葡萄酒酿造生产工艺的每一个步骤、每一个流程，唯恐中国员工跟不上、听不明白；在翼云中学，他像外祖父生前所做的那样，将中方留给自己的1000元零花钱现场捐给了两名家庭贫困学生。临回德国前，他又将中方人员给他的4600元工作补贴经费全部捐助给山亭当地的"希望工程"机构,并一再嘱咐山亭区外国专家局的王君玉,一定要把这些钱转交到王志慧、连波超、张志银3名家庭贫困的小学生手里。回到德国,陀螺般连轴转的马克再一次通过翻译宁颜闽为中方人员邮寄来5份葡萄种植资料和1份改进葡萄酒酿造工艺建议书。

马克始终将外祖父诺博的谆谆教诲、言传身教牢记心间,身体力行予以践诺。这次到访山亭的他一如既往,迫不及待地走向大山深处,组织人员搞培训,传授葡萄育苗、剪枝、嫁接、酿酒技术,并再次来到外祖父生前的"中国同事",也是诺博在山亭的"关门大弟子"、果树种植能手高振楼家里。在他们一起合作建设的欧洲良种果树苗木繁育基地,看到外祖父当年带来的13000余株欧洲优质苗木接穗经过"巧手"嫁接,如今长得枝繁叶茂、青果累累,马克既高兴又兴奋:"这是外祖父传授的欧洲规范的先进葡萄种植技术——'棚架式'栽培,它在山亭开花结果。"高振楼向马克讲述了诺博在山亭工作生活的往事、趣事,马克也回忆了外祖父生前对山亭朋友的无限思念。

在焦兴攀的回忆中,马克传承外祖父诺博精神的故事还有很多,恐怕三天也说不完。

是的,由葡萄藤串起的中德友谊怎么能那么轻易地就说完呢?从某种意义上说,马克是开启两扇时代大门的一把钥匙,他的背后是属于外祖父诺博的那个旧时代的故事,他的面前则是一个新时代的开始。

外祖父曾经告诉过马克,自己第一次到中国的时候,"感觉那时的山亭似曾相识,就像历史的车轮在朝我倒转"。诺博说得没错,那时山亭的经济和农业生产确实像过去的德国乡村一样落后。然而,当马克接替诺博来到中国时,他被眼前的变化震撼了。这才几年的工夫,革命老区山亭已经大变样,可以说发生了翻天覆地的变化。试问,谁曾想到,短短几年时间,这大山深处会崛起一座德式葡萄酒庄园?谁会想到,山区的农民依靠改良过的德国葡萄,能够实现在家门口发家致富的梦想?谁又曾想到,革命老区将要实现华丽转身,从落后的山区蝶变为"很德国很德国"的欧洲风情小城?

这一切都像是海市蜃楼一样,给人一种不真实的感觉。难怪马克会由衷地发出这样的感叹:"这是一个非常伟大的国家,山亭是一个充满希望的地方,我最后一次来的时候,看到这里已经拥有高速铁路,变化之快令人印象深刻。我曾经有一段外公留下的视频,他当时在山亭的田野里,一眼望过去能看到一两公里以外的小镇尽头。但如今,酿酒庄园成了山亭的中心,而其他地方也早已建设一新。"

这就是中国速度,这就是山亭蝶变。

经济落后的革命老区终究变成了快速发展的城市新区。

第四章 神圣使命传承，两代人的山亭接力赛

"山亭的诺博"群像

一个新纪元和新时代的开启，意味着之前那个旧时代的结束。大江东去浪淘尽，多少英雄事，都付笑谈中。过去的英雄故事不可能只在朝夕之间便被抹去，他们的精神会一直传承下去，成为下一个新纪元的奠基物。

从2008年汉诺庄园建成算起，及至2015年，这七年的光阴确乎是汉诺庄园的新纪元，这片土地以一种寻常未曾想象到的速度向前发展着。那些旧时代的功臣们逐渐淡出了身影，但这并不意味着遗忘，除了德国友人，一些山亭创业人的故事同样感天动地。

韩平调整到了宣传部门，继续履行他的职责。他倒是活得洒脱，没有流连于汉诺庄园的成就，而是继续走上了自己的向前求索之路。大丈夫立于天地之间，岂能困于一物之中？唯心藏寰宇，脚踏实地，方有大用。两年多的汉诺庄园建设，他看上去明显沧桑了许多，也经历了许多困难与挫折。但总而言之，对他来说，这仍旧是一段辉煌的岁月。也许曾经有过对某些人某些意见的不满，但终究在庄园开花结果的时候，一笑泯恩仇。

毫不夸张地说，韩平的足迹踏遍了属于汉诺庄园的每一个角落，

后山上的水井，主堡门口的大理石地砖，千亩绿茵茵的葡萄地，人工池塘里的"金钱石"……若是细细思索，每一寸细节都在他眼前栩栩如生。雷雨天里的摸爬滚打，葡萄田里的嫁接比赛，那群天天喊着"喝碗羊汤接着干"的年轻人，他都是难以忘记的。这是属于汉诺庄园的第一批鲜活的血液，他们的光和热都在持续着。及至韩平离开数年后，偶又关心起庄园的发展状况时，才猛地察觉到当年那群毛头小伙子，现在已经真正成了庄园经营管理的中坚力量。

还有些困难与危险是韩平自己都不愿意提起的。记得有一次早晨清理路边碎石的时候，推动石块的撬棍没有架设稳定，险让他一个趔趄跌落到一边三四米深的废弃水渠里。还有一次，庄园挖地窖的时候，为了加快工作进度，迅速破碎山石，施工队在预定地点安置了二十多捆炸药，而他在巡查中走进了雷区，若非施工队的安全员眼疾手快，不知道会有多么糟糕的后果……

韩平坚毅务实的性格给了很多人鼓舞与力量，正如他在自述中所说："我只干难事，也不愿妥协。"不是东风压倒西风，便是西风压倒东风。这种敢于奋斗善于争先勇于亮剑的品格闪烁着人性的光辉，照亮着跟随他共同建设庄园的每一个年轻人。

于庭柏作为山亭区当地的权威果树专家，称得上是真正能够与诺博相提并论的为数不多的几位高手之一，他为欧洲酿酒葡萄事业投入的精力与做出的贡献是巨大的，也是有目共睹的。汉诺庄园建成后，庄园管理部门特地聘请于庭柏担任果树顾问，这既肯定了他对欧洲酿酒葡萄事业的贡献，同样也希望他能够继续指导和解决葡萄种植上的难题。

每个人都有每个人的使命，每个人都有每个人的责任，既是专家又是山亭果业局负责人的于庭柏，目光从来没有只停留在葡萄架上，他要为整个山亭的农业发展谋福祉。既然引进欧洲酿酒葡萄有了成效，那么下一步便要为山亭谋求更大的发展空间与经济效益。

农业是一场持久战，绝不能意气式地孤注一掷。因地制宜，于庭柏在水泉镇的樱桃培育事业也有了很大的突破。他把先前请诺博带来的欧洲甜樱桃植株作为砧木，嫁接本地具有深厚历史传统的中华樱桃苗木，不断尝试培养，改良品种，最终培育出了独属于山亭区水泉镇的特色农产品——山亭火樱桃。

说到火樱桃，或许会有不少人感到好奇：为何要给这里的樱桃起这样一个名字？火樱桃，难道这里的樱桃和"火"有什么关联吗？其实，关于这个还有一个颇为有趣的说法。原来这里的樱桃并不叫火樱桃，而是叫大樱桃。然而在为这里的樱桃题名的时候，那个"大"字被人误会成了"火"字，结果口口相传，大樱桃变成了火樱桃。不知是不是巧合，这个名字也带火了这里的樱桃产业。现在想来，这也不失为一段美谈佳话吧。

山亭火樱桃因为独特的成熟时令，实现了与市场上其他樱桃的错峰销售，每年春节前便能上市，因此有了"江北春果第一枝"的美誉。火樱桃又因单果质量大，果肉厚实，酸甜可口，既耐储存又耐运输，获得了市场的如潮好评。

2010年12月10日，原国家质检总局批准对"山亭火樱桃"实施地理标志产品保护。2015年，山亭区建成了水泉镇赵岭、倪庄、棠棣峪和北庄镇等八大樱桃生产基地，面积达10万多亩，产量达2万吨，实现产值超5亿元。2022年3月，山亭火樱桃入选全省重点地理标志保护清单。

火樱桃的名声在革命老区山亭响亮起来了。

作为于庭柏的得意门生，高东峰可以说是得到了中德两国专家的悉心指点。关于酿酒葡萄，他几乎掌握了所有技巧。这个木讷又严谨的年轻人，就这样在实践中不断地摸索成长着。

他们，都可以说是德国专家在中国的私淑弟子。

说起两位德国专家和他们中国弟子的故事，高振楼是最不能够忽视的。作为诺博和汉斯在山亭的"关门大弟子"，他们师徒三人之间还有一段悲伤而绵长的感人故事。

先来说说汉斯。

2007年5月春，德国阿尔地区略显寒冷。

五月的德国是欢乐的，这是一年里节日最丰富的一个月，按照德国人的习惯称呼就是"舞动的五月（Tanz in den Mai）"：五月树、五月节、五月酒、五月舞、五月画、五月天……

但不幸的是，这个时候汉斯的癌症愈发严重了。在尝试过各种治疗办法之后，他选择了回家静养，在家做做自己喜欢的事，最好是不给自己的人生留下遗憾。往常沉重的事务被一一放下，在安心静养的日子里，他的身体状况看起来得到了一些恢复，日渐好转起来，没承想这只是最后的假象。

第四章 神圣使命传承，两代人的山亭接力赛

汉斯病倒了，这次和以往不同，他不再像往常发病时那样被身体的病痛折磨得大喊大叫，他只是觉得自己累了，浑身乏力地躺在床上，总想昏昏睡去，他的生命即将来到最后的终点。

汉斯了解自己的身体状况，或者说早在放弃了在医院常住的那一刻起，他就已经知晓了自己最终的命运与归宿。现在他只是平静地躺着，眼前走马灯一般回味起了自己的一生。年轻的时候当过兵，退伍以后跟随诺博一起种葡萄。诺博发自内心地把他当作最好的朋友，若非自己心中清楚，怕是没人能看得出两人之间还存在着雇佣关系。

索南伯格酒庄的葡萄种得越来越好，汉斯也跟随着诺博的脚步走得越来越远，从欧洲走到亚洲，从巴尔干半岛走到中国山东，这是他人生之中最为耀眼的时光，没有过多名利的牵扯，只凭着心中的大爱。毕竟物质富足只会给予一个人物质的满足，但精神的充盈是更为难得的。

汉斯静静地躺在床上，既不言语，也不见喜怒哀乐，只是静静地躺着。他缓慢地回顾着自己的人生。这一刻，病痛以来的命运钥匙似乎第一次交在他的手中，眼前像是有一扇门，只要关闭便意味着离开。他不时地对着手掌心发呆，仿佛那里真的有一把开门的钥匙，他在盘算着何时关闭命运这扇大门。

或许，真的该走了吧？

该交代的都交代清楚了，该做的也都做了，汉斯自己觉得人生并没有什么遗憾。只是还没见到诺博，他像是陷入了冬眠的蛰伏中，

只等着与诺博的最后一次见面。

诺博来了，专门从国外赶回来的。他还是那么忙，随着年龄的增长，看上去多了些老态，神色中透露着疲惫。坐在汉斯的床前，两个共事了半生的好友手握着手，看上去没有难过，没有泪流满面，也没有哭天抢地，只是平静地相互交流着。诺博平静地讲述着这次旅程的所见所闻，讲述着未来又有了什么新的打算。

汉斯的体温明显已经低了很多，他有些僵硬的手掌轻轻地拍打着诺博的膝盖："听说山亭的德式庄园已经动工了，真可惜没有机会再去实地看看；山亭的人挺好的，干活细致，葡萄种得也好，真期待他们自己酿出的第一桶酒啊。对了，还有咱们一起资助的那些学生，记得有两个在读高中的孩子还没毕业，以后我是再也去不了了，但这笔钱不能断，还得麻烦你帮我尽最后的一点心意。"

山亭留给汉斯的印象是如此深刻，他的赞美中带着遗憾，带着期待与无奈。在弥留之际，他仍不忘记向诺博了解山亭的现状，仍不忘记自己资助的中国山里的两个孩子。

瞳孔散大，深邃且明亮的眼神逐渐迷离飘忽。汉斯停下了自己的"碎碎念"，永远陷入了平静，躺在那张温馨的小床上。人生如此，就这样吧。汉斯人生的最后时刻依旧保持着自己的豪迈快意，离开得干脆利落，免得为生者平添过多的悲哀。

诺博那张本来不起波澜的脸上，终于随着汉斯的最终离世而变得痛苦，他强忍着的情绪刹那间喷发出来，白皙的皮肤被剧烈的情绪波动染成红色，脖颈和耳根的血管都清晰得吓人。大音希声，至痛无言。诺博眼泪流淌不停，却没有哭泣一声，只是面壁似的呆坐着。

从那一刻起，诺博似乎瞬间变老了，不是生理上的苍老，而是一种不可言说的感觉，笔直的身子有点驼背，走路有点步履蹒跚了。

2008年8月，山亭。

高振楼如今依旧是整个山亭区风光无二的农民种植大户，从欧洲酿酒葡萄种植逐渐声名鹊起的"欧洲良种果树苗木中国繁育基地"，在山亭区政府的政策扶持与他的经营下，越发熠熠生辉。他不但与来自全国各地的专家学者建立了经常性的交流与合作关系，而且作为欧洲酿酒葡萄的第一批育苗人，诺博在中国的"关门大弟子"，他在汉诺庄园建成后第一时间就被邀请成为汉诺庄园的果树顾问。

客观公正地讲，高振楼的思想与境界超出了一般农民的水平，虽说还免不了存在自身的认知局限，但他的所作所为还是令人感到万分钦佩的。如今的苗木繁育基地就像是一个大观园，从酿酒葡萄到欧洲甜樱桃，种类繁多的世界优良苗木品种，让人眼花缭乱。有了酿酒葡萄育苗的成功，他的富硒果品品牌也得到了一定程度的推广与认可。

没有盛名之下的肆意妄为，尽管如今眼界开阔了，技术提高了，生活也变得富裕了，但高振楼依旧保持着自己做强做大的初心，依旧保持着要把每一分钱都花在刀刃上的习惯，把赚来的收入用来采购更多的苗木，而不敢有丝毫"挥霍"。育苗基地依然十分简朴，那间看上去有些破旧的板房里，没有多余的一砖一瓦，只有满墙的照片与回忆。

　　高振楼已经许久没见过诺博了，从开始筹建汉诺庄园算起，时间大概已经过去了两年。高振楼怎么都不会忘记，那个上飞机时因为行李超重，宁愿扔掉自己的衣服，也舍不得放弃凝雾机和葡萄苗木的诺博；忘不了那个指导自己种植葡萄时因为葡萄藤过矮，而他身形较大，不得不躬身跪地一点点耐心讲解的诺博；更忘不了在暴雨中，镇定自若地指挥着众人，并且身先士卒地一头扎进水中，努力排水抢救葡萄的诺博；忘不了的还有很多很多……嘿，这个叫诺博的德国老头，咋就不来育苗基地了呢？他就不想念这里的欧洲苗木吗？

　　听说庄园竣工的时候诺博会来，这让高振楼有了些许期待。

　　时隔两年半，诺博又一次来到了山亭。这次他并没有急于去看葡萄的种植情况，或者去看庄园的建设成果，而是第一时间带着2000元助学金联系山亭的学校。这是汉斯临终前的最后嘱托，他一定要认真去做。汉斯资助的两名高中学生已于当年夏天完成学业，并且考取了国内知名的高等院校。

　　为了将汉斯的助学精神与无私大爱传递下去，诺博将这2000元助学金捐助给了枣庄第四十中学的另外两个孩子。在捐助活动现场合影留念时，他腰杆挺得笔直，表情亲切和蔼，这一次他代表的不仅仅是自己，还有离世的汉斯，他要用这张照片告慰老友，自己完成了好友最后的遗愿。

　　高振楼并没有如愿以偿地再次见到诺博，他只听闻那个大高个汉斯去世了，富安葡萄庄园改名成了汉诺庄园，诺博先前来过又走了，没有流露出一星半点想要来看看他和这块苗木基地的意思。

"好，也好。"高振楼的眼神里有些遗憾。转眼间已是十年的时间过去，他也不再是那个骨子里都透着机灵劲的人了。他试图去理解诺博为什么不回来看看，或许是因为汉斯的离去给他的打击太大了吧？抑或是如今欧洲酿酒葡萄苗木培育工作已经全权移交到了汉诺庄园那边，自己这边的育苗基地已经不再如曾经那般需要被关注了？

不管是什么原因，高振楼只觉得浑身上下不得劲，有一种抓耳挠腮的焦虑感。再看看墙上那一张张合照，这个语言不通的德国人是他亦师亦友的伙伴，如果严肃一点来讲，诺博是改变他人生命运的一个关键人物。

给诺博塑个像吧，高振楼笑着想。仪式感有时候还是需要的，用仪式感来记住一些必须记住的人或事。他找到制作画像的工匠，用纯铜镌刻出诺博的头像，本想着留下些文字，表露一下自己的内心，等到下次诺博来的时候给他送过去。但思来想去，高振楼只是在铜像下面短短地留下了一句话：

送给尊敬的诺博·高利斯先生
您中国山亭的朋友 高振楼

高振楼特意嘱咐不要镌刻下具体的时间，他想等到下次诺博来的时候再刻下来，这样才有意义。只可惜，诺博的山亭之行永远停留在了这一刻，他再也没有来过。

2009年5月，高振楼再一次收到有关诺博的消息，76岁的诺博已经病逝在了从罗马尼亚回国的途中。他沉默了，只是自顾自地继续做着手头的工作，偶有泪水从眼角滑落。

时代像是一个不断向前行走的巨人，在这个巨人面前，当然有能够驾驭时代的创造者，时刻发挥着主动性，牢牢把握着时代方向，但更多的人只不过是附着在巨人鞋面上的一抹灰尘，只能被裹挟着走，一直走到自己都不知道要去的地方。这并不是每一个人都能够选择的。或许正是因为这种命运的无力感，我们才要歌颂人生的魅力，人性的伟大，希望总有一天会有一阵风吹来，把盲目向前的我们从鞋面上吹落，飘散在空中，落进泥土里。终结是生命不可忤逆的归宿，若是能在空中飘零，这何尝不是一个渺小生命最伟大的清醒与选择。

虽然现在高振楼这块基地以培育苗木为主业，不再继续种植葡萄，但他为了纪念诺博和汉斯两位专家，还是坚持留下了两行葡萄藤。

为何一定要保留这个？

高振楼说："因为这两行葡萄藤是诺博交给我的，我不能破坏它，我一定要保留下来。"

中央电视台曾经播放过一个《外国人在中国》的系列专题片，其中一集《情系葡萄藤》说的就是诺博和汉斯在山亭的故事。当主持人采访高振楼，向他提问：如果当初的育苗试验做不成功，你家的收入可就没有了，为何还要做？

第四章 神圣使命传承，两代人的山亭接力赛

高振楼是这样回答的：作为咱中国的一个农民，你上大学几年才能学会这么多外国的技术？现在人家把技术送来了，把德国最好的品种给咱送来了，咱能不感到很高兴嘛。

忆往昔，岁月峥嵘。当诺博把从德国带来的 76 个葡萄品种，在高振楼提供的 5 亩地上做起试验时，耕地，种植，扦插，超大的工作量让高振楼不可能忙活得了，他不得不自掏腰包，雇了二十几个工人来帮忙。而让他触动最深的是，重活累活几乎都是由诺博和汉斯完成的。要知道那时候诺博和汉斯岁数可都不小了，一个 68 岁，一个 56 岁，但两个老人还是要亲自来干这件事。

高振楼不止一次地思考过这件事，诺博和汉斯之所以如此亲力亲为，除了他们养成了这样的工作习惯，可能还有其他的顾虑："因为有的时候我们不会干，咱们干觉得很笨重，他们就很伶俐，架起来拉起来就走。深度不够，他往下一撞就下去了。"

高振楼永远都忘不了那场意外。当育苗进行到第三年，已经结果的葡萄马上就获得丰收时，一场瓢泼大雨突然降临，而且一连下了 30 天。

一下子下了 1400 毫米的雨，高振楼现在想起来还都后怕，更别说当时了："当时怕着呢，主要是怕葡萄被淹死，一怕脑子就犯怵，伤脑筋，头发掉得一片一片的。"

的确，看着育好的葡萄苗都泡在水里，高振楼心疼却又不知所措。当时恰好诺博和汉斯也在山亭，大雨还没停，诺博就第一个跳进泥水里带领大家人工排水。

高振楼回忆那天的情景，至今仍然感慨不已："咱这里都是红黏土，那个黏土里还有很多沙子，咱们怕诺博和汉斯扎了脚，换了三双鞋给他们。"

就这样，大家齐心协力，终于将积水及时排了出来，试验田里的葡萄保住了，所有人这才松了一口气。

三年中，高振楼已经记不清到底有多少次这样同甘共苦的经历，就是在这样的困难中，他和两位德国专家不仅迎来了葡萄的丰收，更是结下了深厚的友谊。

高振楼给诺博做的纯铜雕像下面依旧没有镌刻日期。就像一个需要继承师傅衣钵的弟子，他要成为"山亭的诺博"，继续投入到自己繁忙的果树苗木栽培工作中。他要追上诺博的脚步，毕竟要走的路还很长很长。

2014年，高振楼有些颓然，他的事业不再那般火热，甚至开起了倒车。问题并不是出在苗木上，而是出在他自己的身上。

汉诺庄园发展得越来越好，走出了山亭，走出了山东，走出了中国，酿酒葡萄种植技术与葡萄酒品牌的建设，做得越来越成熟。但高振楼感觉自己老了，似乎有点跟不上这个时代的步伐了。想想倒也合理，如今站在葡萄种植培育一线的，清一色都是科班出身、接受过高等教育的年轻后生。他的认知力似乎有点不够用了，只剩下多年种植经验带来的实践真知。当一个明确的标准被建立，科学化专业化的流程被执行，这些曾经足够他叱咤风云、让他引以为傲的实践经验似乎也就变得不再那么重要和可贵。

第四章 神圣使命传承，两代人的山亭接力赛

这些并不足以打倒他，更糟糕的事情源自他的家庭。因为意外的变故，被他寄予厚望的两个儿子相继英年早逝，妻子的撒手人寰又让他彻底遭受沉重一击。麻绳专挑细处断，再多的功成名就也抵不过家人的欢声笑语。高振楼用一株葡萄改变了自己的命运，如今却被命运打得一败涂地。他是真的老了，那种从内心里生出的苍老，他那瘦小的身躯似乎再一次萎缩，变得体弱多病。更严重的一次，他得了脑梗，差一点撒手人寰。

时隔多年，高振楼再一次取出了珍藏的诺博铜版雕像，他让工匠最后把日期也加上。有些东西该做个了结，趁着还算清醒，而这场人生大梦，似乎也到了该醒的时候。

送给尊敬的诺博·高利斯先生

您中国山亭的朋友 高振楼　　2014.5

高振楼卖力地吹了吹刻字处的碎屑，用粗糙的手指仔细且用心地将雕像擦拭了一遍，然后颤巍巍地挂在了那间简陋板房的墙壁上。它和周边悬挂的各式各样的照片一起成了过去，成了历史。

不记得哪位哲人曾经说过，一个人的死亡被分为三个阶段。第一个阶段是生理性的死亡，也就是心脏停搏、呼吸停止后肉体的死亡，这意味着生命的终结。第二个阶段是在追悼会上，当一个人冷冰冰地躺在灵柩里，亲朋好友得知他的死讯，这是社会关系上的死亡。第三个阶段是在记忆里，当最后一个还记得他的人或忘记，或放下，

或离世后，他便彻底消失在了这个世界上，他在世间留下的精神和痕迹也会从那一刻起变得不见了踪影，这才是彻底的消亡。

而在高振楼这里，诺博永远不会消亡。

高振楼坐在那间简陋昏暗的板房里，目视着诺博的铜版雕像沉默不语，他还没有忘记诺博和他们的理想，这意味着诺博的精神还在，依然"活着"呢！

电灯因为不太稳定的电压，忽明忽暗地发出电流的滋滋声，那个意气风发的高振楼仿佛又回来了。

第五章

继续讲好总书记讲过的中德故事

盛名之后迎来的第一次转变

2014年冬,霜华满枝头。今年山亭的冬天有些冷,张延平的焦虑一天胜过一天。煤炭产业盛名之下其实是满地鸡毛,汉诺庄园的发展却让他看到了许多希望。此时,由富能集团更名而来的汉诺集团,作为煤矿企业,日子愈发难过起来,或者准确一点讲,是集团之下的富安煤矿日子越来越难过了。作为周期性产业,煤炭的效益一日不如一日,现在终于来到了这个生命周期的末尾。这对张延平来说,是一场漫长持久的折磨。

先是2008年美国次贷危机爆发,全世界的经济环境似是一夜之间进入了冰河世纪一般。当繁荣的泡沫被刺破,市场的恐惧心理就会立刻制造出一场让人绝望的雪崩。大宗交易市场的低迷衰退,让享受煤炭价值红利的企业受到了重创,富安煤矿自然也在劫难逃。

咬紧牙关,勉强支撑。前些年的高额收益为企业积累起了相当规模的资金储备,所谓瘦死的骆驼比马大,家大业大的汉诺集团顶住压力,持续为汉诺庄园输血。越来越多的人开始察觉到煤炭产业的颓势,开拓新产业的重要性更加突出。

熬过去,寒冬之后就是暖春。

煤炭产业颠颠簸簸地熬过了经济危机,等着各个产业一元复始,万物更新。

没承想,就在这段长达数年的自我调整中,中国对经济发展的宏观认识也有了新的变化。从"世界工厂"到"世界市场""世界发动机"的呼声越来越高,盼星星盼月亮等待复苏的煤炭产业,又迎来了新的调整。

煤炭产业的兴旺归根结底来说,还得归功于历史发展与生产转型的红利,能够赚得盆满钵满的时代,并不是因为产业技术水平有多发达,抑或说煤炭自身的质量有多优越,而是因为当时"世界工厂"的历史定位。

宏观上来说,大多数煤矿的收益来源无非焦煤和动力煤两种。从用途上说,焦煤的受众主要是各大钢铁企业,通过焦化厂的再加工,产出的焦炭可以用于炼钢;而动力煤主要用于热动力锅炉供给,传统火力发电就是以动力煤为原材料。

有了这个前提,剖析煤炭红利期的思路就变得更加清晰。先说内部原因:中国多年以来的迅速发展,催生了包括基建、房地产、汽车等产业的爆发性增长,对钢铁的需求量越来越大,焦煤的地位自然而然地水涨船高,用电需求的直线飙升让动力煤的价格一路上行。

再说外部原因:"世界工厂"的战略定位,意味着可以为了加速经济发展而放弃一定的环境权益与行业潜力,发达国家将炼焦产业作为高污染产业逐步取缔,采用进口粗钢或者焦煤的模式来满足国内所需，这个巨大的市场空缺，让当时作为"世界工厂"的中国接下了这高污染高排放的来料加工的活计。内外两种因素的合力，才促成了前些年煤炭产业的繁荣。

毫不客气地讲，煤炭产业的繁荣是暂时的，而且是看得到尽头的，就像是曾经有"雾都"之称的英国伦敦一样，先污染后治理的模式或许是经济发展的必然规律，也或许是环境保护的最大困境。愿意承受污染代价，并不代表放纵污染问题，这也算得上是一种为了加速经济发展的妥协。路得向前走，人得向前看。当煤炭产业失去宽松环境政策的保护时，它就会变得脆弱且不堪一击。

张延平对未来发展趋势的判断是准确的，他的目光与视角符合一个企业掌舵人的水准，投资汉诺庄园的果断态度便是重要证明。但他似乎陷入了一个理想化的误区，或者说未能料到这个可能需要数十年的漫长周期，会在时代的大背景下来得这么迅速。

投资葡萄酒产业链对急于转型的煤炭产业来说，或许并不是一个最佳的选择。农业是一场持久战，酿酒也是。这就好比是两军虎视眈眈对垒阵前，双方按兵不动又杀机重重，都想着做一手暗度陈仓的惊天谋划，打一场歼灭性质的战争。别的队伍都在想方设法地寻找，甚至雇佣一支精悍快速的后备军，而作为主帅的张延平却选择去后方训练新军，为了保证新军的战斗力，还必须从对峙前线抽调老兵回去。从长远来看，一支精心打造的新军队伍，强悍与忠诚是远超过那些雇佣军的，但放在眼前，若是对峙僵局突然被打破，在山呼海啸的洪流之下，新军短时间里难以形成有效的战斗力。

果不其然，留给富安煤矿的时间远不及张延平设想的那般充裕，汉诺庄园只是初现峥嵘，时代的金戈铁马便已经冲散了一切阻碍，甚至冲散了汉诺庄园。

2013年后，我国经济进入新常态，煤炭行业成为供给侧结构性改革重点行业。国内发展建设速度放缓，"世界工厂"逐渐向外部转移，国家对焦煤出口进行了配额限制，同时从其他国家或地区进口焦煤，倒逼本土煤炭产业转型。这是国家发展必然向前的一步，也给煤炭产业带来了新的机遇与挑战。

汉诺庄园的发展确实是一针强心剂，但风头无二的背后慢慢也呈现出重重问题。从本质上来讲，汉诺庄园的建设归属于农业项目，农业本身的特性决定了经济效益的水平。种植葡萄需要时间，酿酒也需要时间，想要打造一个属于山亭人的葡萄酒品牌，同样需要时间。就以诺博自己经营的索南伯格酒庄为例，索南伯格酒庄与家族商标索南伯格（Sonnenberg）家喻户晓，其原因不仅仅在于优秀的品质，更在于漫长时间传承下来的文化与历史积淀。一瓶好酒永远都不是快消品，虽然当下的科学技术能够在最短的时间内调制和勾兑出口味相近的酒体，但毕竟难登大雅之堂。换个角度说，失去历史文化的光环，大多数传统酿酒产业都会变得黯然失色。

因此，从客观的角度认识，汉诺庄园是年轻的，就像一颗冉冉升起的明星，虽然获得了许多成就，但仍旧缺乏一个酒庄必须具备的历史厚重感。这也导致了另一个问题：经济效益无法立竿见影。没有品牌效应与酒文化的驱动，注重质量但没有充足产量的汉诺庄园葡萄酒就没有足够大的影响力,只能成为一个区域内的优质品牌。即使那个当年敢于走新路、如今升任汉诺庄园销售经理的杨梅,也只能依靠小范围的优异口碑,将货品铺设到枣庄市内,出了枣庄市便罕能有所耳闻。若说汉诺庄园经济状况入不敷出,倒是有些折辱了它,但是没有成熟的销售链条,盈亏相抵也只能勉强实现。

这种情况让张延平感到头痛,他是建设汉诺庄园的拥护者,如今以煤炭为主导产业的汉诺集团生产经营已经举步维艰,银行就不断下行低迷的煤炭产业重新评估,新贷款几乎被切断,历史积压的旧账也被要求迅速偿还,公司的大量流动资金因为远在贵州的煤矿出现种种状况而被抽调一空。自身已是泥菩萨过河,给汉诺庄园的输血怕是很难继续维系。

困难重重之下,汉诺庄园在盛名之后迎来了它的第一次转变。为了保障汉诺集团的正常运转,被评估为良性资产的汉诺庄园迎来了被挂牌出售的命运。

这是没有办法的办法,无论是对张延平来说,还是对挽救汉诺集团的命运而言,这都是一种弃车保帅的合理选择。2015年4月,经山亭区委区政府研究同意,汉诺庄园在山东省产权交易中心挂牌出让。

但汉诺庄园的出让并不顺利,经过多次流拍,仍旧无人摘牌。这个结果并不算多么出人意料,这个年轻的葡萄酒庄园,对汉诺集团来说有着难以割舍的情怀,但放在市场上并不吃香。商人逐利是市场表现的正常规律,一个无法创造营收,甚至还需要额外投入的庄园，就是一个烫手山芋。

最终，鉴于银光集团为汉诺集团银行借款提供连带责任担保，承接了汉诺集团的银行债务，在多次与银光集团沟通协商后，2016年1月21日，银光集团同意依法公开受让汉诺庄园资产。

不仅是张延平等人，此时负责经营管理汉诺庄园的张宝营，对此心里也是有些不舍的。曾几何时，领导们在介绍汉诺庄园时，戏称张宝营名字好，宝营，宝营，保护大本营，保障运营，保证盈利。可惜，汉诺庄园最终还是没有保住。

而在张延平心里，有些意难平的不仅仅是企业转型，更是无奈之下的艰难抉择。转让汉诺庄园，就像一个遭逢时代巨变的家庭，为了谋生，将自己辛苦培养大的孩子送给了别人。虽然孩子跟随"养父"生活境遇可能会更好一些，但"生父"心里多少还是有些难以割舍的。也只能这样了，只有把汉诺庄园转让出去，汉诺集团才能继续生存。或许在银光集团手里，汉诺庄园能够焕发出新的生机。

银光集团决定接手汉诺庄园，这个决议在集团的内部会议上没少研究讨论。俗话说："有了金刚钻，才揽瓷器活。"既然要把别人眼里的"烫手山芋"接过来，那就得做好万全的准备。

银光集团领导层认识到，只要思路清晰、资金充足、目标明确，这未尝不是一件捡了汉诺集团"便宜"的好事。

汉诺庄园有四大优点。第一，建设初期就以诺博的索南伯格酒庄为模板，建设起了纯粹的德式庄园，这样的设计在国内都是罕有的，这是独特性。第二，从种植葡萄到建设庄园，再到2014年习近平总书记在德国柏林的演讲，汉诺庄园的故事值得被挖掘与宣传，这是填补酒文化空白的绝佳内容，这是故事性。第三，与先前的枣庄葡萄美酒厂不同，汉诺庄园并不是一个单纯仅能够灌装和生产的酒厂，庄园式的设计和多年酿酒葡萄种植技术的积累，形成了一套完整的产业链，从葡萄种植到最终的市场推广一应俱全，这是成长性。第四点是影响力，更准确地说是潜在的影响力。走出山亭，走向世界，年轻的汉诺庄园用很短的周期便实现了自身影响力的发酵与扩散，只要好好经营，未来留给它的空间将是巨大的。

想好的事情，说干就干，山亭人的性格从来都是如此。历史的舞台上就是需要这种你方唱罢我登场的精神气魄，从不迷信于某一个具体的人或者某一个具体的时代，每一个人都是承前启后的接力者。

2016年2月，银光集团正式启动了对汉诺庄园的提档升级改造项目，作为汉诺庄园的接力者，他们要让这片风水宝地重新焕发夺目的光彩。

两个月之后，山东银光集团董事局主席孙伯文到访德国，与索南伯格酒庄主人、诺博的外孙马克见面。同时，为了完善汉诺庄园的战略布局，经马克牵线，银光集团邀约马克家乡的市长，就中德友谊合作问题进行深度讨论。

就这样，汉诺庄园的战略发展基调被确立下来：立足汉诺庄园，重塑两代人的友谊桥梁，发展中德友谊合作，把习近平总书记讲述过的中德故事进一步讲好。

然而天不遂人愿，银光集团的雄心壮志还未来得及完全施展，便遇到了拦路虎，问题一个接着一个。其中最大的问题是所谓"隔行如隔山"，作为一家以民爆（民用爆炸物品）为主营业务的公司，银光集团对于葡萄酒庄园的发展建设问题，空有理论的认识与构想，缺少实际的实践经验与能力。与汉诺集团不同，汉诺集团参与了庄园建设的全过程，是从零到一的探索，所以有些经验，而银光集团的责任是从一到二的突破，哪有半路出家的和尚那么轻易就能吃得惯斋饭的道理。汉诺庄园的升级改造工作效果不佳，银光集团陷入了短暂的沉寂。如何才能建设好汉诺庄园？这个问题还需要一个更明确的答案。

2017年6月，枣庄市和山亭区政府组织相关人员赴德国访问马克的索南伯格酒庄，并与马克达成多项战略性合作共识。在访问德国期间，诺博的家乡巴特诺因尔－阿尔韦勒市也希望与枣庄市建立友好合作关系，期待与枣庄在经济、文化、教育、旅游等多个方面进行长期交流。从诺博到马克，中德两代人的友谊再一次续写升华，成为良好的合作伙伴，个人和民间的友谊上升到城市和国家之间的互通有无，成为中德两国友好城市交流的典范。

有了政府相关部门的支持，沉寂一年之久的银光集团，通过招商引资，寻找到了汉诺庄园发展的新思路：专业的事情还需要让专业的人去做。2017年9月23日，广州佳池股份、山东温和酒业、四川蒙顶投资、山东银光集团共同组建新品牌"汉诺佳池"，四方联合，强强联手，依托汉诺庄园的资源优势，实现新旧动能转换，力求成为一家专注于白兰地与葡萄酒研发、生产、销售以及衍生产业运营的综合性企业。

四家联合中的广州佳池股份带来了白兰地的专业团队，这种在中国酒类市场中尚处于发展"蓝海"的西洋蒸馏酒，成为汉诺佳池发展的新方向。白兰地酒市场价值更高，而且更易保存，受工艺、贮存时间、原材料等因素的影响，可以区分为高、中、低三个档次，面向市场受众群体的覆盖性更强，针对人群也变得更加广泛。

企业既要有发展，也要有传承。虽说汉诺庄园这块经典招牌暂时丢在了一边，但汉诺佳池依旧全面继承了汉诺庄园的葡萄种植技术与德式酿酒工艺，紧紧维系着与马克名下索南伯格酒庄的关系，并进一步与当地政府达成友好合作。宁颜闽翻译受汉诺佳池邀请，担任中德顾问一职。于庭柏、高振楼等地方专家也应邀成为庄园技术顾问。

作为汉诺庄园的接力者，汉诺佳池以一个全新的姿态，再一次活跃在市场经济大潮之中。

走上发展和资本运作的快车道

葡萄酒是发酵酒的一种,而白兰地属于高度蒸馏酒,可以说白兰地源自葡萄酒,制作工艺上又难于葡萄酒。将采摘的酿酒葡萄榨汁、去皮、去核,等待酵母将糖分变成酒精,就变成了葡萄酒;若是再加上蒸馏提高度数、存入橡木桶中贮存两道工艺,也就成了白兰地。因此有一种说法:白兰地是葡萄酒的灵魂。其风味独特出众,既有成熟水果的混合果香,又带着橡木桶的木质香气与酒精气味。初成的白兰地是透明的金黄色酒液,随着时间的陈酿,色泽逐渐深邃,直至成为深金色或深棕色的琥珀色酒液。

需要辨别一个误区:作为高度蒸馏酒的白兰地才能够长时间储存,且时间越久色泽越深邃,口感越浓香;而普通的葡萄酒则不然,除去极少数极昂贵的稀有品具有珍藏价值外,大多数葡萄酒的果香会在一到两年内失去原本的风味。

葡萄酒的风味由当年生产的葡萄品质决定,以影视剧里常常提到的"82年拉菲"为例,1982年,法国波尔多酿酒葡萄产区因为气候异常,葡萄过度成熟,拉菲酒庄当年生产的葡萄酒具有极其醇厚馥郁的果香味,成为优质红酒的代名词。珍贵的是当年的葡萄,而非当年的年份，所以才会有"好的红酒喝一瓶少一瓶"的说法。

汉诺佳池就是要在汉诺故事的基础上，通过白兰地来营造老酒文化，赋予年轻的汉诺庄园以时间的厚重感。如果说当年建设汉诺庄园是一群理想主义者的狂欢，那么汉诺佳池的建成就是商业精英们的舞台。前期的基调很明确，就是要摩拳擦掌开拓市场，将汉诺佳池的美酒销往四面八方。

这种以研发、生产、销售为主的经营模式，其实也是一种无奈的选择。一年多的庄园设施升级改造工作并没有取得预期的成果，反而消耗了大量的时间精力与流动资金，从实际角度出发，如今的汉诺庄园尚没有建设文旅综合体的能力，也没有足够多元丰富的故事给公众带来吸引力。既然如此，为何不把汉诺佳池的品牌打响，借着品牌的响亮名头或许能够再次转向文旅综合体的建设。

2018年10月底，马克来到山亭区，与汉诺佳池签署战略合作协议，并担任汉诺佳池首席酿酒顾问，约定继续定期到庄园进行葡萄种植技术和葡萄酒酿造技术指导。在招待会上，马克与汉诺佳池董事长韩东互赠勋章，传递中德友谊。

在保持葡萄酒生产的同时，汉诺佳池酿制白兰地的技术效法于法国干邑白兰地，作为干邑白兰地的灵魂所在，白玉霓葡萄也在汉诺庄园开始尝试种植。所谓种此如种玉，所以称白玉霓。这种娇贵且美观的葡萄，晚发芽且晚熟，在冬天的生长就更加艰难。而汉诺佳池第一次试点种植白玉霓葡萄，正是吃了时令的大亏。

2018年11月冬，天似坚冰冷，滴水凝霜寒。这是山亭罕见的寒冷冬天，温度格外地低。此时，距离张延平面对的那个寒冬已经过去了整整三年。首批栽种的数百亩白玉霓葡萄看上去蔫蔫的，无精打采地立在葡萄田里，像是失了魂魄。

突如其来的异常天气让汉诺佳池的数百亩白玉霓葡萄都遭了殃，尽管在各方专家学者的补救下，抢救回了些许，但仍有超过两百亩彻底绝产绝收。这是汉诺佳池在葡萄种植上遭遇的第一次失败。痛定思痛，投入大量时间精力的新品种尝试并没有获得理想的效果，那就要改变思路，不能在一棵树上吊死。

在山亭种植白玉霓葡萄的确是一个冒险的选择，当年76种欧洲葡萄苗木被诺博带到山亭来，最终成活和值得培养的也不过一二十种，况且为了顺利完成葡萄育苗，也付出了很长时间的研究考证与实践验证。品种的优异性并不代表放之四海而皆准的适应性，选择一株苗木就像选择爱人一样，适合自己的才是最好的。不加以严格论证便冒险大规模种植白玉霓葡萄，这种行为显然违背了因地制宜的种植理念。而这并不是贪功冒进急于求成的后果，更重要的是暴露出了当下存在的一大问题——产量无法供应。

汉诺佳池的运营核心在于酒类的生产销售，以法式干邑白兰地和德式葡萄酒为主要产品。要想占有市场就必须提供充足的产能供应，而这一点是汉诺庄园当下无法完成的。先前汉诺庄园的经营战略在于从文化价值走向经济价值，虽然葡萄酒的生产一直在持续，但葡萄酒本身更像是仪仗式的展品，不以经济效益为主，所以才会出现收支无法平衡的经营困境。

踩着前人的肩膀向前，汉诺佳池总结经验，选择从经济价值出发逐步向文化价值转型，那么可供种植的庄园葡萄田就显得有些稀缺。汉诺庄园前期留下了足够的影响力，但是并没有顺利地将种植酿酒葡萄的半径扩展到整个山亭，再加上如今多元化的经济作物鳞次栉比，推广种植酿酒葡萄的目标就更难以实现。如何破局？数百亩白玉霓葡萄的全军覆没惊醒了所有人，汉诺佳池将收购酿酒葡萄的目光投向了更远的地方。这个战略目标的达成是汉诺佳池得以长足发展的基石。当然，这是后话。

为了重整旗鼓，汉诺佳池于2018年12月27日，在山东枣庄举行第一届中国白兰地产业发展高峰论坛暨"万人万桶橡木桶私藏计划第五千个桶主认藏仪式"。"万人万桶"，这是一个大胆的计划，以桶会友，桶桶有名，打造出一个中国人的白兰地文化圈，这是汉诺佳池推进老酒文化的重要一步。

2019年4月，汉诺佳池与德国索南伯格酒庄达成战略合作关系，成为德国索南伯格酒庄中国区域总代理，并进口德国索南伯格酒庄两款高端葡萄酒进驻国内市场，正式完成了时隔多年的正式品牌交接。诺博在世时曾许诺将传承数百年的"索南伯格"家族品牌无偿授予山亭汉诺庄园使用，时过境迁，随着诺博后期来山亭的次数减少和因病离世，品牌的正式授权工作一直处于停滞状态。此时汉诺佳池也算是接续前缘，完成了这个迟到但所幸没有中断的合作。

同年10月，银光集团对汉诺故事馆进行了改造升级，通过规划五大板块展示区，再现汉诺故事、中德情谊的"前世今生"，续写起了中德友谊的新篇章。

也正是在这一年,坚持老酒文化销售策略的汉诺佳池成功挂牌新三板,以"中国白兰地第一股"的名号走进了金融市场。

时间转眼来到2020年,突如其来的新冠疫情让全国的生产生活都受到了极大的影响,为配合国家疫情防控政策,减少非必要人员流动、减少非必要出行变成了每个人都要遵守的防疫准则。不过汉诺佳池的发展并没有受到影响,恰恰相反,因为疫情封闭,网上购物成为人们消费的主要方式,企业旗下的多款酒品销售额都在稳步增长。

更为重要的是,汉诺佳池打破了对于酿酒葡萄产地的单一选择,为了保质保量地实现白兰地及葡萄酒的供应,把目光投向了遥远的新疆。

2020年6月24日,汉诺佳池拟受让新疆葡萄酒庄开篇之作——新疆天山冰湖酒庄的控股权,携手新疆生产建设兵团,在天山北麓的这片中国葡萄优质产区,启动"万人万桶"计划全国化复制。结合山东汉诺庄园与新疆天山北麓两大葡萄产区,汉诺佳池的酒水销售愈发红火。

要做就要做出个名堂来!要做就做第一!这就是咱山亭人的性格,山亭人的追求。这就好比人人都知道世界第一高峰是珠穆朗玛峰,却鲜有人知道世界第二高峰是哪座一样。汉诺佳池实现了亚洲最大白兰地橡木桶储存酒窖的理想,它的雄心是成为中国白兰地行业的灯塔,就像白酒中的贵州茅台。

作为接力者，汉诺佳池赋予了汉诺庄园新的生机，用顶级的商业思维，打造出新的品牌，同时也创造出了巨大的经济价值。如今的汉诺庄园，发展模式和营销思路已经完全变了个模样。汉诺佳池让这片土地走上了经济发展与资本运作的快车道，新的老酒文化延续充实了汉诺精神的真正内涵。

开启新的发展篇章

俗话说,有舍才有得。

汉诺佳池取得的辉煌业绩是有目共睹的,在白兰地和葡萄酒的酿造与营销上投入的成本与精力也是巨大的,这让其不得不舍弃了有关改造升级汉诺庄园现有资产的项目。改造升级是一件极其复杂的事,资金需要密集周转,汉诺庄园本身不再作为经营重点,以及疫情影响下休闲旅游产业遭受重创,多种多样的原因让汉诺佳池更加坚定了放弃升级改造工程的决心。

然而有些事总得有人去做,汉诺庄园的精神与文化不能丢,这是山亭最宝贵的财富。所谓龙生九子,各不相同,汉诺佳池打造出了一个崭新的品牌,实现了腾飞般的经济效益,然而却暂时不能全面"复兴"汉诺,让其风华再现。打一个不恰当的比方,此时的汉诺佳池就像一个远行千里的商人,名满天下却不见归途。

汉诺庄园所传承下来的最宝贵财富是什么?当然不仅仅是如今这片已经不复昔日光景的颓废庄园,更是这片庄园所承载的一种精神财富,是中德友谊的熠熠生辉,是人道主义的伟大理想,是山亭人战天斗地的奋斗精神,是感恩前行、知恩图报的凌云壮志。这些是真正归属于山亭人的精神财富。

要想重新打造汉诺庄园，汉诺佳池可能并没有这个能力与实力，做事要有始有终，重塑汉诺的使命还是应该交由新一届山亭区委区政府完成，也只能由他们来完成。

在新一届山亭区委区政府的努力和上级政府的指导下，2022年5月，山东省土地发展集团（下称"土地集团"）接手汉诺庄园，正式开启了对汉诺庄园与汉诺精神的重塑。

土地集团的思路很清晰，为了进一步使汉诺庄园在新时代焕发新气象，进一步使汉诺故事彰显新价值，进一步使汉诺产业在山亭"产业突破、跨越赶超"中发挥新作用，下一步要将汉诺庄园进行收回收购，通过重新包装、深度开发，将汉诺庄园打造成为"百年精品"。从宏观上说，这是山亭区贯彻落实习近平总书记视察山东重要讲话、重要指示批示精神，将汉诺庄园项目作为贯彻落实总书记关于三农问题的"三步走"战略重要抓手，持续讲好习近平总书记所讲的汉诺故事，进一步提升和壮大汉诺品牌。从微观上说，这是山亭产业突破的根本需要。汉诺庄园项目契合市委市政府支持山亭产业突破中"四新"发展方向，推进汉诺庄园文旅提升重大项目建设，积极打造文旅高地，既能加快实现山亭文旅产业突破，又能有效盘活汉诺庄园闲置资产，项目建成后具有较强的示范引领效应。

距离诺博第一次来到山亭，开启山亭欧洲酿酒葡萄培育已经过去了22年，时代的变迁让很多曾经的不可能变成了可能，当年那个有些清苦穷困的山亭已经成为过去，新时代的山亭对于汉诺庄园的重建有了更多大胆的想法。

从一株葡萄到一座庄园，如今的山亭计划将汉诺庄园打造成集中德文化交流国际联创基地、德式风情葡萄酒旅游目的地、山亭城景融合文旅休闲客厅等诸多功能于一体，全省一流、享誉全国的汉诺文化国际联创园。这是一个极其宏伟且高格调的构想，当年那个打造文旅综合体的梦想，再一次被提上日程，摆在眼前。

新蓝图绘制好，剩下的就是四个字：干就对了！

2022年8月，由蓝镇设计与土地集团规划设计的《汉诺庄园前期规划方案和概念性规划设计》完成，土地集团完成了这项重要的项目规划设计。

庄园风格要"很德国"，建筑设计要博采众长，以新德式建筑为主要依托，运用当下先进建筑理念，将生态环保的绿色设想贯穿始终。这种高风险高回报的大胆规划，也是大姑娘上轿头一回。作为未来山亭中枢，枣庄东线旅游景点，土地集团发扬"人无我有，人有我优"的精神，在前期规划上大展拳脚。规划可以不同，但方向不能错，不能走老路弯路，也不能有硬伤。

一如当年引进酿酒葡萄技术时一样，再次接力赛跑的山亭人依旧保持着"明确一个目标，看准就往下推进"的奋斗精神，努力把蓝图变成现实。

2022年9月28日，时任枣庄市委书记陈平，时任土地集团党委书记、董事长展宝卫，时任枣庄市市长张宏伟，山亭区委书记王德海，山亭区区长刘洪鹏等领导出席汉诺庄园建设启动仪式，汉诺庄园正孕育新的发展机遇，开启新的发展篇章。

时隔一年，2023年10月8日，枣庄市委常委、组织部部长、统战部部长包希安，枣庄市人大常委会党组副书记、副主任朱国伟，山亭区领导王德海、刘洪鹏等陪同土地集团党委书记、董事长李波一行前往汉诺庄园项目调研项目推进情况。李波指出，要全力加快汉诺庄园项目建设进度，尽快完成项目招投标工作，尽早启动工程建设，倾力打造乡村振兴典范。

地方政府和国有企业双向合力，心往一处想，劲往一处使，为汉诺庄园的发展提供了强劲动力，一篇崭新的汉诺华章正在奋力续写。

此时的山亭人，正凝心聚力团结一致，向着区委书记王德海所提出的"不墨山亭，幸福小城"目标奋进。

何谓"不墨山亭"？

"不墨"一词出自《林则徐集》，此作作于清道光二十二年（1842）八月，世人所广为传颂的常常是它的最后一句：苟利国家生死以，岂因祸福避趋之。

其全部内容如下：

青山不墨千秋画，绿水无弦万古琴。

青山有色花含笑，绿水无声鸟作歌。

苦心未必天终负，辣手须妨人不堪。

若能杯水如名淡，应信村茶比酒香。

苟利国家生死以，岂因祸福避趋之。

"不墨"与山亭，构成偏正结构的修饰，在此颇有深意。不墨或许可以解释为"不需着墨"，因为山亭的山水田园风光本就浑然天成，无须多加粉饰雕琢，无须笔墨修饰，自成画卷。"不墨"更有发展思路上的一种隐喻，即发展经济要践行"两山理论"，结合山亭实际，不以破坏山亭的生态资源为代价，通过发展文旅康养、新能源等绿色产业，探索生态资源交易等新路径，把这片绿水青山的美丽画卷完整地传于后世千秋。

区委区政府对山亭发展的新定位，让山亭成为"幸福小城"的目标或能指日可待。

正所谓：秉承汉诺精神的山亭，山不向我，我自向山。

这是一种莫大的勇气与毅力，汉诺庄园的故事其实就是一场自向山行的故事。这个故事中的每一个人，都在向着自己的那座山走去，不折不挠。当过往已成历史，一批又一批人离开，而这种向山行的伟大精神却成为镌刻在山亭人骨血之中的力量。就像战争年代的革命精神一样，山亭人从不害怕失败，也从不害怕波折，他们只知道朝着一个目标向前走，临深渊而无畏，履薄冰而不惧，这才是真正超越时代且历久弥新的精神传承。

时光飞逝，一株葡萄在山亭引发的故事转眼间已经走过了23个春秋，时间线最终收束，从对往昔的回忆走到当下，再从当下走向未来。当年那些叱咤风云的人物都已经渐渐老去，那群穿着短裤背心在暴风雨里奔跑的年轻建设者，许多已经成为如今的中坚力量，如此一代又一代，生生不息。

2023年1月17日，山东省农科院农业规划设计院院长袁奎明带领山东省葡萄研究院专家一行5人赶赴汉诺庄园，就汉诺庄园整体规划进行深入讨论交流，最终总结形成《关于汉诺庄园产业规划设计的建议函》。建议函中提出了关于葡萄园提档升级、酿酒车间改造重建、原建筑规划、整合或剔除"汉诺佳池"、庄园基础设施升级改造等多项问题，为土地集团下一步的改造计划提供了充足的理论依据。

"汉诺佳池"二期酿酒厂房建造工程暂时停摆，与土地集团就汉诺庄园的处置问题展开了激烈的谈判。双方在价格问题上存在一定分歧，目前正在有条不紊地推进与沟通之中。

想当年金戈铁马，气吞万里如虎。

这气概在不同的时代有不同的表现，土地集团承担起了新时代建设新汉诺庄园的责任，就像当年富安煤矿承建汉诺庄园一样，同样报以莫大的热情与动力。说到就要做到，要做就做最好。时代发展的接力棒在一代又一代山亭人的手中不断地传递、优化和提升。

漫漫求索路，二十三年的汉诺故事中，涌现出了一群又一群伟大的开拓者。

一株葡萄联通中德，两国专家齐心协力。诺博和汉斯两位德国专家的到来为山亭的葡萄种植事业写下了新的序章。在这个有些偏远闭塞的大山中，没有国家的界限，没有种族的不同，有的只是一群抱有大爱的群体，为了共同的事业无私奉献自己的力量。

诺博和汉斯两位德国专家，像战争年代的白求恩一样，身上充满了国际人道主义精神。他们不在乎山亭条件的艰苦简陋，也没有外国专家学者高高在上的架子，用脚步丈量了这片土地，也用真心付出赢得了山亭人的尊敬与爱戴。

于庭柏和高振楼两位山亭本土果树专家，前者代表着科班出身的专业技术人才，后者则代表着实践领航的民间能人。如果说外国专家的大爱是人道主义的光辉，那么于庭柏的大爱便是扛在肩头的责任。作为原枣庄葡萄美酒厂的见证者，他的使命与责任就是在山亭区农业致富的道路上漫漫求索。

高振楼是一颗独特的星，他悄无声息地冉冉升起，点亮自己，发光发热。再多的名誉加之于身，他也忘不了自己农民的本分。朴素的思想是单调乏味的，但在需要的时刻却最有力量。高振楼的心里哪有那么多弯弯绕，他只知道跟着诺博种葡萄是对的，只要是对的事，做起来便无怨无悔。功名不过烟云散，付出并不一定代表着回报，盛名来时而不变颜色，名利去后却不自怨自艾，这就是最宝贵的人生哲学。

汉诺庄园的建成是这段故事中波澜壮阔的一段，并非冷冰冰的钢筋水泥堆砌成林，其中糅合了太多复杂的念头。从一株欧洲酿酒葡萄开始，建设庄园代表着一种新兴产业的正式推行，这是中德两国人民用心血浇灌出的花朵，也是山亭在葡萄种植产业探索路上的坚定前行。

求变，一个"变"字总结和概括了这个时代。山亭区一改原枣庄葡萄美酒厂的传统，另辟蹊径将德式庄园建造在了这片土地上。汉诺集团作为传统煤炭产业中的一员，是具有前瞻性的，对于葡萄庄园尽其所能地投资与建设，同样是求新、求变、求转型的过程。无论成功与否，这何尝不是一场勇敢且先进的尝试？

更重要的一点，是希望的诞生。从115师东进山东枣庄，驻扎在抱犊崮上算起，时隔已有大半个世纪。山亭人拥有一腔热血、战天斗地的革命精神，但受制于社会与自然条件得不到很好的发扬。人们提起山亭，永远都是刻板印象中那个过去的形象，他们在烽火狼烟的创伤过后，似乎一无所有，近乎一贫如洗。汉诺庄园的建设让热气腾腾的希望在这片群山环绕的土地上再次升起，当德式酒庄拔地而起，千亩翠绿挂果的葡萄田徐徐展开，山亭人的精神，被时代的号角再次唤醒。

求变，需要改变的不只是过去落后的风貌，更是一股劲，一股拧成绳、提起气的精神，一股重现当年革命荣光的热情。汉诺庄园的建设号角吹响，更是山亭精神的重塑，从当地农民到煤矿工人，从政府官员到果树专家，上下齐心，勠力同行，正如当年革命先辈抛头颅洒热血一般前赴后继。

汉诺庄园的发展，是属于每一个为之奋斗者的荣耀。九万里风鹏正举，携风带雨登青云。汉诺庄园的故事是前所未见、闻所未闻的。它就像一块埋藏了许久的巨石，被人努力举起，投掷在水潭里，激起整个行业的滔天巨浪，让众人的目光聚焦在这里。功成不必在我，功成必定有我。有人初来乍到，有人顶天立地，有人悄然退场，有人竭尽所能。

诺博和汉斯两位外国专家、国际友人的悄然离世，令人感伤。呕心沥血的奋斗者选择离开，也让人遗憾。人生总是无常，世事总是多舛，但理想和信念却是共同的。总会有人接起这个担子，继续往前走，也总会有年轻的血液不断地浇灌着这项事业。无论是栽培葡萄还是建设庄园，贯彻始终的是精神的力量。

这便是汉诺精神究竟是什么的答案。

它是诺博和汉斯人道主义的辉煌精神，是山亭人战天斗地的拼搏精神，是求新求变、不拘一格的自我重塑精神，是功成身退、谦逊美好的东方美德。

辉煌的创造往往伴随着悲壮的底色，汉诺集团不惜一切的付出与投入，或许终究会随着时代的浪潮变成不值一提的一股热风。对汉诺集团而言，汉诺庄园的拍卖转让是企业转型之梦的破碎，也是那个时代背景下传统产业的缩影。盛极而衰，江河日下，汉诺集团在行业最后的盛世中点燃了一个火把，这火把照亮了汉诺庄园前行的路。每每看到汉诺庄园，山亭的百姓也许会回想起那个呼风唤雨、盛极一时的富安煤矿，那也是山亭人共同的骄傲。

前人栽树，后人乘凉。当银光集团接手汉诺庄园，汉诺故事也就来到了又一个新阶段。银光集团并不是历史意义上的乘凉者，而是漫长跑道上的接力人。四家民营企业的联合，无疑是一场从制度深处的改弦更张，过往的沉疴积弊需要清理，"汉诺佳池"品牌的建立改变了过去的经营状况，也同样改变了未来的发展战略。中国传统哲学讲求中正平和的观念，不求之以"极"，而求之于"中庸"，所谓不偏不倚。如果说前期的汉诺庄园是高堂之上，盛名之下，那么汉诺佳池时期的汉诺庄园就是金缕玉衣笏满床的繁华。二者没有可比性，却共同讲述着这段丰富的故事。临四海行商而不忘本心，居庙堂属文而不变颜色。任何事物都是在磨砺之后方能成长，汉诺庄园也是这样。

诚然，因为经营重点的偏移与管理能力的局限，汉诺佳池对于庄园的管理并没有达到山亭民众的预期水平，多次升级改造工程最终也在各种因素的影响下有始无终，但这并不能抹除它对汉诺品牌的价值贡献。

从白兰地产区的建立，到覆盖全国的销售网络形成，汉诺佳池做出了新的尝试，也完成了上一代人提出的与德国索南伯格酒庄的对接合作。习近平总书记在德国柏林的演讲让汉诺庄园的名字被世界知晓，汉诺佳池的努力让汉诺美酒在任何地方都能够被买到。曾经参加各种酒类展会还要从庄园调取货物的现象不复存在，由北向南，自东向西，汉诺美酒被推广出去，就像总经理彭杰所说的那样，"只要有需要，我们随时可以从临近的仓库调集库存出来"，这句话就是汉诺佳池的底气。

不仅如此，汉诺佳池成功登陆新三板，并以此为基点实施全渠道全产业链运营模式，系统建设中国规模最大的白兰地原酒橡木桶贮存基地，着力打造新生代白兰地的中国领导品牌。正如其广告宣传片所说的那样：汉诺佳池，传统酿造工艺，橡木桶熟化窖藏，依然是白兰地东方珍酿。那些传奇岁月，那些尊荣时光，让高品位葡萄酒，在德国匠造技术全过程酒庄酿造之下，质朴醇香，洞见非凡。

有一种勇敢叫坚持，有一种力量叫梦想。汉诺佳池，与勇敢者同行，在乘风破浪中遇见最好的自己。

时代车轮向前，当汉诺精神的接力棒传到了土地集团，是强强联合还是一枝独秀？土地集团接手汉诺庄园的新时期，面临着更多的问题与挑战。前车之鉴，后车之师。在总结了前十五年两个阶段的汉诺庄园发展历程后，土地集团接下来一定会汲长补短，实现全面发展，未来一定可期。

尾声

未完待续的汉诺风华

2023年盛夏,我们来到山亭采写汉诺庄园的故事,看着故事里的这些人一个又一个出现在面前,大有一种站在上帝万能视角的不真实感,只觉得光阴如梦亦如幻,惹得新人垂泪旧人老,谁曾想到这些看上去平凡朴素的人们,却能创造出别样的辉煌。秀美山亭,苗木茵茵,万般情愫千番故事流于纸笔,说与后人听。围绕着汉诺庄园展开的故事,到这里也就有了一个收束,只不过有些人和事还应补充与交代一番。

高振楼依旧住在西鲁村那个"欧洲良种果树苗木中国繁育基地"里,基地没有院墙,只是兀自一片铺开在临近公路的土地上,不远处是走地的鸡鸭,成群放养的山羊像是这里的主人一样,在巡查自己的领地,自顾自地带着小羊羔走着,也不惧怕过往的来客。与基地相隔一条水沟的那边,刚刚修建起了一所学校,从建筑物的新旧程度来看,其建设应该还没有太长的时间。

我们跟着当地村干部找到了高振楼,年过七旬的他身体还算硬朗,因为前些年犯了脑梗,腿脚上落下了些毛病,走起路来有些跛脚,但他的目光依旧明亮,思维也十分清晰。看着眼前矮小又腼腆的亲切老人,若非提前有所了解,怕是鲜有人能想象得出这位老人与德国专家不同寻常的人生故事。

尾声 未完待续的汉诺风华

推开那扇已经有些年头的大门，育苗基地的板房里依旧是那般朴素，甚至有些简陋，我们对坐在板房的两端，静静聆听他讲述过去的故事。当我们提起欧洲酿酒葡萄苗木的栽培时，他话匣子打开，滔滔不绝，像是忘记了命运与生活对他的所有不公与磨难。那一刻的高振楼是纯粹的。那是一种难以形容的纯粹热爱，在深邃的眼神与讲述中，他的心似乎依旧停留在那个让他心潮澎湃的时代。

桃李春风一杯酒，江湖夜雨十年灯。他总是一遍又一遍地提起诺博和汉斯的名字，穿插着赞叹声与叹息声，他的声音已经有些含糊，记忆也随着年龄的增长变得有些模糊，但讲述并没有停止，像是自言自语，又像是陷入了回忆。墙壁上的一张张证书与合影，无声地诉说着他和德国专家的故事，眼前那块诺博的铜像似乎分外耀眼。如今，他只是一个普普通通的山亭老农，守着一片土地，种着一片林子。他用手比画着茂密的林场，那里曾经有的是葡萄的苗木茵茵。

"欧洲良种果树苗木中国繁育基地"和"德国拜耳公司农药无偿使用示范点"两块牌子，已经被周遭密集的枝叶遮盖得不太清晰，镌刻着过往故事的那块铁板也随着岁月被锈蚀得遍体鳞伤，唯有高振楼为诺博和汉斯刻下的那块石碑还巍然屹立在风中：

诺博·高利斯(Nober Gorres)和汉斯·沃那·博伊（Hans Werner Beu）均为德国 SES 专家组织成员，著名果树专家，尤其在葡萄、大樱桃的栽培和管理方面造诣精深，是中德友好使者。公元 2001 年以来，两位专家应邀数次来到山亭区无私传授技术，无偿赠送76个葡萄品种、11个大樱桃品种，多种优良果木品种，建成了国内唯一的"欧洲良种果树苗木中国繁育基地"，加速了山区果品更新迭代的步伐，增强了市场竞争能力。为传承中德友谊，增进文化交流与技术合作，特立此碑。

与高振楼依旧固守在育苗基地不同，韩平的工作岗位经历过多次变动。无论在哪个岗位，他都还像以前一样忙碌。想要找到他的踪迹，还得到枣庄报社位于老城区的办公楼里去，他现在时常待在这个地方。离开汉诺庄园以后，他便继续从事宣传工作。三七偏分的背头夹杂着银白的发丝，说起话来瓮声瓮气，像是某种极其厚重的乐器奏鸣。

韩平已经不再年轻了，但他仍旧保持着年轻人一样意气风发的精神状态。尽管已经过去了许久，他对汉诺庄园的建设与发展依旧保持着热切的关注，毕竟是自己一手"养大"的孩子，总是有些说不清的感情在里面。从115师挺进山东，到如今汉诺庄园的建设与发展，他细数着山亭的历史，把山亭的故事如数家珍般一一道来。一个文化人真正的魅力不在于口中吐得出多少锦绣文章，而在于风骨与精神。韩平是一个儒将，言语上简单直白，做起事来负有责任，独立而高蹈的人格魅力无时无刻不在闪烁。我们听过了太多太多建设者对韩平的褒奖，以至已经习惯了他的优秀与才能。

几年前，韩平不幸得了食道癌，医生当时断定他的生命周期也不过是寥寥数年，但他浑然不惧，正如他的人生态度一般，"不是

尾声 未完待续的汉诺风华

东风压倒西风,便是西风压倒东风"。如今多年过去,他的身形依旧硬朗,他的声音依旧洪亮,这大抵是一种对人生的不妥协。

山亭区政府办公楼二楼东侧的会议室,这个数十年来一直环绕着汉诺故事的地方,这些日子也成了每一个讲述人都来过的地方。我们静静地听着每一个人对这段故事的讲述,这群讲述的人里,有年老的,也有年轻的,他们都在过去或者当下保持着与汉诺庄园千丝万缕的联系。

于庭柏笑得很慈祥,他侃侃而谈,讲述着对当年那段故事的回忆,从一株葡萄苗木开始,直到葡萄成熟。他永远面带微笑,用极专业的视野回顾和评价着过往的故事,那个经常到他家中去吃饺子的诺博,给他留下了极为深刻的印象。种葡萄、种樱桃……这位老人亲眼见证了山亭农业的发展与进步,这是对以他为代表的诸多本土果树专家们最好的肯定。

高东峰如今已经离开汉诺庄园,成为本地知名的种植大户。他在跟随于庭柏的那段时间里,极其认真地学习到了许多关于葡萄苗木种植栽培的先进技术。后来他自立门户,有了自己的葡萄种植园,所种植的"阳光玫瑰"葡萄品质也极为优异,作为近年来鲜食葡萄中的新贵,经济效益也是相当可观。从中德专家身上,高东峰学到的可不只是一身技术,还有一种精神。独乐乐不如众乐乐,他把技术与经验通过各种各样的方式传递给了更多的山亭农民,每天都通过网络互动的形式,无偿帮助其他遇到问题的种植户解决问题,选择苗木品种与砧木类型,这又何尝不是诺博与汉斯人道主义精神的

255

继承与发扬？

而作为山东汉诺佳池酒业股份有限公司经理的彭杰，则饶有兴致地给我们讲述着汉诺佳池的发展历程，在三年疫情期间，他们的酒水业绩非但没有下滑，反而有所增长。用他的话来说："能够挺过三年疫情的民营企业，虽称不上是多么厉害，但至少证明这家企业本身是足够出色的。"汉诺佳池在资本运作的道路上也越走越远，从当年的新三板上市到如今的港股"借壳"成功上市，他们从未停止过向前的脚步。

对于土地集团接手汉诺庄园这件事，彭杰并没有表现出我们曾经臆想出的那种不满情绪，反而是平静且认真的。在他看来，这又何尝不是一件互利共赢的好事？如果有可能的话，后续展开相应的合作也未尝不可。汉诺庄园是在不断向前发展的，这根接力棒总会一站又一站地不断传递下去，如果历史与时代的选择是要交接给下一个人，那又何必自怨自艾？完成好自己的使命，交接好手中的一棒，便是莫大的好事。

宁颜闽翻译依旧保持着和马克的联系，据她所说，接下来的时间里，她和马克的沟通交流也会逐步恢复，传承了两代人的中德友谊一定不能褪色。

还有，听杨梅说，当年汉诺庄园建成的时候真的是美得无法形容……

听刘伟说，诺博体形中等偏胖，汉斯个头很高……

听焦兴攀说，马克继承了外祖父诺博的精神，在山亭续写着中德故事……

听张宝营说，当年在汉诺庄园搞建设，一人分了两亩葡萄地，他可是费了好一番工夫……

听……

我们听闻了很多人讲述的汉诺故事，试图去还原一个相对真实而可感的风华汉诺，但我们只觉得文字寥寥，并不足以真正地重构出一个完美的汉诺故事。写在纸上的是一群人的形象，看在眼里的是每一个人心里不一样的光芒。讲述故事的人们目光各异，他们的眼神里隐藏着各种各样的感慨，也流露出各种各样的感动。在提及汉诺庄园的时候，每一个人的眼神都是闪烁的，那是一种精神的传递。

润物细无声，每一个讲述人的故事里都没有豪言壮语，也没有感天动地。他们是故事的主人公，却又像是在讲述过往的平凡生活，讲述一段让他们印象深刻又习以为常的故事，这何尝不是一种汉诺精神的传承？

2023年4月中旬的一天清晨，山东土地集团枣庄有限公司二楼会议室里，召开了一场关于汉诺庄园未来建设规划的汇报会议。这场会议长达两个半小时，巨细无遗地全方面、多角度、多层次讲述了汉诺庄园建设发展的未来方向。从建筑风格到设计思路，从历史文化到时代背景，汉诺庄园的故事与精神被一段又一段地浓缩在了这场会议的报告中。土地集团对汉诺庄园的规划是几近完美的，恍惚间就像是看到了多年前，有那么一群人看着败落的枣庄葡萄美酒厂，决心建起一个德式葡萄庄园……

历史的轨迹就像是一个永远走不完的莫比乌斯环，永远在上升和前进的路上，又好像永远都在重复的过程中。也许这样说过于抽象，换种方式来讲，历史的发展就是一个不断地总结经验、许下宏愿、尝试实现的过程，总得有人走在向前的路上。

　　我们的汉诺故事，或许永远都是未完待续。

　　书稿写作完成之际，我们沿着汉诺庄园的大门一路向庄园深处走去，走过如今不加修剪而过度茂密的山坡植被时，天色有些阴沉，见不到太阳，多少有些压抑。进入当年的汉诺酒堡，沿着梯子一路往上走，越过几层楼梯，从有些逼仄的小门溜到了酒堡的顶端。这是整个汉诺庄园的制高点，也是俯瞰庄园全景最好的地方，庄园前前后后的所有地方都尽收眼底，若非阴云压顶的天气，景色应该是绝美的。

　　站在汉诺庄园的制高点，低头俯瞰整个汉诺庄园，心中还是有些唏嘘与感慨，更准确地讲，便是意难平。如浮光掠影，恍恍惚惚，引得人一时间愣在原地，只凭着脑海里的画面重构眼前的景观。

　　群山环绕之间，这座卓尔不群的庄园煞是壮观，哪怕当今的美观十不存一，也仍是让人惊讶的。翼云阁立在那里，像是一柄捅开群山穹顶的剑，而汉诺庄园就像是从被划破的穹顶中掉下来的"伊甸园"。

　　当真正用自己的脚步丈量完故事中提到的每一寸土地后，我们内心的情感也是极其复杂的。先是为其中发生的故事而感到不可思议，转而又因为其中所包含的精神力量而感到理所当然。听故事的

尾声 未完待续的汉诺风华

人犹有万般思绪,更不用说故事里的人了。

诺博的塑像就立在正门的广场中央,他捧着酒杯,面带微笑,似是注视着汉诺庄园的变迁,又似是注视着不远处山亭城区的发展。

今天的山亭,正迈步在新时代的新征程上。新一代山亭的领导者和建设者,秉承着习近平总书记所讲述过的汉诺风华,正满怀豪情壮志,展现着大发展大繁荣的新时代汉诺故事、山亭故事、中国故事。

一壶浊酒喜相逢,古今多少事,都付笑谈中。这浊酒里酿的是葡萄,往事沽取为君酌,汉诺庄园的未来值得期待,山亭的未来必定繁花似锦。

行文至此,笔者禁不住浮想联翩。当习近平总书记在 2023 年 9 月 24 日下午来到枣庄万亩冠世榴园时,他或许不会想到,离石榴园不远的山城,就是 2014 年他在德国进行国事访问时演讲中提到的汉诺故事发生地。今天,发生在革命老区的汉诺故事仍在讲述——种植葡萄的山亭老百姓在讲述,琅琅读书的山里娃在讲述,这片曾经贫瘠如今富足的山川大地在讲述……

发生在山亭这片土地上的汉诺故事,将会永远地讲述下去;由葡萄藤串起的中德情缘,将会永远地传递开去;而这段革命老区的葡萄传奇,也将永远地在百姓中声口相传……

2023 年 6 月 17 日,完成初稿的整理;

2023 年 10 月 7 日,完成第一次修改;

2023年10月15日，完成第二次修改；

2023年10月31日，完成第三次修改；

2023年12月24日，完成第四次修改；

2024年1月7日，完成第五次修改；

2024年1月14日，完成第六次修改；

2024年1月25日，完成第七次修改；

2024年1月31日，完成第八次修改。